KB246441

나는 겨우 8개월 무렵에도 부모님과 어울리기 좋아하는 아이였다.

이 사진은 굳이 설명이 필요하지 않을 듯하다.

1980년대에는 사진에 인위적인 배경을 집어넣고
봉제 토끼 인형을 안고 찍는 게 유행이었다.

아빠, 그리고 여동생 애니와 함께. 물속에서는 뻣뻣하던 몸도 아주 부드러워진다.

엄마와 내 관계를 잘 보여주는 사진이다.

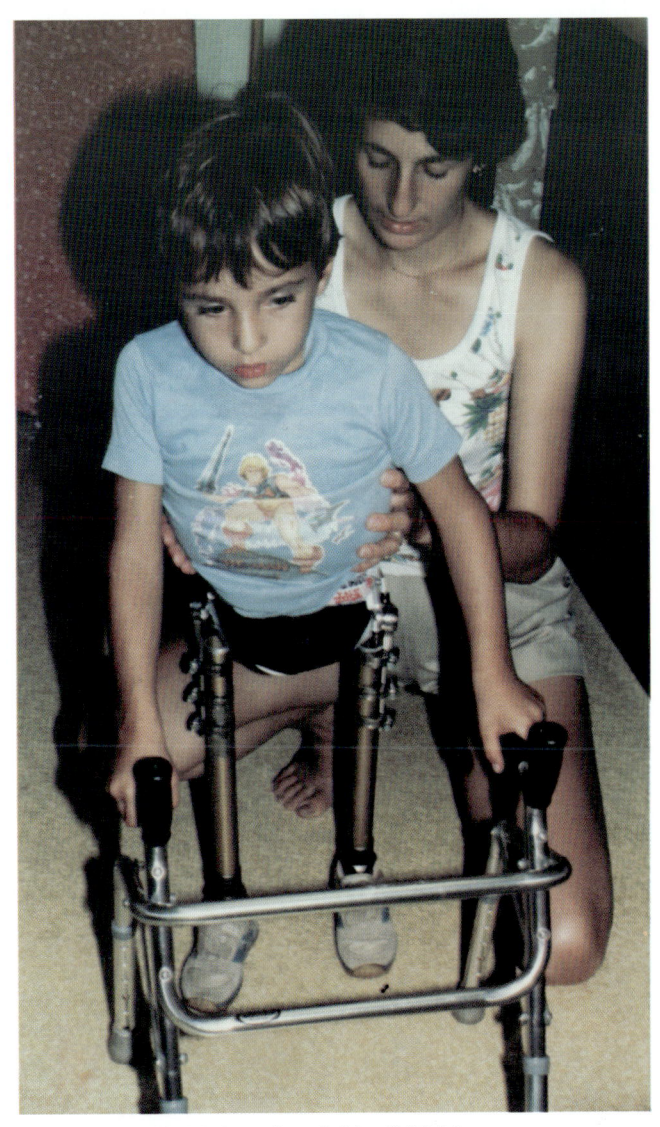

난생처음 착용한 보철 다리. 다들 트랜스포머 같다고 생각하겠지.

애니와 함께. 척 봐도 영락없는 남매지간이지 않은가?

소울메이트 존과 함께. 이때만 해도 둘 다 머리숱이 많았다.

아빠의 사촌 리드 웨스트 씨. 내게 고교 졸업장을 수여했다.

지구상에서 제일 멋진 남자 둘. 대학 졸업식 후, 아빠와 나의 모습.

마시의 결혼식. 신부의 드레스 자락 위에 누운 내 모습이 꽤 그럴싸하지 않은가?

지지 재스퍼 선생님과 함께. 영어와 신화, 그리고 능동주의 철학을 가르치신 분이다.

셰릴 루피니와 함께. 10년을 훌쩍 넘겨 다시 만난 그날, 그녀는 그 옛날의 '스카치 어 루스(scotch-a-roos)'를 내게 건넸다.

외할아버지, 외할머니와 함께. 우리야말로 〈저지 쇼어〉의 오리지널 출연진이다.

에모리 조이 마을의 학생들 앞에 선 리드 코완과 나. 케냐를 처음 방문했을 때였다.

운동권 출신이나 영화 〈블루스틸〉 속 인물처럼 보이는 사진이다. 어느 쪽이든 보기 나름이다.

제이슨 므라즈와 함께. 그와 함께한 순간을 잊지 못할 것이다.

〈서바이버〉에 출연한 에단 존과 함께. '2010 밴쿠버 위 데이' 행사에 참여해 즐거운 한때를 보냈다.

케냐 시키라 마을 아이들과 함께.

인도 사람들은 늘 친절하긴 하지만, 특히 이 아이들은 언덕을 내려갈 때 큰 힘이 되어 주었다.

케냐에 있는 내 형제이자 마사이족 가이드인 상키와 함께. 아프리카에 대한 내 마음이 잘 표현된 사진이다.

학교는 저절로 지어지는 게 아닙니다. 여러분, 다 같이 동참합시다!

한 번이라도 길을 잃어본 분들께 이 이야기를 바칩니다.

포기하지 않고 계속 걷다보면 길은 다시 보일 것입니다.

Standing Tall

스탠딩 톨

STANDING TALL: My Journey by Spencer West

Copyright © Spencer West, 2011

First Published by Me to We, 225 Carlton Street, Toronto ON Canada M5A2L2

www.metowe.com/books

All rights reserved.

This Korean edition was published by KD books in 2013 by arrangement with D&M Publishers Inc. through KCC(Korea Copyright Center Inc.), Seoul.

이 책은 (주)한국저작권센터(KCC)를 통한 저작권자와의 독점계약으로 케이디북스에서 출간되었습니다.
저작권법에 의해 한국 내에서 보호를 받는 저작물이므로 무단전재와 복제를 금합니다.

Standing Tall

스탠딩 톨

스펜서 웨스트 지음 │ 이민정 옮김

디어 프렌즈!

인생을 살다보면 좀처럼 잊히지 않는 사람을 만날 때가 있습니다. 그 사람과의 짧은 만남으로 인해 인생이 풍요로워지고 더 나은 사람이 되고 싶은 마음을 품게 하는 그런 사람 말입니다. 아마 우리에게는 스펜서 웨스트가 바로 그런 사람일 것입니다.

하고자 하는 바를 이루지 못하도록 가로막는 여러 가지 이유와 맞닥뜨릴 때마다, 우리는 너무나 쉽게 포기해 버리곤 합니다. 주거 형태나 국가를 막론하고 수많은 사람들이 지금 이 순간에도 충분히 부유하지 않아서, 영리하지 않아서, 강하지 않아서 변화를 이끌어낼 수 없다고 생각합니다. 사실 사람들이 이런 생각을 품게 된 데는 미디어의 영향도 큽니다. 완벽하거나, 아름답거나, 아니면 유명한 사람들만이 세계를 무대로 영향력을 행사할 수 있다고 매일같이 외치고 있으니까요. 또 그런 미디어를 접하는 우리는 자연히 그렇게 믿어버리고 맙니다.

그런 맥락에서 스펜서 웨스트는 자신의 하루하루를 통해 가능함에 대한 정의를 새롭게 하고 있습니다. 그는 인간으로서 우뚝 선 사람일 뿐 아니라, 지구촌 시민의 한 사람으로서도 한계를 뛰어넘은 존재입니다. 정말이지 그는 놀라움 그 자체였습니다. 처음 우리를 만나 힘껏 포옹을 건넨 순간부터 재주넘기를 선보이고 고등학교 시절 치어리더로 활동한 이야기를 들려줬을 때, 그리고 동기 부여 연설가로 활동하면서 수많은 학생들의 마음을 움직인 순간들까지 전부 말입니다.

이 이야기는 스펜서의 인생 여정에 관한 기록입니다. 그 여정을 거치며 그는 세계의 절반을 돌아왔지요. 와이오밍에서 케냐로, 토론토와 인디아로…. 낙천적인 어린이에서 고뇌하는 십대 청소년으로, 마을의 유명인사로, 그리고 마침내는 수많은 사람들의 본보기가 될 때까지…. 스펜서는 그야말로 역동적인 삶을 살았습니다. 그는 신체적 불편함이든 정신적 고뇌든 어려움이 닥칠 때마다 환한 미소로 그 역경을 받아넘겼습니다.

학부모님들께서는 부디 이 이야기를 자녀들에게 일러주시고, 또 자녀들이 또래들과 스펜서의 이야기를 나눌 수 있도록 지도해 주시기 바랍니다. 인생을 풍요롭게 하는 이 이야기는 시대를 초월해 감동을 안겨줄 보기 드문 삶의 기록일 것입니다.

　스펜서는 한 사람의 영웅이자 빛나는 영혼으로 가는 곳마다 다른 이들의 마음에 따뜻한 불을 지핍니다. 학생들로 가득 찬 강당에서 그가 처음 강연했을 때가 아직도 생각납니다. 사회자가 그를 소개하자, 자그마한 체구의 스펜서는 곧장 휠체어에서 뛰어내려 무대에 섰습니다. 환한 미소를 띤 채 흉내낼 수 없는 자신감을 발산하면서 말이죠. 그런 다음 그가 처음 꺼낸 이야기는 말도 안 되는 마법의 충돌로 자신이 두 다리를 잃게 되었다는 그런 식의 우스갯소리였습니다. 그날 스펜서의 강연 후 진행된 사인회에서는 그를 만나려고 줄을 선 사람들이 건물 코너까지 점령했었죠.

　무엇보다 감탄스러운 점이라면 스펜서가 무대 위에서나 무대 아래 일상생활 속에서나 변함없는 모습을 보여준다는 겁니다. 가식이라곤 조금도 없지요. 그는 벽이 자신의 앞을 가로막는다고 해서 쉽게 좌절하지 않는 그런 보배 같은 성품을 지닌 한 남자입니다.

만일 우리 모두가 스펜서와 같은 용기와 도전정신, 적극성으로 무장한 채 장애물을 극복하려 애쓴다고 생각해 보십시오. 이 세상은 얼마나 달라져 있을까요? 남들과 다른 저마다의 고유함이야말로 신이 내린 선물입니다. 비단 신체적 불편함뿐 아니라 그 어떤 제약도 각자의 꿈을 향해 달려가는 우리를 막을 수 없을 것입니다.

프리더칠드런 & 미투위 **공동 설립자**
크레이그 & 마크 키엘버거 **올림**

프롤로그

    비행기에서 내리자 뭔가 훅 다가왔다. 바로 케냐 특유의 공기였다. 길가에서 모닥불을 피울 때 나는 냄새와 디젤유 냄새, 매캐한 땀 냄새가 한꺼번에 나를 덮쳤다. 태양도 애리조나의 그것과는 느낌이 사뭇 달랐다. 기세등등하게 하늘 높이 뜬 태양은 터미널로 향하는 내내 사정없이 내리쏟아졌다. 후텁지근한 바람도 끈질기게 따라붙었다. 그런데 실내에 들어서자, 환기가 되지 않아 숨이 막힐 지경이었다. 나는 깊이 심호흡을 해가며 찬찬히 주변을 둘러봤다. 몸매와 체구가 제각각인 사람들이, 내가 알아듣지 못하는 언어로 떠들어댔다. 복도 쪽은 이리저리 뛰어다니는 아이들 때문에 시끌벅적했다. 술래잡기나 공차기 놀이를 하는 아이들도 보였다. 어른이건 아이건 전부 얼굴 가득 미소를 머금은 채 웃고 있었다. 어쨌건 사람들이 너무 많고 소란스러워서 뉴욕의 그랜드 센트럴역 한가운데 서 있는 기분이 들기도 했다.

    나는 길게 늘어선 줄 앞쪽에 서 있었다. 건장한 체구의 세관원은 밝은 청색 셔츠에 짙푸른 바지 차림이었다. 여권을 건네며 세관원의 이름표를 훔쳐봤지만 글씨를 읽을 수 없었다. 어느 순간 그도 내 눈길이 자신에게 머무는 걸 느낀 듯했다.

"영어를 쓰나요? 여긴 왜 온 겁니까?"

세관원이 강한 억양이 섞인 말투로 물었다.

나는 고개를 들어 그의 짙은 갈색 눈을 쳐다보며 더듬거렸다.

"저는…, 그러니까 저는….."

세관원은 웃으며 나를 바라봤다. 이가 드러날 정도로 활짝 웃는 그의 모습에 마음이 좀 가라앉았다.

"나이로비에 왜 왔는지 말씀해 주시겠어요?"

세관원이 다시 물었다.

"학교를 지으려고 왔습니다."

나는 겨우 대답을 건넸다. 처음에는 뭐가 그렇게 불안했는지 모를 일이었다.

"어디에다가요?"

"마사이 마라 Maasai Mara : 마사이족의 땅으로 나이로비 서북쪽에 자리한 국립 야생동물 보호구역-역주입니다.”

세관원은 미소를 거두지 않고 위아래로 나를 훑어보며 다소 의아하다는 표정을 지어 보였다.

“마사이 마라에는 언제 가시려고요?”

“나이로비에 이틀 더 머물다가 월요일 아침 비행기 편으로 갈 예정입니다.”

“아, 그렇군요.”

이윽고 세관원은 여권에 도장을 찍었다. 하지만 내게 여권을 건네주는 순간까지도 그는 손에서 힘을 풀지 않았다. 짙은 갈색을 띤 내 눈을 뚫어질 듯 응시하는 그를 쳐다보고 있자니 그가 마치 이렇게 말하는 것 같았다.

‘솔직히 한번 말해 봐요. 여기 온 진짜 목적이 뭐죠?’

몸이 떨리기 시작했다. 순순히 나를 보내줄 것 같지 않았다.

‘나는… 나는 좋은 사람이란 말이야.’

나는 속으로 그렇게 되뇌었다.

'그저 학교를 지으러 왔을 뿐인데… 왜 여권을 넘겨주지 않는 걸까?'

그때 머릿속에서 세관원의 음성인 듯한 소리가 들려왔다.

'학교를 짓는 것 말고도 당신이 여기에 온 다른 이유가 있어요. 반드시 답을 찾게 될 거예요. 아프리카는 우리 자신을 되돌아보게 하는 곳이니까요.'

마침내 여권을 넘겨받았다. 세관원은 웃으며 나이로비로의 입국을 허락했다. 그렇게 나는 케냐에 발을 들여놓았다.

그때가 2008년 3월이었다. 케냐로 떠나기 전 몇 년 동안 나는 절대 평범하다고 볼 수 없는 삶을 살아왔다. 몹시도 숨 가쁘게 생활해 왔고 덕분에 젊은 날 비교적 많은 일을 이뤄낼 수 있었다. 여성 치어리더팀에서 유일한 남성 멤버로 활동하며 주 대회에서 승리를 이끌어냈고, 여러 뮤지컬 공연에도 참여했다. 또 전국적으로 방영되는 TV 방송에 출연했고, 그간 해온 봉사활동을 인정받아 각종 상을 받기도 했다.

하지만 나의 가장 특이한 점은 무엇보다 두 다리를 쓰지 못하는 상황에서 이 모든 일을 이뤄냈다는 사실일 것이다. 나는 희귀병인 천골 발육 부전증척추골 아래 5개 뼈가 발육되지 않아 하반신이 발달하지 못함—역주을 안고 태어났다. 그런 까닭에 마음대로 걷거나 다리의 움직임을 조절하는 게 거의 불가능했다. 세 살 무렵부터 의료진은 내 다리를 차츰 절단해 내기 시작했고, 결국 나중에는 고작해야 큰 가지보다 좀 더 긴 정도만 남게 되었다(사실 가지라는 채소를 그다지 좋아하는 편도 아니다).

그토록 열악한 신체 조건에도 불구하고 나날이 발전해 갈 수 있었던 건 주변의 영향이 컸다. 더할 나위 없이 훌륭한 가족과 친구들, 그리고 내 고향 와이오밍 지역 주민들의 적극적인 지원이 없었더라면 그 어떤 일도 이뤄내지 못했을 것이다. 사실 난 한 번도 특별대우란 걸 받아본 적은 없었다. 나는 그저 스펜서 J. 웨스트일 따름이었다. 나라는 사람은 무려 78.7㎝에 달하는 깜짝 놀랄 신장을 자랑하며 과속 질주를 즐기는 인물이다. 졸업 파티에 참석할 때면 으레 베스트프렌드인 마시를 대동하곤 하며 늘 웃고 다니길 좋아한다. 그리고 작은 체구에 큰 꿈과 용기를 한 아름 품고 있는 사람이기도 하다.

그런데 케냐로 떠나기 몇 년 전부터 나는 나 자신이 어느 정도 정형화된 삶을 살고 있다는 느낌이 들었다. 안정적인 직장에 다니며 넉넉한 수입을 벌어들이고 있긴 했지만, 해당 직종에 도전의식을 갖는다거나 일 자체에 매료되지 않았던 것이다. 마치 물 밑으로 서서히 가라앉는 기분이었다. 하지만 누구나 이 세상에 태어난 이유가 있는 법이라는 이치만큼은 잘 알고 있었다. 그러니까 분명 내게도 인생의 목적이 있을 터였다. 하늘이 내린 소명 같은 것 말이다. 한 가지 걸림돌이라면 그 소명이 뭔지 전혀 감을 잡지 못하고 있다는 점이었다.

리드 코완이라는 친구는 2002년 우리가 처음 만난 날부터 줄곧 동기부여 연설가가 내게 적격이라고 입버릇처럼 말했다. 나라면 사람들에게 감명을 줄 수 있을 거라는 게 그의 의견이었다. 당시 나는 미국 유타 주 솔트레이크 시티에 있는 웨스트민스터 칼리지에서 커뮤니케이션학을 전공하고 있었다.

어느 추운 겨울날, 올드 네이비Old Navy 의류 매장에서 아르바이트를 하고 있었는데, 리드가 당당한 걸음걸이로 매장에 들어왔고, 우리는 곧 가까운 친구 사이로 발전했다.

"대중 연설가! 바로 그게 네 소명이야! 넌 사람들의 마음을 움직인단 말이야!"

리드는 지칠 줄 모르고 매번 그렇게 말했다.

그러면 나는 으레 이렇게 대꾸하곤 했다.

"하지만 난 너무 따분한 사람이야. 누가 내 이야기 따위를 듣고 싶어 하겠어?"

사실 리드 말고는 내 소명이 무엇일 거라고 구체적으로 의견을 제시해 준 사람이 없었다. 게다가 당시에는 나 자신조차도 내 소명이 뭔지 전혀 생각해 내지 못했다. 자연히 수많은 젊은이들이 그런 것처럼 나 역시 공황상태에 빠지고 말았다. 나는 별다른 의식 없이 그저 일상을 살았다. 열정이라곤 찾아볼 수 없는 삶이었다. 그러던 중 하루는 리드가 케냐로 와서 자기를 도와주지 않겠냐고 물어왔다. 그는 케냐에서 가족과 함께 '프리더칠드런Free The Children : 1995년 설립된 어린이 자선단체-역주' 학교를 세울 계획이라고 했다. 사실 처음 그의 제안을 접했을 때는 그 계획이 얼마나 훌륭한 건지 미처 깨닫지 못했었다.

케냐에서의 첫 여정이 끝나는 날, 스튜와 밥으로 저녁 식사를 마친 나는 프리더칠드런 센터의 석재 정원에 나가 앉았다. 돌이켜보니 정말이지 놀라운 여정이었다. 그동안 여러 가지 일들과 맞닥뜨리면서 가슴 찡한 감동을 느꼈고, 그러한 순간을 계기로 인생의 목적에 대해 다시금 생각해 볼 수 있었다. 문득 에모리 조이Emori Joi : 케냐 나록 남부에 위치한 인구 2,000명의 시골마을-역주 마을에서 만난 한 어린 소녀가 떠올랐다. 다리 없이 생활하는 내 모습을 본 그 소녀는 백인들도 아픔을 겪는다는 걸 몰랐다고 말했었다. 나는 단 한 번도 나를 장애인으로 대하지 않았던, 내 사랑하는 가족들을 그리며 생각에 잠겼다. 그러다 혼자 가만히 중얼거려 보았다.

"여긴 정말 왜 온 거야?"

순간 번뜩 깨달았다. 깨달음은 케냐에 처음 도착했을 때 나를 덮쳤던 훈훈한 공기처럼 갑작스레 찾아왔다. 친구 리드의 말이 옳았다. 나라면 사람들의 마음을 움직여 그들이 원하는 바를 실행에 옮기도록 할 수 있을지도 모르겠다. 또 사람들이 외모나 태생, 부모가 누구인지에 상관없이 자신을 있는 그대로 사랑하게 도와줄 수 있을 것 같았다. 결국 인간은 누구나 유일무이하고 특별한 존재이지 않던가! 내 경우는 우선 다리가 없기 때문에 외적으로 유독 더 남달라 보일 따름이다.

파울로 코엘료가 쓴 《연금술사》라는 책을 읽은 적이 있다. 그 책에는 이런 구절이 있었다.

꿈이 이루어지기 전까지는 우주의 기운이 우리를 아주 가혹하게 다룰 것이다. 그렇지만 이것은 우리에게 해를 끼치기 위함이 아니다. 오히려 우리는 그런 과정을 통해 단지 꿈을 이루는 데 그치지 않고, 도중에 터득한 사항들을 몸소 익혀 온전히 내 것으로 만들 수 있다. 그러나 대부분의 사람들은 바로 이 과정에서 꿈을 포기한다.

하지만 나는 포기를 택하지 않았다. 《연금술사》에 등장하는 양치기 청년의 경우가 그랬던 것처럼, 내가 나아가야 할 길 역시 항상 바로 내 눈앞에 펼쳐져 있었다. 태어나 세상을 처음 마주한 바로 그 순간부터 말이다.

Contents

" 제가 보기에
아드님은 일어나 앉기도
힘들 것 같습니다. "

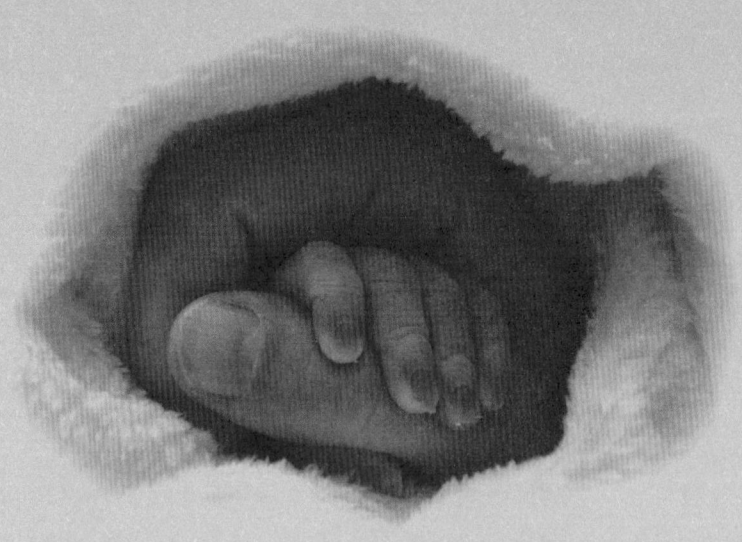

chapter 1

탄생의 순간

내가 태어났을 때 내 울음소리를 들은 사람은 아무도 없었다. 그러니까 적어도 가족들 중에서는 그 누구도 내가 우는 걸 듣지 못했다고 한다. 나는 미리부터 제왕절개가 예정된 태아였다. 초음파 진단 결과 내가 똑바로 앉아 있었기 때문이었다. 정상적으로 태어날 준비가 된 여느 아기들처럼 머리가 아래로 향해 있지 않았다는 말이다(나는 항상 나만의 방식을 고수하길 좋아한다). 어머니는 출산 도중 약물을 투여 받다가 정신을 잃었다.

당시 내 아버지 케니는 스윗워터 카운티 기념 병원의 수술실 밖에 있는 딱딱한 철제 의자에 앉아 있었다. 아버지는 지역신문인 〈록 스프링스 데일리 로켓-마이너〉의 스포츠란 기사를 읽던 중이었다고 했다. 그때는 요즘과 달리 제왕절개 수술 중에 남편을 비롯한 가족들이 수술실에 들어와 있을 수 없던 시절이었다.

정확히 말하자면 나는 1981년 1월 7일 오전 7시 50분에 태어났다. 내 별자리는 염소자리다. 중국식 연도로 따지면 원숭이해에 태어난 셈이다. 원숭이해에 태어난 사람은 영리하고 융통성 있으며 민첩하다고 한다. 실제로 이러한 특징들은 내 성향과 일치한다. 게다가 발을 대신해 두 손으로 잘 걸어다닌다는 점에서도 원숭이의 기질과 딱 맞아떨어진다.

의료진은 진통이 시작되면 곧장 제왕절개에 들어갈 거라고 미리 어머니에게 일러두었다고 한다. 그날 자정 무렵부터 시작된 진통은 어머니를 덮쳤다가 잦아들기를 몇 번 되풀이했다. 마침내 어머니는 옆에서 자고 있던 아버지를 흔들어 깨웠다. 부모님이 초등학교 부근의 집을 사서 이사한 지 얼마 안 된 시점이었다. 내가 세상에 나오려 하고 있었다.

어머니가 나를 임신한 후 처음 몇 달 동안 아버지는, 아이가 있는 친구와 친척들은 물론 당시 근무 중이던 회사 '데저트 오일Desert Oil' 사의 회사 여직원들에게까지 두루 조언을 구하고 다니느라 분주했다. 아버지의 주요 관심사는 출산 과정이 어떠할 것인지, 그리고 남자아이의 이름으로 뭐가 좋을지 등이었다. 태어날 아이가 아들이길 내심 바랐던 것이다. 아버지는 어머니와 함께 가구점에 들러 나무로 만든 갈색 유아용 침대도 샀다. 또 어머니를 도와 아기 방 벽장에 기저귀와 새로 장만한 잠옷, 아기 스웨터, 담요 등을 채워 넣기도 했다.

장차 태어날 아기에게 열중하던 아버지는 출산을 몇 주 앞두고부터 걱정도 늘었다. 아버지는 가끔 어머니의 불러오는 배에 오른쪽 귀를 갖다 대고 이렇게 말하곤 했다.

"뭔가 이상하단 말이야."

그럴 때마다 어머니는 손사래를 치며 대답했다.

"이런, 여보! 제발 그런 말 말아요. 그럴 리 없잖아요."

"아니야, 토넷! 어째서 아무것도 안 느껴지는 거지? 왜 아기가 배를 차지 않는 거냐고!"

아버지는 뭔가 계속 미심쩍어했다.

"발길질하는 걸 느낀 적이 있어요."

"그게 언제였어? 정확히 언제 그랬는지 말해 보라고."

어머니는 천장에 달린 선풍기를 올려다보며 대꾸했다.

"그게 말이에요. 발길질이 느껴질 때는 꼭 나비가 날갯짓하는 것 같아요. 한 번 배를 찬다 싶으면 곧바로 이어서 배를 차는 게 또 느껴지니까요. 배에 닿는 부분이 발인지 무릎인지 아니면 팔꿈치인지 그건 잘 모르겠지만요. 어쨌건 뭔가 느껴지긴 한단 말이에요."

"회사 여직원들이 그러는데 뱃속 아기들은 아주 세게 배를 찬대. 엄마가 휘청거릴 정도로 말이야."

아버지는 계속 우겼다.

"케니!" 어머니가 한숨을 내쉬고는 말을 이었다.

"프리치 박사가 그랬어요. 우리 아기는 아무 이상이 없다고요. 초음파 결과를 봐도 아기는 건강했어요. 아직도 머리를 위쪽으로 두고 있긴 하지만요."

"이봐, 토넷! 우리가 초음파 사진을 아무리 뚫어지게 들여다봐도 그것만으로는 우리 아들 상태를 확실히 알 수 없는 거야."

사실 그렇긴 했다. 나중에 나도 그 초음파 사진들을 본 적이 있는데, 태아의 자세가 잘못된 걸 식별해 냈다는 사실조차 놀라울 정도로 명확하지 않았다. 당시의 장비는 요즘의 그것과는 차원이 달랐다. 요새는 태아의 뼈까지 하나하나 관찰하며 성장과정을 보여주지만, 그때는 어림없는 일이었다. 어머니의 자궁 속 내 모습을 촬영한 사진에는 여러 개의 구불구불한 흰색 선과 외계인처럼 커다란 머리만 보일 따름이었다.

언젠가 한 번 어머니는 빨간색과 노란색 리본으로 묶어둔 커다란 앨범을 끄집어낸 적이 있었다. 그때 예전 사진을 본 여동생 애니가 이렇게 놀렸다.

"오빠는 원래 머리가 컸구나."

"아기가 태어났어요."

분만실 문밖으로 나온 간호사가 말했다. 분만실 앞에서 서성이던 아버지와 제이미 이모, 외할아버지와 외할머니는 모두 기대에 부풀어 문을 쳐다보며 아기가 나오기만을 기다렸다. 지루한 기다림 끝에 클리마코 박사가 아기를 안고 대기실에 모습을 드러냈다. 파란색 담요에 싸인 아기는 담요 색과 어울리는 파란색 털모자를 쓰고 있었다.

클리마코 박사는 아버지 품으로 나를 건네주며 이렇게 말했다.

"케니, 아들일세!"

"잘됐네요!" 아버지와 외할아버지가 들떠서 반가워했다.

"그래, 좋은 일이지. 그런데 말이야, 문제가 좀 있어."

클리마코 박사가 낮은 음성으로 말을 이었다.

"아, 무슨 문제예요?"

나를 보려고 한발 다가서던 외할머니가 물었다.

"아이가 허리 위쪽으로는 안벽하게 정상입니다. 그런데 허리 아래쪽은… 장애가 좀 있는 것 같습니다."

"어떤 장애 말씀이신가요?"

아버지는 내게서 눈을 떼지 않은 채 박사에게 질문했다.

"아이가 걸을 수 있다고 장담 못하겠네."

내가 태어나던 날, 우등생이었던 제이미 이모는 평소 같으면 어림도 없을 일을 감행했다. 바로 오전 수업을 건너뛰기로 한 것이다. 이모는 빈센트 선생님의 10학년 영어 수업시간에 늦는 것도 불사해 가며 제일 먼저 나를 안아보고 싶어 했다. 제이미 이모는 단 한 번도 결석해 본 적이 없었고, 주말이면 숙제에 파묻혀 지냈다. 여름방학 동안에도 에밀리 브론테의 《폭풍의 언덕》이나 아인 랜드의 《마천루》 같은 문학서들을 미리 읽을 정도로 착실한 학생이었다.

아버지와 외할머니, 그리고 외할아버지가 차례로 나를 안아본 다음에야 비로소 제이미 이모는 나와 만날 수 있었다. 이모가 나를 품에 꼭 끌어안고 있는 동안 나머지 가족들은 내 다리에 관한 클리마코 박사의 견해를 듣는 데 집중했다.

"저… 잘 이해가 안 되는데요. 아이의 어떤 점이 잘못되었다는 건지 좀 더 자세히 설명해 주시겠어요, 박사님?"

아버지가 질문하는 동안 이모는 잠자코 어깨너머로 듣고 있었다.

"아무래도 솔트레이크 시티로 가봐야 할 것 같네. 일단 이곳 록 스프링스에서 제일 가깝고 또 거기라면 제대로 된 검진과 치료시설을 기대해 볼 수 있을 거야. 나는 자세한 답변을 줄 수 없네. 자네 아들 다리에 문제가 있다 해도 그건 내 전문 분야가 아니라서 말일세."

제이미 이모는 나를 품에서 놓지 않은 채 나란히 서서 설명을 듣고 있던 아버지와 외할아버지에게 다가갔다. 곁에서 상황을 지켜보던 외할머니가 말을 건넸다.

"케니, 괜찮아. 우리도 자네랑 같이 가서 도울게. 필요한 게 뭐든 같이 찾아보세."

클리마코 박사가 자리를 뜨자, 아버지는 의자에 앉아 한숨을 쉬며 손으로 얼굴을 가렸다. 그러다 한 차례 깊이 심호흡을 하고는 외할머니를 올려다봤다.

"네, 저도 알아요. 우리 같이 해결해 봐요."

아버지는 조금 전보다 좀 더 낙관적인 태도를 보였다.

제이미 이모는 학교로 돌아가자마자 궁금해 마지않던 반 친구들과 빈센트 선생님에게 당당히 소식을 알렸다. 남자 조카가 생겼고 이름은 스펜서Spencer라고 지었다고 말이다. 그런 다음 이모는 2년째 남자친구로 지내고 있던 필립의 옆자리에 앉았다.

"필립…."

이모가 목소리를 낮춰 속삭였다. 빈센트 선생님은 읽기 과제였던 셰익스피어의 《로미오와 줄리엣》에 대해 질문을 던지는 중이었다.

"필립, 스펜서는 정말 귀여워. 머리카락도 길고 까매. 우리 식구들처럼 말이야. 그런데 있지…."

이모는 말끝을 흐렸다.

"뭔데? 어서 말해 봐." 필립이 재촉했다.

"아기 다리에 문제가 있대."

"웨스트 부인, 웨스트 부인, 토넷 씨! 보세요, 토넷 씨!"

머리카락이 까맣고 뺨이 붉은 간호사가 되풀이해 말했다. 간호사는 어머니의 어깨를 가만히 흔들었다.

"토넷 씨, 이제 일어나 봐요."

아버지가 처음 나를 품에 안고 클리마코 박사로부터 아기 다리가 정상이 아니라는 말을 들은 지 몇 시간이 지났다. 이제 간호사는 어머니를 깨워 같은 소식을 알리려는 참이었다. 제왕절개 수술이 끝난 후 어머니는 분만실에서 개인 병실로 옮겨졌었다. 마침내 천천히 눈을 뜬 어머니가 창으로 비춰 들어오는 햇빛을 피하며 눈을 가렸다.

"아드님을 얻으셨어요, 웨스트 부인!"

간호사가 말했다. 아버지는 침대 머리 쪽에 서 있었고, 간호사는 베개를 바로잡은 후 어머니가 일어나 앉을 수 있도록 부축했다. 다른 간호사가 침대 위 어머니 옆자리에 나를 뉘자, 어머니가 곧장 나를 안아 올렸다.

"토넷!" 마침내 아버지가 천천히 입을 뗐다.

"의사 선생님이 그러시는데 스펜서한테 문제가 좀 있대."

"아, 그래요?" 어머니는 눈을 비비며 말문을 열었다.

"그러니까 일단 아기 이름은 스펜서로 결정했단 말이네요."

"그래, 스펜서 제임스야. 장인어른 성함을 따서 제임스라고 했어."

프리치 박사도 병실로 들어왔다. 그는 어머니의 주치의로 출산을 도와주러 와 있었다. 박사는 침대 옆에 놓인 의자를 끌어당겨 놓고 어머니의 팔에 가만히 손을 얹으며 말했다.

"토넷 씨, 아드님한테서 문제가 발견됐어요."

"어떤 문젠가요?"

어머니는 가만히 질문을 던지며 나를 감싸고 있던 담요를 들추기 시작했다.

"음, 그게 말이에요. 저희도 아직 확진을 못 내렸어요."

프리치 박사는 아버지 쪽을 바라보며 말을 이었다.

"저희 소견에는…."

때마침 병실 문이 열리고 할아버지가 들어왔다. 할아버지는 쿠바산 시가를 입에 물고 있었다.

"그래, 아기가 태어났다고! 어디 한번 볼까?"

"네, 아버지! 드디어 스펜서가 나왔어요."

"아, 그러니까 아들이구나!"

할아버지가 못 박듯 말했다.

"'스펜서 마운틴'이라는 영화에도 스펜서가 나왔는데 말이야. 그 영화에 이런 대목이 나오지. '가야 할 길을 아는 자에게는 세상도 옆으로 물러서 길을 비켜준다. 그가 자신의 길을 갈 수 있도록.' 아마 이 아이도 나중에 큰일을 할 거야!"

"있잖아요, 저… 작명 책에서 봐둔 이름이 있는데요."

어머니가 조심스럽게 의견을 내놓았다.

"안 돼, 토넷! 내가 영화에서 고른 이름이란 말이야."

아버지가 어머니의 말을 가로막았다. 그때 하얀 백합이 든 꽃병을 들고 할머니가 들어왔다.

"우리가 손자를 얻었단 말이지?"

장난기를 머금은 표정으로 할머니가 물었다.

"그래요, 어머니!" 아버지가 대답했다.

"어디 한번 보자꾸나."

말을 마친 할머니는 총총걸음으로 어머니가 누운 침대 쪽으로 다가갔다.

그제야 클리마코 박사는 어머니에게 내 상태를 제대로 설명해 줄 수 있었다. 박사의 설명에 따르면, 내 다리는 얼핏 조금 움직이는 듯했지만 건강한 아기들처럼 다리 근육을 조절하는 능력이 없다고 했다. 그래서 아버지가 묘사한 그대로 개구리 다리처럼 늘어져 있었다. 그나마 운이 좋았던 건 부모님이나 나머지 가족들이 이런 내 장애를 조금도 개의치 않았다는 사실이다. 가족들은 나를 있는 그대로 받아들였다. 그들의 소중한 스펜서로 말이다.

어머니와 나는 일주일 동안 입원해 있었다. 어머니 배에 난 수술 자국이 제대로 아물 때까지 기다려야 했기 때문이다. 입원해 있던 중에도 어머니는 내내 이렇게 생각했다고 한다.

‘그래, 난 내 아이와 같이 집에 돌아갈 거야. 이제 우린 한 가족이고 다 함께 새 인생을 시작해야 하니까.’

요즘도 어머니는 종종 이야기한다. 당시의 그 결심이 흔들린 적은 단 한 번도 없었다고 말이다.

“네가 어떤 모습이든 그건 하나도 중요하지 않았다. 넌 내 아들이었으니까.”

가끔 어릴 적 한 순간이 떠오르곤 한다. 어머니가 사슴같이 부드러운 갈색 눈으로 나를 내려다보며 당신의 시원한 손가락으로 내 이마를 쓰다듬어 주던 기억이다.

어머니가 입원 중이던 그 주에 프리치 박사는 솔트레이크 시티 소재의 유타 의과대학 측과 예약을 잡아두었다고 부모님에게 알렸다.

“거기서 몇 가지 실험을 진행할 걸세. 의료진이 진단을 내리고 나면 최선의 치료 방향이 잡힐 거야. 일단 지금으로선 파악할 수 있는 게 많지 않아. 그저 그럴 것 같다고 짐작할 뿐이지.”

그렇게 말을 잇던 박사는 마지막으로 한마디 더 덧붙였다.

“그러니까 무슨 일이 벌어지든 마음을 단단히 먹어야 할 걸세.”

어머니와 내가 퇴원하고 나서 일주일이 지난 후, 부모님은 나를 데리고 록 스프링스에서 세 시간 정도 떨어진 유타 주 솔트레이크 시티로 향했다. 훗날 부모님은 그날이 평소 그맘때와 달리 포근하고 햇살 가득한 겨울날이었다고 회상했다. 나는 담요로 겹겹이 싸인 채 차 안에서 곤히 잠들어 있었다. 어머니 역시 매일 밤 내게 시달리며 몇 시간씩 뜬눈으로 지새웠던 터라 지친 상태였다. 나중에 어머니에게 듣기로, 태어나서 반 년 동안 내가 깨지 않고 가장 오래 잤던 시간은 고작 세 시간이었다고 한다(뭐, 어쩌겠는가? 나는 밤이 좋았을 따름이다).

아버지는 어머니의 졸음을 쫓아줄 요량으로 예전에 사냥 나갔던 무용담을 늘어놓았다. 하지만 그 이야기라면 전부터 수도 없이 들어왔던 어머니로서는 별로 흥미를 느끼지 못했다. 어쨌건 아버지는 매번 되풀이했던 이야기를 다시 늘어놓으며 병원까지 갔다.

부모님은 병원에 도착하고 나서도 진료 차례가 돌아올 때까지 거의 여섯 시간가량을 기다려야 했다. 아버지가 신문을 읽는 동안 어머니는 나를 안고 어르며 시간을 보냈다.

마침내 내 차례가 되었을 때 어머니는 출산 후 처음으로 거센 감정적 동요를 겪어야 했다. 그날 밤 어머니가 내 곁에 머무는 걸 병원에서 허락하지 않았기 때문이었다. 의료진이 몇 가지 검사를 진행하는 동안 나는 혼자 병원에 남아 있어야 했던 것이다.

간호사에게 나를 맡기면서 아버지는 어머니 품에서 힘들게 나를 떼어내야 했다. 병원 엘리베이터를 타고 아래층으로 내려가는 내내, 그리고 베르나의 집으로 향하는 도중에도 어머니는 줄곧 눈물을 멈출 수 없었다고 한다. 베르나는 할아버지의 처형뻘 되는 사람인데, 당시 솔트레이크 시티에 살고 있었다. 그날 어머니는 자다 깨다를 반복하며 밤새 뒤척였다. 그 누구도 어머니 당신만큼 나를 돌볼 수 없다는 걸 알고 있었기에 마음을 놓을 수 없었던 것이다.

　다음 날 방문객 출입이 허용되자, 부모님은 곧장 병원으로 돌아왔다. 의료진은 몇 시간에 걸쳐 내가 '천골 발육 부전증'을 앓고 있다고 부모님에게 설명했다. 그러니까 척추가 비정상적으로 발달한 것이다. 뿐만 아니라 나는 일종의 심각한 병도 지닌 채 태어났다. X선 촬영 결과 내 몸에는 천골薦骨이 없었다. 쉽게 말해 등과 다리를 잇는 척추 맨 아래쪽에 삼각형 뼈가 없었던 것이다. 한 의사는 부모님을 향해 이렇게 말했다.

　"제가 보기에 아드님은 일어나 앉기도 힘들 것 같습니다."

　그 병원에서 근무하던 또 다른 의사는 내가 십대까지 살 수 있으면 운이 좋은 편일 거라고 했다. 천골 발육 부전증처럼 심각한 질환에 시달리는 아동들은 그때까지 생존하는 것도 힘들었다.

　그나마 좀 더 낙관적으로 진단을 내린 한 의사는 진료 기록 파일에 이렇게 적었다.

　'아이가 훗날 거의 앉아서만 생활해야 할 것이므로, 부모는 이에 대비해 아이가 음악이나 독서, 작문과 같은 취미를 계발할 수 있도록 지원해야 할 것입니다.'

의료진이 최종 검사를 진행하는 동안, 부모님은 검사실 바깥 로비에서 대기하고 있었다. 어머니는 결국 흐느끼기 시작했다.

"믿을 수 없어요. 우리 아기는 반드시 십대를 넘길 거예요."

아버지 역시 눈물을 떨어뜨렸다.

"토넷, 스펜서는 아직 어리잖아. 자고 일어나면 과학이 성큼 발전하는 세상이니까…. 틀림없이 우리 아이는 오래 살 거야!"

벌써 여러 번 들은 이야기지만, 당시 부모님은 내가 당신들의 아이여서 얼마나 다행인지 그 자리에서 다시금 깨달았다고 한다. 부모님이 눈물을 흘리던 그 순간 불현듯 한 여자가 나타나 벽에 설치된 검은색 공중전화 수화기에 대고 울부짖기 시작했다.

"이봐요, 여보! 우리 딸이 뇌종양이래요. 한 해도 못 넘긴대요. 아직 너무 어린데… 정말… 어떻게…."

여자는 결국 그 자리에 주저앉고 말았다. 때마침 간호사 두 명이 달려와 여자를 부축해 바로 옆 빈 병실로 데리고 갔다. 한바탕 소동이 지나고 로비가 다시 조용해지자, 어머니는 지치고 어리둥절해 보이는 아버지의 눈을 쳐다보며 입을 뗐다.

"우리는 정말 운이 좋은 것 같아요."

어머니가 가만히 속삭였다.

"저 사람은 아이랑 일 년도 함께할 수 없잖아요. 그래도 스펜서는 여러 해 동안 우리 곁에 있을 거예요."

록 스프링스로 돌아오는 내내 아버지는 의사가 진단을 내리며 한 말을 떨칠 수 없었다. 스포츠맨이었던 아버지는 내심 당시의 상황을 이런 식으로 정리했다. 당신의 인생에서 맞닥뜨린 이 게임에서 투수가 아버지를 향해 커브볼을 던졌다고 말이다. 그래서 평범한 아버지 포지션으로 게임에 임하고자 했던 본래의 바람을 바꿔야 했다. 그렇다고 해서 불만스러운 얼굴로 벤치에 쭈그리고 앉아 있을 수는 없는 일이었다. 대신 아버지는 새로운 규칙에 따라 경기에 임하기로 마음먹었다.

어머니로 말하자면, 어찌 되었건 나는 당신의 아들이었다. 의사가 나를 어머니 품으로 넘겨주기 훨씬 전부터 어머니는 나와 끈끈하게 연결되어 있음을 느꼈다고 한다. 그래서 어머니만큼은 신체장애에 가린 내 본모습을 보려고 굳이 따로 노력할 필요가 없었다. 어머니 당신은 이미 충분히 나를 잘 파악하고 있었던 것이다. 어머니는 내가 세상에 나오기 전에 이미 한 인간으로서 내 잠재력을 이해하고 인정해 주었다. 한 치의 망설임도 없이 내 모습 그대로를 온전히 인정한 어머니의 태도가 유년기의 나를 형성했다고 해도 과언은 아닐 것이다.

❝ 저는 그저
그 애가 행복했으면
좋겠어요. **❞**

chapter 2

슈퍼맨의 꿈

솔트레이크 시티에서 돌아온 후 일주일도 채 되지 않아 나는 급성 복통을 앓기 시작했다. 그 바람에 나는 하루에도 몇 번씩, 그리고 밤에도 거의 잠들지 못하고 심하게 울어댔다. 나를 안고 계단을 오르내리는 것만으로도 진이 빠졌던 어머니는 임신 중에 불어났던 체중마저 죄다 빠졌다. 유독 어머니가 계단을 오르내릴 때만 내가 울음을 멈췄기 때문에 하는 수 없는 노릇이었다.

내가 6개월 정도 되었을 무렵부터 어머니는 담요로 나를 싸서 안전벨트를 채워 차에 앉혀 두고 미술 공예점에 들러 각종 재료를 구입하곤 했다. 그리고 내가 잠들었을 때 몇 시간씩 짬을 내어 앨범이나 내 티셔츠, 파자마 등을 손수 만들었다. 그렇게 어머니는 출산 후 복직하지 않고 내가 유치원에 들어갈 때까지 집에서 나를 보살폈다. 물론 처음에 금전적 문제가 걱정되었던 것도 사실이다. 미국의 의료비는 꽤 비싸니까 말이다. 게다가 의료진이 내게 처방한 치료를 받으려면 수억이 들었기 때문에 부모님은 평생 빚에 시달려야 할 판이었다. 그러던 중 솔트레이크 시티에서 내 병을 확진한 의료진 중 한 사람이었던 콜먼 박사가 자신이 근무하는 슈라이너스 어린이병원Shriners Hospitals for Children에 나를 한번 데려와 보라고 부모님에게 권했다. 국제 자선단체인 슈라이너스 단체는 미국뿐 아니라 캐나다와 멕시코, 파나마 등 여러 지역에 병원을 지어 무료로 아동들을 진료했는데, 특히 정형외과적 치료가 필요한 아이들을 중심으로 치료해 주고 있었다.

슈라이너스 병원에서 치료를 받으려면 두 가지 조건만 갖추면 됐다. 우선 부모님은 치료비 지불이 곤란한 사정이라는 걸 증명해야 했다. 이 부분은 사실이었기 때문에 증명을 위해 따로 노력을 기울이지 않아도 되었다. 또 다른 조건은 슈라이너스 단체의 회원이 나를 후원해야 한다는 거였는데, 이것 역시 어렵지 않은 부분이었다. 록 스프링스는 작은 마을이었기 때문에 돈 토마스 씨와 빌 맥커튼 씨 측에 우리 가족의 소식이 전달되는 데는 오랜 시간이 걸리지 않았다. 두 사람은 모두 슈라이너스 클럽의 오랜 회원인데다 가족끼리도 서로 친분이 있던 터였다. 두 사람은 흔쾌히 내 후원자가 되어 주기로 했다.

슈라이너스 병원에 진료 대상 자격 신청을 하고 나서 몇 주 후, 어머니는 병원 행정부서에서 전화 한 통을 받았다. 내 신청이 승인되었으니 진료 예약을 잡아 내원하라는 소식이었다. 그렇게 하여 나는 생후 4개월도 채 안 돼서 또 다시 진찰을 받으러 솔트레이크 시티로 향했다.

"전에도 이런 환자를 치료해 보셨나요?"

어머니는 슈라이너스 병원에서 내 주치의가 된 콜먼 박사에게 다그쳐 물었다. 다시 한 번 나를 진료한 콜먼 박사는 이전에 의료진이 내린 우울한 진단에 동의하지 않았다. 박사는 내가 일어나 앉을 수 없을 거라는 견해를 막무가내로 믿지 않는 대신, 보철다리를 이용해 걸어다닐 수 있을 거라고 생각했다.

"전에도 이런 환자를 치료해 보셨냐고요?"

어머니는 다시 한 번 콜먼 박사를 다그쳤다. 박사는 내 다리의 무릎 위쪽을 절단해서 보철다리가 잘 들어맞도록 해야 한다고 권하던 중이었다.

"아닙니다. 그렇진 않아요."

마침내 박사가 건조한 말투로 대답했다. 그는 자신 앞에 놓인 서류더미를 쳐다보며 말을 이었다.

"스펜서와 같은 문제를 가진 환자는 지금까지 다섯 명밖에 보지 못했습니다. 그러니까 전에는 이런 식으로 치료해 본 적이 없는 셈이죠."

콜먼 박사는 자리에서 일어나 X선 장비 쪽으로 걸음을 뗐다. 그는 전원을 켜고 부모님에게 더 가까이 와보라는 몸짓을 취했다.

"보시다시피 스펜서의 다리는 골반에서부터 튀어나와 있습니다."

박사는 손짓을 섞어가며 말을 이었다.

"우선 무릎 바로 위쪽까지 다리를 절단할 계획입니다. 바로 여기까지 말입니다."

박사는 바로 그 지점을 가리켰다.

"그러고 나서 일 년 정도는 매일 밤 특수 장치를 끼고 자도록 할 겁니다. 그러면 다리뼈가 똑바로 펴지면서 평행에 가까워지겠지요. 지금 스펜서의 다리는 골반에서부터 나와 있는데, 양쪽으로 튀어나와 살짝 위를 향하고 있습니다. 요가에서 가부좌를 틀고 앉아 있는 형태와 거의 흡사하게 말이죠. 일단 다리 모양을 제대로 교정하고 나면 못 걸을 이유가 없다고 봅니다."

"잘 알겠습니다, 선생님! 절단 수술은 언제 들어가나요?"

아버지가 쓰고 있던 모자를 벗으며 박사에게 물었다.

"세 살이 되기 전에는 안 됩니다."

X선 장비의 전원을 끄고 회전의자로 돌아가 앉으면서 콜먼 박사가 대답했다.

"그럼 그동안은 어떻게 하면 되죠? 그러니까… 3년 동안은 어떤 조치를 취하면서 지내면 되는 건가요? 뭘 할 수 있을까요?"

어머니가 아버지의 뒤를 이어 물었다.

"3개월에 한 번씩 스펜서를 데려오십시오. 그리고 가정에서는 스펜서가 말하고 읽고 의사소통을 할 수 있도록 집중해서 지도하셔야 합니다. 음악, 미술도 접하게 하시고요."

당시 콜먼 박사의 진료실에는 부모님 외에 슈라이너스 병원의 보철 코디네이터인 바바라도 함께 있었다. 바바라는 부모님 앞에 앨범 하나를 펼쳐 보였다. 앨범은 보철 손과 팔, 다리를 착용한 아동과 십대 아이들의 사진으로 가득했다. 사진 속 아이들은 거의 대부분 활짝 웃는 얼굴을 하고 있었다.

"보철다리를 찬다고 해서 스펜서의 인생이 끝나는 게 아니랍니다."

바바라는 어머니와 아버지를 차례로 쳐다보며 말을 이었다.

"유명인들 중에도 팔이나 다리가 없는 사람들이 많아요. 캐나다 출신 마라토너인 테리 폭스만 해도 그렇죠. 신체장애를 지닌 많은 사람들이 훌륭한 업적을 이룩해 냈답니다. 아드님의 경우에도 장애로 인해 좌절할 수도 있겠지만 반면 장애를 딛고 우뚝 설 수도 있어요. 멕시코 화가인 프리다 칼로도 버스 사고로 영구 장애를 입었죠. 아마 척추 파열이었을 거예요. 그뿐이던가요. 미국 대통령 프랭클린 루즈벨트는 소아마비에 걸리는 바람에 허리 아래쪽이 죄다 마비됐었죠."

바바라의 말에 어머니가 질문을 던졌다.

"일전에 한 의사 선생님은 스펜서가 십대를 넘기지 못할 거라고 하셨는데, 그건 어떤가요? 그 의사 선생님은 스펜서처럼 천골 발육 부전증을 지닌 아이들은 신부전증도 종종 일으킨다고 했는데요."

"네, 그건 사실입니다. 운이 나쁘다면 그럴 수 있어요. 그러니까 항상 주의해서 살펴봐야죠. 그리고 언제든 감염이 의심될 때 가능한 한 빨리 지역의 담당 의사분이나 병원을 찾으셔야 합니다."

어머니는 가슴이 찢겨나가는 듯한 심정이었다. 어머니는 모성 특유의 직관으로 내가 아주 오래도록 풍요롭게 살 것이라 믿어 의심치 않았다. 하지만 내심 마음 한구석에서는 내가 십대를 넘기지 못할 거라는 말이 자꾸만 어머니를 괴롭혔던 것이다. 어머니는 쓸데없는 의심을 떨쳐내려고 애썼지만, 시간이 갈수록 그런 불길한 생각은 슬금슬금 다시 기어들어왔다. 그래서 어머니는 될수록 내 앞날에 대해 생각하지 않으려 했다. 대신 깨어 있는 대부분의 시간을 활발하게 움직이려고 노력했다.

어머니는 내가 태어나 맞는 첫해 여름 내내 나를 유모차에 태우고 동네를 걸어다녔다. 여름에는 짧은 옷을 입힐 수 있었기 때문에 어머니는 여름을 제일 좋아했다. 겨울옷은 입히기가 까다로웠다. 내 다리가 묘한 각도로 자리 잡았던 탓에 어머니는 내게 맞는 바지를 좀체 찾을 수 없었다. 눈보라 때문에 집 밖에 나갈 수 없었던 겨울이면 어머니는 아랫단에 끈이 들어간 원피스 잠옷을 입혔다. 또 어머니는 벨벳 재질의 바지와 헐렁한 바지를 할인점에서 골라오곤 했다. 종고모인 안토니아는 나만을 위한 바지를 만들기 시작했다. 종고모는 옆 솔기의 반쯤 되는 지점을 잘라 바지통을 열어 넓힌 후 천을 추가로 덧대 넣었다. 그래서 모양새만 보면 당시 아주 유행하던 유아용 나팔바지를 입은 것처럼 보이기도 했다. 그렇지만 어쨌거나 내 발은 제대로 자란 적이 없었기 때문에, 양말과 신발은 항상 신생아들에게나 맞을 법한 크기였다.

어머니가 나를 데리고 바깥을 걸어다닐 때면 종종 사람들이 몰려와 유모차 안을 들여다보며 놀라움을 표시하곤 했다.

"아이는 괜찮은 거예요?" 사람들의 질문이 이어졌다.

"어디가 잘못된 건가요?"

처음에는 어머니도 공손한 태도로 일일이 대답하면서 의사의 진단을 설명했다고 한다. 하지만 수군대며 쳐다보고 질문을 퍼붓는 사람들이 끊이지 않자, 어머니도 차츰 짜증이 났다.

"원래 그렇게 태어났어요."

결국 어머니는 그렇게 내뱉고는 재빨리 자리를 뜨곤 했다. 그러면 구경꾼들도 더 이상 유모차를 들여다보며 호들갑을 떨지 않았다.

한 살이 되자, 나는 길 수 있었다. 두 살이 되었을 때는 몸통을 일으키고 손을 발처럼 이용해 어디든 걸어다녔다. 몸의 일부가 없다는 기분은 느낀 적이 없다. 나는 그저 손을 한쪽씩 앞으로 내밀며 전진했다. 아버지는 자주 할아버지네 오두막집 근처의 차갑고 짙은 호수로 나를 데려가 물에 몸을 담가주곤 했다. 나는 바깥에서 다른 아이들과 노는 걸 즐겼다. 한동안은 빨간색 충전식 장난감 차에 타고 돌아다니는 데 빠지기도 했다. 나는 식당에 있다가 부엌까지 가서 과자를 집은 다음 카일보다 한발 앞서 '스쿠비 두Scooby-Doo : 강아지 모양의 만화 캐릭터-역주' 앞에 버티고 서 있길 좋아했다. 카일은 거리 아래쪽에 살았고 스스로 우유를 따라 마실 수 있었다.

다리가 없어서 좋은 점도 한 가지 있긴 했다. 세 살이 되자 나는 올림픽 경기에 출전한 역도선수만큼이나 팔 힘이 세졌던 것이다. 게다가 원숭이해에 태어난 아이란 걸 증명이라도 하듯 나는 몸을 흔들어 가뿐히 소파에 올라갈 수 있었다. 또 필립을 비롯해 다른 사람들의 등에 올라타기도 했다.

제이미 이모와 남자친구 필립은 종종 나를 돌봐줬는데, 나 역시 그들과 함께하는 시간이 좋았다. 나는 마치 필립이 공원에 있는 정글짐이라도 된 양 굴었다. 내가 필립의 등이나 어깨에 올라타면 그는 전속력으로 집 안을 뛰어다녔다. 내가 잠자리에 들 때쯤 아버지가 해주었던 것처럼 말이다. 한 번은 제이미 이모와 나를 품에 안은 필립이 계단을 뛰어 내려가다가 그만 필립이 2층에서 1층으로 굴러떨어지고 말았다. 1층 바닥에 닿자마자 필립은 급히 일어나 앉아 내 몸을 이리저리 굴려 살폈다. 그리고 내 작은 몸속 뼈 하나하나를 확인해 보고 혹시라도 내가 쇼크를 받지나 않았는지 내 표정을 관찰했다(필립은 나중에 의사가 되었다). 마침내 내게 이상이 없다고 판단한 필립은 안도의 한숨을 내쉬었다.

"나 때문에 네가 다친 줄 알았어."

필립이 제이미 이모 쪽을 건너다보며 말했다.

"말도 안 돼요, 필립 아저씨!" 내가 키득대며 말했다.

"난 다치지 않았어요. 아저씨도 알잖아요. 난 슈퍼맨이란 말이에요!"

그렇다고 해서 유년 시절의 기억들이 온통 즐겁기만 했던 건 아니다. 내 기억이 틀리지 않다면 나는 수면장애에 시달렸었다. 그러니까 깨지 않고 밤새도록 잘 수가 없었다는 말이다. 이건 어머니도 인정한 사실이다. 명확히 기억나진 않지만 내가 보기에 수면장애의 발단은 세 살 무렵이었던 것 같다. 내가 기억하는 한 곁에서 지켜보는 부모님 없이 혼자 병원에서 밤을 보낸 건 그때가 처음이었다. 당시 나는 태어나서 처음으로 중대한 수술을 받기로 되어 있었다. 콜먼 박사가 내 다리 아랫부분의 절단 수술을 맡았는데, 사실 수술 자체에 관한 건 잘 기억나지 않는다. 그저 눈부시도록 밝은 수술실의 조명이 뇌리에 남아 있을 따름이다.

하지만 밤에 자다가 깨는 건 수술실 조명에 관한 기억 때문이 아니라 홀로 남겨졌을 때의 기억 때문이었다. 방문 시간이 끝나서 어머니가 병원을 떠나야 할 순간이 왔을 때, 나를 잡았던 어머니의 손가락이 서서히 힘을 잃었다. 곧 아동 병동의 조명도 희미해졌다. 나는 계속 훌쩍대다 지쳐 잠이 들었다. 병원에 나를 남겨두고 가야 했던 어머니가 그랬던 것처럼, 나도 밤새 이리저리 뒤척였다. 자다가 깨면 혼자라는 걸 알아차리고 어머니를 불러대며 울었다. 하지만 아무리 불러도 어머니는 오지 않았다. 어머니의 부재는 묵직한 시멘트 벽돌처럼 내 뱃속 저 밑바닥을 눌렀다. 다리 없이 생활하는 데는 어느 정도 적응해 가던 중이었지만, 가장 든든한 지원군인 어머니가 곁에 없다는 사실은 견디기에 너무 버거웠다.

퇴원하기 전에 어머니는 수술 후 생긴 상처가 아물면 내가 착용하게 될 장치를 제작하기 위해 엔지니어인 론 아저씨가 다녀갔다고 했다. 내 다리를 곧게 펴줄 그 장치는 단단한 플라스틱으로 제작될 참이었고, 고무 같은 재질의 밴드를 이용해 내 허리둘레에 차도록 되어 있었다. 또 내 다리 아래쪽 밑면에도 두를 예정이었다. 론 아저씨는 끈적이는 플라스틱으로 내 몸통의 틀을 뜨고 나서 그 장치가 양동이 모양일 거라고 설명했다. 그런 다음 나중에 내가 착용하게 될 의족과 비슷한 형태의 의족을 보여주었다. 어머니는, 론 아저씨가 이렇게 말했다고 한다.

"두고 봐! 금방 걷게 될 거야."

다음 날 아침, 평소보다 조금 일찍 깬 나는 손을 뻗어 남아 있는 다리를 감싼 흰색 붕대를 만져보았다. 그리고 곧장 울기 시작했다.

"엄마~!"

나는 목청 높여 어머니를 불렀다. 그러자 곧 피곤해 보이는 눈을 비비며 어머니가 병실로 들어왔다. 어머니의 곱슬머리는 금방 잠에서 깬 듯 여기저기 뭉쳐 있었다. 어머니는 웃으며 나를 품에 안고 휴게실로 갔다. 그리고 채널을 돌려 〈로저스 아저씨네 동네〉라는 어린이용 프로그램을 틀었다. 로저스 아저씨가 그의 대표곡 '오늘은 좋은 날'을 부르자, 나는 곧 울음을 그쳤다. 마호가니 흔들의자에 앉은 어머니는 줄곧 나를 무릎에 앉힌 채 내 등을 쓰다듬으며 얼러주었다.

"스펜서, 넌 나중에 커서 뭐가 되고 싶니?"

광고 방송이 나오는 동안 어머니가 내게 물었다.

"슈퍼맨이요! 아니면 배트맨이 될 수도 있어요!"

나는 TV에서 눈을 떼지 않고 의기양양하게 대답했다.

어머니는 웃으며 말했다.

"넌 벌써 슈퍼맨이잖아. 그러면 넌 어떤 힘을 가지고 싶은데?"

"높은 빌딩들을 뛰어넘어 다닐 거예요. 나는 법도 배울 거고요."

어머니는 나를 꼭 껴안았다.

"그럼 엄마는 너를 도와 뭐든 할 거다. 그런데 이거 하나만 약속하렴. 상처가 아물고 몸이 다 나을 때까지 아무 데서나 뛰어내리지 않겠다고 말이야."

"응, 엄마! 알았어요."

나는 흔쾌히 대답했고 로저스 아저씨가 다시 TV 화면에 모습을 드러냈다.

얼마 후 어머니는 소파 위 쿠션에 나를 내려놓고 휴게실 주방으로 갔다. 곧 커피 머신 돌아가는 소리가 들렸다. 하지만 어머니가 제이미 이모와 통화하는 소리는 미처 듣지 못했다. 제이미 이모는 당시 와이오밍 대학교에서 비즈니스를 전공하고 있었다.

"뭐라도 해야 할 것 같아." 어머니가 말을 이었다.

"다른 병원에 데려가서 진단을 받아보면 마음이 좀 편해질지도 모르겠어."

제이미 이모는 자신과 필립 역시 내 상태와 치료 과정에 대해 이야기를 나눴으며, 부모님이 나를 다른 의사에게도 보여야 한다는 데 의견을 같이했다고 했다.

"응원해 줘서 고마워!"

어머니가 이모에게 속삭였다. 그러다 갑자기 더 씩씩해진 목소리로 어머니가 선언하듯 말했다.

"슈퍼맨 엄마 라라는 크립톤 행성이 파괴되자, 아들을 지구로 보냈지. 아들이 어떻게든 무사히 살아남을 거라고 굳게 믿으면서 말이야. 나도 우리 아들 슈퍼맨이 가는 길이라면 어디든 항상 함께할 거야!"

"대체 무슨 이야기야?" 이모가 웃으며 물었다.

"아, 미안해! 요새 스펜서랑 TV를 너무 많이 봤나봐."

수술 후 처음 몇 주 동안은 누워 지내는 것 외에 다른 활동을 거의 할 수 없었다. 그저 침대에 누워서 유모차 위로 날아다니는 새들을 바라보거나, 차창 밖으로 지나가는 건물들을 쳐다보는 게 고작이었다. 어머니는 내가 미처 모르는 사이 미국 곳곳의 정형외과 전문의들에게 연락을 취했다. 내가 낮잠을 자거나 〈벅스 버니〉 같은 만화 프로그램을 보느라 정신이 팔려 있어 여유가 생기는 오후 시간이면 어머니는 병원에 전화를 걸고 의사들에게 보낼 편지를 타이핑했다. 그리고 초조하게 답변을 기다렸다. 그러던 중 마침내 캘리포니아의 한 의사로부터 전화가 걸려왔다.

"저도 콜먼 박사님의 의견에 동의합니다."

말문을 연 의사는 이렇게 덧붙였다.

"슈라이너스 병원에서 가장 유능한 선생님을 만나셨군요."

어머니는 시간을 내주어 감사하다는 말을 전하고 전화를 끊었다. 하지만 어쩐지 마음이 놓이지 않았다. 내 파일을 검토한 또 다른 의사도 있었지만, 그 역시 캘리포니아의 전문의와 같은 말을 반복했다.

"콜먼 박사는 훌륭한 의사입니다. 굳이 다른 분으로 담당의를 교체하실 필요는 없을 것 같습니다."

통화를 마친 어머니는 뒤를 돌아봤고 서 있는 나를 발견했다. 나는 주방으로 이어지는 문 옆에 서 있었다. 수술 후 처음 있는 일이었다. 몸통을 일으킨 나는 막 큰 수술을 받은 아이답지 않게 양손으로 성큼성큼 걸었다. 내 다리에 감겨 있던 붕대가 풀려져 바닥에 끌렸다. 나는 한 번 더 팔을 이용해 몸통을 들어 올린 다음 다리를 돌려 방향을 틀었다. 어느새 나는 똑바로 앉아 있었다.

"엄마! 과자 먹어도 돼요?" 내가 크고 당당한 목소리로 말했다.

사실 다리 절단 수술을 받고 나서 전보다 다리를 흔들며 돌아다니는 게 더 쉬워졌다. 다리는 이전의 절반 길이로 줄어 있었다. 수술 후 처음으로 차고에 가서 빨간 스케이트보드를 꺼내왔을 때는 어머니도 약간 염려를 했다. 나는 스케이트보드 위에 털썩 드러누워 전속력으로 거칠게 진입로를 내달렸다. 현관에 서서 줄곧 나를 주시하던 어머니는 결국 머리를 흔들며 미소를 짓고 말았다(잘 알려지지 않았지만, 슈퍼맨은 여가 시간에 스케이트보드 타기를 즐긴다).

그때부터 내가 뒤뜰에 나와 놀 때마다 어머니는 금세 나를 끌고 집 안으로 데려가곤 했다. 특별히 걱정이 되어서 그랬다기보다는 내 다리를 감은 새하얀 붕대가 먼지와 잔디로 더러워졌기 때문이다. 하지만 깨끗이 목욕을 하고 새 붕대로 갈고 나면 나는 어김없이 다시 바깥으로 나가 노는 데 열중했다.

수술 후 처음으로 두 팔로 서서 과자를 먹어도 되냐고 어머니에게 물어본 날 이후 단 며칠 만에 나는 붕대 여섯 통을 다 써버렸다. 내가 곧잘 붕대를 죄다 벗어던지기 시작했기 때문이다. 붕대는 종종 진입로나 집 앞 잔디밭에 흩어져 있었고, 아버지가 퇴근길에 떨어진 붕대를 주워오곤 했다.

봄날의 어느 저녁, 어머니는 설거지에 정신이 팔려 있었고, 아버지는 차고에서 캐딜락의 오일을 교환하고 있었다. 나는 그 틈을 타 망이 쳐진 앞쪽 덧문을 열고 미끄러지듯 현관으로 나왔다. 잔디밭을 가로질러 보도에 이르자, 집에서 전화벨 울리는 소리가 들렸다. 나는 도로와 고작 1인치 정도의 여유만 남긴 채 멈춰 서서 길에 널린 자갈을 줍고 있었다.

어머니는 친구인 조 아줌마와 통화 중이었다. 조 아줌마는 길 건너편에 살고 있었는데, 블루베리 머핀을 구울 때 필요한 설탕을 빌리려고 우리 집에 전화를 걸었다. 그런데 갑자기 조 아줌마가 다급하게 어머니를 부르며 말을 이었다.

"이봐, 토넷! 지금 창밖을 내다보는 중인데, 길에 스펜서가 있어."

어머니는 거실 창 쪽으로 다가가 하늘거리는 커튼을 열어젖혔다. 어머니가 길 쪽을 내다봤을 때 나는 아슬아슬하게 도로에 접한 지점에서 자갈을 던지며 놀고 있었다. 할아버지가 호숫가에서 그랬던 것처럼 물수제비 뜨는 시늉을 한 것이다.

어머니는 곧 창문 유리를 두드렸고, 고개를 든 나는 어머니를 향해 손을 흔들어 보였다. 내게 미소를 지어보인 어머니는 조 아줌마와 다시 이야기를 나누었다.

조 아줌마와 어머니의 통화가 끝나고 얼마 지나지 않아 외할머니가 전화를 했다.

"토넷! 방금 전에 조한테서 전화가 왔는데, 스펜서가 도로 옆에 나가 앉아 있다고 하는구나. 저러다 아이가 다치겠다. 운전자들은 아마 스펜서를 못 볼 거야. 어서 가서 데려오는 게 좋겠구나."

"엄마! 스펜서는 아직 어린 남자아이예요. 그 애는 또래 아이들이 하는 행동을 하는 것뿐이라고요. 그리고 자기가 다른 아이들과 다르다는 생각은 전혀 안 해요. 저도 스펜서가 돌을 던지면서 슈퍼맨인 척하는 게 좋아요. 저는 그 애가…."

어머니는 말을 잠시 멈춘 후 이렇게 말을 이었다.

"저는 그저 그 애가 행복했으면 좋겠어요."

다리 절단 수술을 받고 몇 개월이 지나 우리 가족은 다시 솔트레이크 시티로 향했다. 내가 쓸 보조 장비를 찾아오기 위해서였다. 론 아저씨와 콜먼 박사가 매일 밤 착용하라고 했던 그 장치 말이다. 그걸 차고 있으면 다리가 곧게 펴진다고 했다.

우리는 '인터마운틴 신체 보조기'라는 업체를 찾았다. 그곳은 론 아저씨가 내 다리에 맞게 틀을 뜬 곳이기도 했다. 나는 주변을 자세히 살펴봤다. 처음 방문했을 때 본 연구실의 모습이 거의 기억나지 않기 때문이다. 단지 론 아저씨가 보조 장비 제작에 사용될 석고 모형을 뜰 때 느꼈던 차갑고 미끈거리는 감촉만이 떠오를 뿐이었다. 나는 주변의 모든 걸 머릿속에 꼼꼼히 새겼다. 서랍들은 진짜처럼 보이는 인조 손과 팔, 손가락, 다리, 피부로 꽉꽉 채워져 있었다. 여기저기 널린 트레이 위에는 인조 손톱과 드라이버, 플라스틱 조각들, 물감이 가득했다. 나는 마른침을 삼켰다.

"엄마, 엄마! 나도 저런 걸 차고 다녀야 하는 거예요?"

어머니가 나를 안아 올렸을 때 내가 가만히 속삭였다.

나는 떨리는 손가락으로 의족 한 쌍을 가리키며 물었다. 옆에서 보니 의족은 실제 다리와 비슷한 색을 띠고 있었다. 하지만 의족의 전면에는 빨간색과 검은색, 노란색 철사로 연결된 은색 나사와 도르래가 달려 있었다. 흡사 영화 〈스타 워즈〉에 등장하는 C-3PO

다리 같은 모양새였다.

"글쎄, 엄마도 잘 모르겠구나."

어머니가 더듬거리며 대답했다.

"어서 오세요, 신사숙녀 여러분!"

한쪽 방에서 황급히 뛰쳐나온 론 아저씨가 인사를 건넸다. 길고 하얀 실험복을 입은 그의 검은 머리는 늘 그렇듯 지저분했다. 론 아저씨는 무릎을 굽히고 활짝 웃으며 내게 악수를 청했다.

"너 요즘 아주 잘하고 있다며?"

나는 고개를 끄덕여 보였다.

"정말 반가운 소식이구나! 좋아, 그럼 이제 시작해 볼까."

론 아저씨는 내가 착용할 기구를 들어 보였다. 그건 마치 양동이 같은 모양을 하고 있었다. 론 아저씨는 연구실에 있는 간이침대에 나를 눕힌 다음, 기구를 어떻게 착용시키는지 어머니에게 설명하기 시작했다. 딱딱한 플라스틱이 살갗을 눌러대고 단단한 끈이 다리를 잡아당기는 바람에 너무 불편해진 나는 본능적으로 기구를 벗어던지려 했다. 론 아저씨는 밤마다 기구를 착용하는 게 얼마나 중요한지 몇 번이고 강조하면서 내가 집에 있을 때는 낮에도 착용하면 좋다고 했다.

그의 설명을 주의 깊게 듣던 어머니는 연신 "아, 네! 아, 그렇군요!"라고 추임새를 넣었다. 아버지는 어머니의 어깨너머로 이 광경을 지켜보고 있었다. 불편했지만 론 아저씨가 기구를 벗겨줄 때까지 그 자리에 등을 대고 가만히 누워 있을 뿐 달리 방도가 없었다. 마침내 일어나 앉았을 때 내 얼굴은 상기돼 있었고 두 눈은 겁에 질려 있었다. 나는 어머니에게 이렇게 속삭였다.

"엄마, 나 집에 갈래요."

어린 시절, 모든 상황이 죄다 뒤바뀌어서 정상적인 신체를 가질 수 있었으면 하고 진심으로 소망했던 적이 단 두 번 있었다. 그중 첫 번째 순간이 바로 론 아저씨의 사무실에서 문제의 그 기구를 착용해야 했던 날이다.

66 애니, 발로 차는 건 안 돼.
스펜서는 반격해서
찰 수가 없으니까 말이다. **99**

chapter 3

족쇄를 벗어던지다

태어나서 내가 처음 내뱉은 말이 자크^{Zac}였다고 어머니에게 들었다. 두 살 무렵의 어느 날, 내 입 모양이 바뀌더니 당시 집에서 기르던 푸들 강아지의 이름이 튀어나왔다고 한다. 나는 강아지가 내 것이라는 듯 연신 내 가슴팍을 가리키며 이렇게 외쳤다.

"사크! 싸―아크!"

아쉽게도 자크는 내게 그다지 애착을 느끼지 못했던 것 같다. 결국 자크와 나는 친해지지 못했는데, 둘 다 다른 사람과 장난감을 같이 쓰기 싫어했기 때문이다. 우리 둘이서 유일하게 함께한 시간은 잠자리에 들기 전 어머니가 이야기를 들려줄 때였다. 어머니가 《골디락스와 곰 세 마리》나 《버니의 집》 같은 이야기책을 읽어줄 때면 자크도 바닥에 웅크린 채 잠이 들곤 했다.

내가 네 살이 되고 나서 몇 달이 지난 어느 날, 어머니는 깜짝 뉴스를 발표했다. 우선 첫 번째로 자크를 더 잘 돌봐줄 수 있는 다른 집으로 보내는 게 좋겠다는 의견이었다. 그리고 다음은 어머니, 아버지, 그리고 나 이렇게 세 명으로 구성된 가족이 더 커질 거라는 소식이었다. 그리고 그건 다른 애완견을 데려오겠다는 의미가 아니었다. 나를 소파에 앉히고 머리카락을 넘겨주던 어머니는 임신 3개월째라고 말을 꺼냈다. 나는 눈을 커다랗게 뜨고 어머니를 쳐다봤다. 처음에는 임신이라는 말이 무슨 의미인지 몰랐다. 어머니는 내 왼손을 잡아 어머니 배 위에 올려두고 작은 목소리로 속삭였다.

"이 안에 아기가 들어 있단다. 여동생이나 남동생이 생길 거야!"

그러자 내가 고개를 갸웃하더니 어깨를 한 번 으쓱하고는 〈세사미 스트리트〉를 계속 시청했다고 했다. 나중에 배가 점점 불러오자, 어머니는 내게 아기의 존재를 자꾸 인식시켰다. 종종 이렇게 물어보면서 말이다.

"스펜서, 이제 곧 동생이 나올 거야. 아기 이름을 뭐라고 지으면 좋겠니?"

나는 한동안 대답하지 않다가 어느 날 마침내 말문을 열었다.

"만약에 남자아이면 로빈이라고 부르기로 해요. 여자아이면 그냥 멍충이라고 하고요."

어린 내가 생각하기에 동생이 생길 거면 꼭 남동생이라야만 했다.
'그 아이는 당연히 나의 배트맨 로빈이어야만 하니까!'
어머니는 웃으며 고개를 절레절레 흔들었다.
"넌 정말 못 말리겠구나. 틀림없이 아빠 쪽을 닮았어."
사실 할아버지와 아버지, 그리고 작은아버지까지 전부 익살맞고 말대답에 능하다. 뭐, 어쨌거나 다들 그렇게 되려고 노력하는 편이다.
아기가 태어날 때가 가까워지자, 나는 근처에 살고 있던 다이애나 이모네 집에서 머물게 되었다. 대개는 부모님과 떨어져 지내는 걸 싫어하는 편이었지만, 다이애나 이모네 집에 가는 건 아주 좋아했다. 이모는 내가 거실에 커다란 요새를 만들어 올려도 잔소리를 하지 않았기 때문이다. 나는 소파에 있던 쿠션과 벽장 안에 든 시트를 가져다 곧잘 요새를 쌓곤 했다. 집에서 어머니는 그렇게 큰 요새를 짓도록 허락하지 않았다.
사실 평소 같으면 외할아버지, 외할머니와 함께 지냈을 것이다. 나는 원래 외갓집에서 자는 걸 좋아했다. 외할머니는 내가 원하는 거라면 뭐든 다 들어주는 편인데다, 또 항상 맛있는 음식을 만들어 주었다. 가령 포티차 쿠키와 으레 따라 나오는 캐러멜콘, 치즈, 크래커, 그리고 입안을 개운하게 씻어줄 청량음료 같은 것들 말이다. 저녁이 되면 외할머니는, 내가 좋아하는 간식거리를 전부 가지고 지하에 따로 마련된 거실로 갈 수 있게 허락했다. 그러면 나는 외할머니, 외할아버지와 함께 그곳에서 〈디자이닝 우먼〉이나, 〈코스비 쇼〉, 그리고 외할머니가 제일 좋아했던 〈골든 걸〉 같은 성인 쇼 프로그램을 시청하면서 시간을 보냈다. 외할머니는 나를 목욕시킬 때마다 내 키보다 더 높이 거품을 내고는 등을 문질렀다. 일요일마다 외할아버지는 나를 교회에 데려갔는데, 뒤에 앉으면 혹시라도 내가 목사님을 못 볼까봐 항상 앞줄에 나를 앉혔다.

하지만 어머니의 출산일이 가까웠을 때, 경찰관이었던 외할아버지는 한창 바빴고 외할머니는 '칼라스 부동산'이라는 이름을 내걸고 막 부동산 사무실을 개업한 터라 분주했다. 그래서 아기가 태어났을 때 거치적거리지 않도록 다이애나 이모가 나를 맡기로 한 것이다.

태어난 아기는 로빈이 아니었다. 여자아이였다. 여동생 애니를 새 식구로 맞이한 순간이었다. 소식을 듣자마자 다이애나 이모와 나는 직접 아기를 보러 달려갔다. 병실 안으로 들어간 나는 우선 침대 위로 기어 올라갔다. 무엇보다 어머니와 뽀뽀하는 게 급했다. 비록 어머니와 하루밖에 떨어져 있지 않았지만 말이다. 어머니와 감격의 포옹을 끝내고 나니, 새로 태어난 아기가 보고 싶어졌다. 아기는 멍충이가 아닌, 애니라는 이름을 얻었다. 그런데 아버지가 분홍색 담요에 싸인 아기를 내게 넘겨줬을 때, 생각지도 않은 일이 벌어졌다. 애니의 순한 갈색 눈동자를 들여다보고 있자니 여동생이 좋아질 것만 같았다. 짙은 갈색 머리카락에 살짝 들린 코를 가진 애니는 정말 귀여웠다. 부모님 말고 다른 사람에게 진심으로 사랑의 감정을 느낀 건 아마 그때가 처음이었을 것이다.

애니는 입을 움직여 꼴깍대는 소리를 냈고 초점 없는 시선으로 주변을 둘러봤다. 나중에 더 커서 들은 이야기지만, 아기들은 막 태어났을 때 바로 눈앞에 있는 것도 제대로 보지 못한다고 한다. 그러니까 내가 애니를 바라보는 동안에도 애니는 나를 못 본 셈이다. 나는 마음속으로 생각했다.

'뭐, 로빈이 아니지만 그래도 배트걸은 될 수 있어!'

우리 집에 나 말고 다른 아이가 한 명 더 있어도 나는 거의 아무렇지도 않았다. 여전히 전처럼 〈세사미 스트리트〉를 시청하고 바깥에 나가서 놀았다. 그리고 밤이면 부모님이 책을 읽어 주었다. 애니가 태어나고 나서 단 한 가지 변한 게 있다면 그건 바로 내 침실이었다. 원래 내 방은 위층 부모님 방 바로 옆에 있었다. 하지만 나보다 애니가 어머니 가까이서 더 보살핌을 받아야 했다. 특히 밤에 자다가 깨면 더욱 그랬다. 그래서 부모님은 지하실을 수리해서 나의 방을 만들었다.

낮에는 내 방에서 지내는 게 더할 나위 없이 즐거웠다. 널찍한 공간에서 슈퍼맨과 배트맨, 히맨 모형을 가지고 마음껏 놀 수 있었기 때문이다. 그리고 바비 인형도 빼놓을 수 없다. 그렇다. 나는 사내아이였지만 인형을 갖고 놀기 좋아했다. 하지만 여느 아이들이 그렇듯 밤에 불이 꺼지면 상상 속의 괴물들이 튀어나와 내 방을 휘젓고 다니는 상상에 빠졌다. 그런 까닭에 나는 밤마다 좀체 잠을 이룰 수 없었다. 그러다 용기가 나면 침대에서 기어 내려와 최대한 빨리 팔을 움직여 허겁지겁 계단을 올라갔다. 부모님 방에서 함께 자기 위해서였다. 낮 동안 나는 세상 무서운 줄 모르는 슈퍼히어로였다. 하지만 밤이면 영락없는 겁쟁이로 전락하곤 했다.

자라면서 애니와 나는 내가 가장 좋아하던 코미디언 데인 쿡이 말한 '허튼 싸움'을 벌이기 시작했다. 정말이지 아무것도 아닌 일 때문에 서로 싸움을 걸었다. 꼭 둘 중 하나가 상대방의 심기를 건드려 싸움을 일으켰다. 형제간에는 으레 다들 그러는 것 같다. 처음에는 내가 오빠인데다 체구도 더 컸기 때문에 싸움이 벌어져도 내 쪽이 유리했다. 서로 머리를 잡아당기거나 꼬집고 물건을 던질 지경이 되면 어머니가 중재에 나섰다. 그리고 내게 손가락을 흔들어 보이며 이렇게 말했다.

"스펜서, 지금 애니한테 그렇게 함부로 하면 안 돼. 언젠간 애니가 너보다 더 커질 테니까 말이야. 엄마가 장담할게. 그렇게 되면 애니도 똑같이 널 괴롭힐 거야."

어머니의 예측은 정확했다. 애니의 보복이 시작된 것이다. 단 우리 집에는 아버지가 일찍부터 정해둔 규칙이 하나 있었다.

"애니, 발로 차는 건 안 돼. 스펜서는 반격해서 찰 수가 없으니까 말이다."

실제로 애니는 신체적 공격을 즐겼다. 애니가 그럴 때마다 나는 고약한 말을 쏟아내며 응수했다. 나는 내가 여동생이나 친구들에 비해 작다는 사실을 항상 인식하고 있었다. 하지만 그렇다고 해서 특별히 신경이 쓰인 건 아니다. 나는 오히려 작은 키를 즐겼다. 분명 키가 작기 때문에 좋은 점도 있었다. 가령 숨바꼭질과 피구를 할 때면 작은 몸집을 이용해 챔피언으로 활약했다.

그럼 내가 매일 착용해야 했던 특수 장치 이야기로 돌아가보자. 부모님과 나는 그 장치를 그냥 보조기라고 불렀다. 잠자리에 들기 전에 어머니는 항상 그 보조기를 끼워 주었다. 하지만 불이 꺼지고 나면 나는 그 즉시 10분가량을 낑낑대며 버클을 풀고 몸을 들어 보조기에서 빠져나왔다. 가끔은 어머니를 의식해 몇 시간씩 보조기를 차고 있다가 벗었다. 그럴 때면 몸을 뒤집는 것도 거의 불가능했기 때문에 가만히 누워 천장을 쳐다보고 있었다.

거의 일 년 동안 어머니와 나는 서로 알면서도 모르는 척하며 지냈다. 나는 보조기를 열심히 착용하는 척했고, 어머니 역시 내가 잘하고 있다고 믿는 척했다. 하지만 그냥 그런 척하며 지내기에 일 년은 긴 시간이다. 사실 어머니와 나 두 사람 모두 순순히 두 손을 들었다.

일 년이 지나 검진을 받으려고 콜먼 박사를 찾아갔을 때, 그는 단번에 뭔가 제대로 돌아가지 않았다는 걸 눈치챘다. 박사는 양손을 치켜들었다 떨어뜨리며 말했다.

"전혀 차도가 없어요. 전혀!"

어머니가 말문을 열었다.

"그러니까… 사실 스펜서가 밤에 잘 때는 보조기를 차지 않아요. 그래도 밤에 못 찬만큼 낮에 집에서 돌아다닐 땐 차는 편이에요."

콜먼 박사가 X선 사진을 살피며 대답했다.

"그렇군요. 그래도 어쨌거나 이 치료법이 스펜서에게 최선은 아닌 것 같아요. 다리뼈가 하나도 펴지지 않고 있어요. 제일 우려했던 게 이 치료법이 소용없으면 어쩌나 하는 거였는데 말입니다. 정말 그렇게 된 셈이네요."

어머니는 머리를 가로저으며 말을 이었다.

"박사님, 스펜서는 보조기 차는 걸 싫어해요. 다른 방도는 없을까요? 다른 치료법은 없는 건가요?"

"아마 그런 것 같습니다. 대신 다리를 훨씬 더 많이 절단해야 할 겁니다."

"아…!"

콜먼 박사는 곧 자신이 생각한 대안에 대해 설명했다. 그 계획은 다름 아니라 골반 아래쪽으로 내 다리를 잘라내는 거였다. 하지만 보철다리를 사용하려면 기존의 근육과 뼈는 최대한 남겨두는 편이 좋다고 했다.

"그런데 스펜서처럼 뼈들의 각도가 아주 이상하게 잡혀 있는 상태에서는 보철다리를 착용할 수 없습니다. 저희도 스펜서가 걷는 걸 보고 싶습니다. 아마 아이가 걷도록 도와드릴 수 있을지도 모르겠습니다만, 힘든 과정이 될 겁니다."

어머니가 걱정스런 목소리로 대답했다.

"사실 스펜서가 걷고 싶어 하는지조차도 모르겠어요."

콜먼 박사가 말을 이었다.

"안 그럴 수도 있겠지만, 뭐 그래도 괜찮습니다. 이 아이는 자기만의 방식으로 충분히 무리 없이 생활하고 있으니까요."

비단 보조기를 착용하는 문제뿐 아니라, 나는 그 밖의 모든 것들에 관해서도 나만의 방식으로 대처하는 경향이 있었다. 어머니는 내가 비 오는 날 물웅덩이에서 흙탕물을 튀겨가며 만화 속 주인공인 고아소녀 애니처럼 춤을 춰대도 말리지 않았다. 그때마다 나는 있는 대로 목소리를 높여 노래도 불렀다.

"내일이 오면 해가 뜰 거야. 내기해도 좋아. 내일은 해가 뜰 거야!"

또 나는 파이어 엔진 레드 제품인 장난감 자동차에 올라타고 전속력으로 진입로를 내달리기 좋아했다. 그러다 아슬아슬하게 보도 쪽으로 방향을 틀어 도로로 뛰어드는 걸 겨우 면했을 때도 어머니는 눈썹 하나 까딱하지 않았다.

어느 일요일 저녁, 온 가족이 모여 식사를 마친 후 외할머니가 어머니에게 건네는 말을 엿들은 적이 있다.

"있잖니, 토넷! 난 스펜서가 걱정이구나. 저렇게 뛰어다니다가 다치기라도 하면 어쩔 거니?"

당시 나는 애니와 거실 소파에 나란히 앉아 TV를 시청하고 있었다.

어머니는 외할머니의 우려에 이렇게 답했다.

"엄마, 전에도 말씀드렸잖아요. 아이는 아이답게 커야 해요. 스펜서라고 해서 다른 아이들과 다르게 생활해야 하는 건 아니라고요."

한동안 침묵이 흘렀다. 그러다 곧 어머니가 접시와 와인 잔들을 치우는 소리가 들리기 시작했다.

"그런데 말이에요." 어머니가 한숨을 섞어 말을 이었다.

"케니랑 제게 무슨 문제라도 생기면 어쩌죠? 물론 어머니, 아버지나 제이미가 스펜서와 애니를 돌봐주겠지만요. 그래도 전 다른 사람들에게 기대는 아이로 스펜서를 키우고 싶지 않아요. 지금 우리가 스펜서를 너무 애지중지하면 자기가 남들과 뭔가 다르다고 여기기 시작할 거예요. 그럼 자신을 어떻게 돌봐야 하는지 터득하지도 못할 거고요. 당당히 어려움에 맞서 살아가는 법도 못 배울 게 뻔해요. 자립심 있는 사람으로 자라지 못하는 거죠."

"그래, 알았다. 토넷! 그럼 앞으로는 무슨 일이 있더라도 계속 개구쟁이 짓을 하도록 내버려둘게."

결국 외할머니도 어머니의 마음을 이해하는 듯했다.

"그래요, 엄마!" 어머니는 외할머니를 향해 환하게 웃었다.

다섯 번째 생일은 마냥 유쾌하지만은 않았다. 물론 집에서 손수 만든 요트 모양의 케이크도 받긴 했다. 케이크는 달콤하고 끈적끈적한 갈색과 흰색 문양으로 장식되었고, 구명용구 모양의 라이프 세이버스 Life Savers 사탕이 얹혀 있었다. 선물도 많이 받았다. 히맨 검과 방패, 레인보우 브라이트 인형, 그리고 마이 리틀 포니 My Little Pony : 장난감 조랑말 같은 선물이 들어왔다. 하지만 문제는 또 한 번의 수술이 다가오고 있다는 사실이었다.

부모님은 나를 앉혀두고 수술에 대해 설명했다. 그러니까 이제 보조기를 차지 않기 때문에 몇 달 안으로 의사 선생님들이 내 다리를 더 잘라낼 거라는 말이었다. 나는 침을 꿀꺽 삼켰다. 이번에는 뭔가 달랐다. 어떤 일이 벌어질지 또렷이 알 것 같았다. 사실 다리가 없어지는 건 아무래도 괜찮았다. 오히려 잘된 일이라는 생각도 들었다. 그렇게 되면 다리의 남은 부분을 질질 끌지 않고 훨씬 더 수월하게 손으로 돌아다닐 수 있기 때문이었다. 게다가 지난번에 입원했을 때 깜찍한 선물도 좀 받았던 터였다. 그래서 이번에 수술을 받게 되면 누가 테디 럭스핀 Teddy Ruxpin 을 줬으면 좋겠다고 내심 바랐다. 그 인형은 말하는 테디베어였는데, 실제로 입을 움직이면서 이야기를 들려줬다. 어쨌건 정작 내가 두려워했던 건 아픈 아이들이 누워 있는 침대밖에 보이지 않는 낯선 장소에서 혼자 자야 한다는 점이었다. 생각만 해도 마음이 너무 헛헛했다. 정말이지 다리를 잃는 것보다 거기서 혼자 자는 게 훨씬 더 고통스러울 것 같았다.

수술이 끝나고 얼마 지나지 않아 난생처음 학교에 가게 되었다. 나는 신이 나서 어쩔 줄 몰랐다. 이전까지 어머니는 발음 나는 대로 읽도록 가르쳤다. 가령 'Aaaa'는 애플, 'Beee'는 배트맨, 'Ssss'라고 시작되면 슈퍼맨이 되는 식이었다. 그리고 자크는 'Zzzz'부터 꺼내면 됐다! 하지만 내 읽기 실력은 단어를 읽는 수준까지 못 미쳤기 때문에, 《베렌스타인 베어스》 전집은 물론이고 《피노키오》나 《신데렐라》 같은 디즈니 고전도 전혀 읽을 수 없었다. 침실에는 이야기책들이 가득 쌓여 있었지만, 나는 그저 책 속의 알파벳 정도만 알아볼 따름이었다. 그래서 읽는 법을 배우려고 학교에 가고 싶어 했던 것 같다.

1986년 9월의 어느 날, 나는 평소보다 한 시간이나 일찍 일어났다. 그리고 검은색 바지와 흰색 남방, 남색 브이넥 스웨터를 차려입었다. 옷장에 걸린 배트맨 의상과 망토에 잠시 눈길을 주다가 그것도 덧입기 시작했지만, 곧 마음을 바꿨다(등교 첫날부터 사람들에게 내 정체를 드러내고 싶지 않았다. 다음 날까지 기다렸다가 알려도 되는 거니까 말이다). 나는 양손으로 복도를 걸어 주방으로 향했다. 어머니는 내가 제일 좋아하는 계피맛 토스트를 곁들여 아침을 준비해 두고 있었다. 나는 어머니와 함께 식탁에 앉았다. 커피를 몇 모금 마시던 어머니가 내 쪽을 쳐다보며 물었다.

"오늘부터 학교에 가니까 좋으니?"

나는 미소를 머금고 고개를 끄덕여 보였다.

"어서 가요, 엄마!"

작은 식탁에 딸린 샛노란 의자에서 뛰어내리며 내가 말했다. 우리 가족은 종종 주방에 있는 그 작은 식탁에서 아침이나 점심을 먹었다.

"잠깐 기다려, 스펜서! 우선 네 책가방부터 한번 살펴보자. 오늘 필요한 걸 다 챙겼는지 확인해야 하니까."

어머니는 예나 지금이나 준비성이 아주 철저한 편이다. 오버랜드 초등학교는 우리 집에서 겨우 몇 블록 거리였다. 그래서 이전에도 어머니와 차를 타고 가다가 수도 없이 지나쳤었다. 스케이트보드를 타고 학교 운동장에 간 횟수만 해도 수천 번은 더 될 것이다. 그때마다 나는 어느 두 집 사이로 난 지름길을 통해 그네와 정글짐, 미끄럼틀이 있는 운동장에 이르곤 했다. 하지만 등교 첫날 우리 차가 멈춰 섰을 때는 속이 울렁거릴 지경이었다. 나는 왠지 불안했고, 학교에 다닌다는 게 좋은 생각인지 갑자기 확신이 들지 않았다.

'학교에서는 돌봐주는 사람 없이 뭐든 혼자 해결해야 하잖아! 아이들은 나를 좋아할까? 바깥에 다른 아이들이 그런 것처럼 이곳 아이들도 내 다리를 가리키면서 질문을 해댈까? 또 선생님들은 나를 좋은 아이로 봐줄까? 간식은 주나?'

어머니가 주차에 열중하는 동안 내 머릿속에는 이 모든 의문점이 한꺼번에 떠오르고 있었다.

이윽고 어머니는 캐딜락에서 내려 트렁크 쪽으로 향했지만, 나는 자리에 가만히 앉아 움직이지 않았다. 어머니는 내 워커와 새로 맞춘 보철다리를 꺼냈다. 나는 5월에 2차 수술을 받았다. 그런 까닭에 다리 위쪽만 겨우 3인치 정도 남은 상태였다. 수술 자체는 고통스럽지 않았다. 회복도 빨라서 이전에 그랬던 것처럼 몇 개월 안에 집 안을 돌아다녔다. 고통스러웠던 때는 나를 남겨두고 부모님이 병원을 떠났을 때뿐이었다. 처음 수술을 받았을 때와 마찬가지로 그날 밤 나는 몇 시간을 뜬눈으로 새웠다. 같은 병동에 있는 아이들이 각자의 부모님을 찾아대며 우는 소리를 들어가면서 말이다. 나는 봉제인형 덤보를 꼭 끌어안고 어서 아침이 와서 집에 갈 수 있기만을 기다렸다. 이전과 똑같이 두려운 기분이 들었지만, 나로서는 어쩔 도리가 없는 노릇이었다.

수술 후 몇 달간은 집에서도 될수록 보철다리와 워커를 신고 다녔다. 미리 연습을 해둬야 학교에서도 무리 없이 생활할 수 있을 거라는 생각에서였다.

조수석 문을 연 어머니는 내게 안전벨트를 풀고 바깥쪽으로 돌아앉으라고 했다. 순간 나는 등교 첫날부터 보철다리를 착용하고 싶지 않다고 반항하고 싶어졌다. 발포 고무를 넣은 흉측한 그 금속 덩어리는 예전에 인터마운틴 신체 보조기 업체를 찾았을 때 벽에 걸려 있던 의족과 비슷한 모양을 하고 있었다. 처음 그걸 봤을 때는 몸서리치게 싫어서 "저건 내 다리가 아니야!"라고 말했었다. 결국은 그걸 껴야 했지만 말이다. 론 아저씨가 '첫 다리'라고 부른 그 의족은 멋진 것과는 거리가 멀었다. 그저 실제 다리처럼 보였고 부드러운 연주황색 발포 고무가 들어 있을 따름이었다. 어쨌건 보철다리를 착용하면 마치 괴짜가 된 것 같았다. 사람들도 모두 나만 쳐다볼 거라는 생각이 들었다. 나도 다른 아이들처럼 등교하고 싶었다. 알록달록한 책가방을 메고 부모님 옆에서 깡충깡충 뛰면서 말이다.

"엄마! 나 저거 껴야 해요?"

나는 주위의 다른 아이들을 둘러보며 어머니에게 물었다.

어머니는 다른 아이들을 쳐다보는 내 시선을 가만히 응시했다. 내 마음을 읽은 것이다.

"아니야. 안 그래도 돼!"

어머니가 나직이 대답했다. 애니는 뒷좌석에 얌전히 앉아 있었다. 당시 어머니는 어린이집에서 파트타임으로 근무하고 있었기 때문에 그곳에 애니도 데려갈 수 있었다. 어머니는 스무 명의 아이들을 돌보며 읽기, 미술, 만들기, 노래 등을 가르쳤다. 우리 집에서 멀리 떨어진 어린이집에서 어머니는 반나절 동안 일하고 학교가 끝날 때쯤 나를 데리러 왔다. 나는 활짝 웃으며 차에서 뛰어내려 손으로 가볍게 땅을 짚었다. 보철다리를 한쪽으로 치우는 어머니가 보였다.

나는 손으로 걸어 주차장을 지나 건물 입구로 들어갔다. 입구에 다다르자 담당 물리 치료사인 주디 선생님이 나를 반겼다. 주디 선생님은 수잔이라는 분이 내 담당이 되기 전 첫 두 해 동안 나를 맡았다. 어머니와 주디 선생님이 이야기를 나눈 결과, 선생님과 함께 시간을 보내는 동안만큼은 보철다리를 착용하기로 했다. 이외의 시간에는 평소 하던 대로 양손으로 편하게 돌아다녔다.

"스펜서는 그냥 어울리고 싶어서 그러는 거예요."

언뜻 어머니가 주디 선생님에게 건네는 말이 들렸다.

마침 뒷집에 사는 이웃인 셰릴도 사무실에서 달려나와 품안 가득 나를 안아줬다. 일주일 전쯤 어머니가 알려준 바로는 셰릴과 주디 선생님이 학교에서 나를 도와줄 거라고 했다. 두 분의 주요 임무는 내가 보철다리와 워커 사용법을 제대로 익히도록 도와주는 것이었다. 주디 선생님은 이전에 한 번도 본 적이 없었고, 셰릴은 바로 뒷집에 사는데도 몇 번밖에 마주치지 못했다. 셰릴은 어깨까지 내려오는 금발머리에 선명한 파란색 눈동자, 그리고 시원한 미소가 돋보이는 여성이었다. 그녀는 뒤뜰에서 바비큐를 굽거나 정원을 가꿀 때마다 내게 건너오라고 손짓하곤 했다. 하지만 난 한 번도 셰릴의 초대에 응한 적이 없었다. 다른 사람들과 있으면 유난히 부끄럼을 탔고, 특히 모르는 어른 앞에서는 더욱 그랬기 때문이다. 아마 그런 성향은 갓난아기 때 경험에서 비롯된 것 같다. 어머니와 외출할 때면 으레 낯선 어른들이 내 유모차 안을 들여다보고는 유난을 떨며 내게 무슨 문제가 있는 거냐고 어머니에게 질문을 퍼부었던 것이다. 너무 어렸기 때문에 당시의 그런 상황이 제대로 기억나는 건 아니다. 하지만 그런 경험이 유독 어른들 사이에서 수줍음을 타는 내 성격에 영향을 미쳤을 거라고 직관적으로 알 수 있다.

일곱 살 무렵 어머니의 친구 한 분이 오토바이 사고를 당해 불구가 된 적이 있다. 어느 날 나는 그 아주머니와 지역 축제에 참가했었다. 그런데 어느 순간 어린아이 하나가 다가오더니 그 자리에 서서 우리 둘을 마냥 쳐다보기 시작했다. 그 아이는 한마디도 건네지 않은 채 공공연히 우리를 뚫어져라 응시했다. 그 순간 보조기가 내 살갗에 닿은 이후 두 번째로 성한 다리를 가지고 태어났었더라면 하고 바랐다. 사실 당시 나는 곧바로 그 아이에게 달려가 썩 꺼지라고 한마디 해주고 말았다.

주디 선생님과 나는 한 층짜리 학교 건물로 들어가 나란히 복도를 걸었다. 텅 빈 게시판과 벽이 보였다. 머지않아 아이들의 그림과 받아쓰기 시험지가 빼곡히 들어찰 공간이었다. 우리는 복도를 지나 학교 맨 뒤편에 자리한 교실에 도착했다. 사방을 밝은 노란색으로 칠한 교실이었다.

나는 교실 입구에 주저앉아 잔뜩 주눅이 든 채 주변을 둘러봤다. 어떤 아이들은 이미 도착해서 바닥에 자리를 잡고 앉아 있었다. 화려한 꽃무늬 드레스 차림의 파울 선생님이 의자에 앉아 아이들을 마주보고 있었다.

"네가 스펜서구나. 이리 와서 앉으렴."

나를 본 파울 선생님이 소리 높여 맞이해 주었다. 선생님은 부드러운 목소리로 반 아이들에게 하던 말을 계속하면서 바닥에 앉은 아이들 옆으로 와 앉으라는 듯 손짓했다. 나는 짙은 곱슬머리가 두드러진 한 남자아이 옆으로 가서 털썩 앉았다.

"나는 매튜야."

그 아이가 나를 쳐다보며 말했다. 미소가 눈부셨다.

"아… 나… 나는 스펜서야."

나는 땀으로 축축해진 손을 꼬아가며 더듬거렸다.

"이것 좀 볼래?"

매튜는 조그만 만화 주인공 인형 몇 개를 주머니에서 꺼냈다.

"내가 제일 좋아하는 건 스파이더맨이야. 자, 이건 너 가져."

매튜는 배트맨 인형을 내게 건넸다. 나는 저절로 미소가 지어졌다. 아무래도 학교가 좋아질 것만 같았다.

매튜와 나는 자연스럽게 아주 친한 친구가 되었다. 2년 후 매튜 네 식구들이 록 스프링스를 떠날 때까지 그 아이와 나는 둘도 없는 친구로 지냈다. 그리고 두 사람이었던 우리 그룹은 오래지 않아 그 규모가 더 커졌다. 앰버라는 금발머리 여자아이와 짙은 갈색 머리카락을 가진 제내라는 여자아이가 가담했기 때문이다.

입학 후 몇 개월이 지나지 않아 나는 주디 선생님이나 셰릴과의 수업시간을 어떻게든 줄여보려고 온갖 궁리를 다 짜내기 시작했다. 보철다리 이용법을 습득할 수 있도록 두 분과의 수업시간이 따로 마련되어 있었다. 나는 종종 교실에 있다가 선생님이 불러내면 일부러 뒤로 처져 느릿느릿 따라가곤 했다. 선생님 사무실에 조금이라도 더 늦게 도착해 보려는 요량이었다. 사무실에 도착하고 나서도 나는 어떤 식으로든 이야깃거리를 만들어내어 시간을 끌었다. 가령 매튜가 사과를 베어 물다가 처음으로 이가 빠진 이야기라든지, 아니면 내가 처음 책을 읽은 이야기 따위였다. 하지만 소용없는 일이었다. 주디 선생님과 셰릴은 내가 이야기를 얼른 마치도록 유도한 다음, 정해진 시간 내내 보철다리를 착용하고 있게 했다.

왜 그다지도 보철다리가 싫었던 걸까? 우선 보철다리를 착용하면 아팠다. 보철다리는 내 살갗에 딱 달라붙어서 몸을 쓸었다. 또 그 크기도 컸기 때문에 움직임이 둔해졌다. 나는 이미 양손을 다리처럼 사용해서 돌아다니는 법을 완벽히 터득해 둔 터였다. 그런 식으로 다닐 때면 내가 그저 다른 아이들과 다를 바 없는 사람이라고 여겨졌다. 운동장에서 미끄럼틀을 타거나 기구에 오를 때도 거추장스러운 다리가 없어서 자유로웠다. 하지만 보철다리를 끼고 있으면 어딘지 모르게 내가 다른 아이들과 다르다고 느껴졌다. 한 번은 어머니에게 물었다.

"사람들도 내게 다리가 없다는 걸 알잖아요. 그런데 왜 의사 선생님들은 속임수를 써서 다리가 있는 것처럼 보이게 하려는 거예요?"

어머니는 고개를 저으며 짧게 대답했다.

"일단 계속 껴봐."

이해할 수 없었다. 내가 보기에 보철다리는 속임수에 지나지 않았다. 학교를 마치고 집에 돌아오면 으레 바브라 스트라이샌드의 노래가 들렸고, 이탈리아 요리에서 풍기는 오레가노와 마늘 향기가 집 안을 가득 메웠다. 집에 들어서는 나를 보며 어머니는 자주 이렇게 물었다.

"오늘도 워커랑 보철다리 잘 차고 다녔니?"

"네, 엄마! 그럼요! 어…, 한 10분 정도 찼나? 아니, 20분 정도 될 거예요."

나는 이렇게 말을 얼버무리곤 했다.

"스펜서! 좀 더 열심히 해볼 수 없겠니?"

어머니는 한숨을 내쉬며 말했다.

"네, 알았어요. 엄마!" 나는 고개를 끄덕이며 대답했다.

사실 노력을 안 해본 건 아니다. 그다지 열심히 했던 건 아니지만 보조기를 차야 했을 때와 비슷한 정도의 노력은 기울였다. 슈라이너스 병원에 정기검진을 받으러 가면 늘 보철다리를 차고 걷는 모습을 보여줘야 했다. 그때마다 론 아저씨를 비롯해 콜먼 박사 대신 부임해 온 램 박사, 그리고 보철 클리닉 코디네이터 바바라가 함께 나를 지켜봤다.

"있잖니, 스펜서! 네가 보철다리를 조금만 더 오래 차고 다니면,

그러니까 이걸 항상 열심히 차고 다니기만 하면 아저씨가 이것처럼 더 좋은 다리를 새로 만들어 줄게."

론 아저씨는 내가 처음부터 눈독을 들였던, 진짜 내 피부색과 같은 보철다리를 가리키며 말했다.

"그런데 이건 만드는 데 돈이 많이 든단다. 네가 제대로 차지 않을 거면 병원에서 그만한 돈을 투자할 필요가 없는 거지."

워커와 보철다리를 차야 하는 것 빼고는 학교가 무척 마음에 들었다. 나는 모든 과목에서 우수한 성적을 냈다. 특히 영어와 음악에 뛰어났다. 4학년 때부터는 피아노 레슨도 시작했다. 나는 '반짝반짝 작은 별', '메리와 작은 양', '엔터테이너' 같은 곡들을 재빨리 익혔다.

나는 견학도 좋아했다. 여러 대의 버스에 차례로 나눠 타고 노래를 부르며 와이오밍 남부의 먼지 날리는 시골길을 덜컹대며 달리는 게 좋았다. 저학년 때는 매년 봄마다 인근 농장으로 견학을 나갔다. 3학년 겨울 무렵, 반 전체가 레크리에이션 센터로 아이스 스케이트를 타러 간 적이 있었다. 나는 아동용 스케이트를 양손에 단단히 묶어 착용하고 하키 헬멧을 쓴 채 수월하게 얼음을 지치며 나아갔다. 물론 다른 아이들만큼 빨리 달리지는 못했지만, 그런 건 아무래도 상관없었다. 나는 그저 그곳에서 스케이트를 탈 수 있는 것만으로도 충분히 행복했다. 나중에 앰버와 제내도 스케이트를 탈 줄 알게 되자, 우리는 옆으로 나란히 열을 지어 아이스링크를 빙글빙글 돌아다녔다. 가끔은 오후 내내 그렇게 시간을 보낸 적도 있다. 하지만 우리 중 누구도 그러는 게 어색하지 않았다. 결국 나는 스펜서일 따름이었으니까. 나는 비록 다리가 없지만 아이스 스케이트를 탈 줄 아는 아이였다.

고학년이 될수록 견학도 더 진지해졌다. 유구한 역사를 자랑하는 남부 와이오밍에는 몇 가지 명물이 있었는데, 포니 익스프레스 Pony Express : 조랑말 속달우편-역주도 그중 하나였다. 1860년부터 1861년까지 기수들은 서러브레드종 말과 무스탕mustang : 아메리카산 작은 야생마-역주을 타고 미국 동부와 서부를 오가며 릴레이식으로 우편배달 서비스를 수행했다. 그들은 교신이 절실히 필요했던 남북전쟁 하루 전에도 활약한 바 있다.

4학년 때 우리 반은 북쪽으로 한 시간 반 정도 떨어진 곳에 자리한 사우스 패스 지역의 한 유령 도시를 견학했다. 포니 익스프레스가 운영되던 시절, 기수들은 번화했던 그 도시에 들러 하루 이틀 묵어가곤 했다고 전해진다. 하지만 사우스 패스가 포니 익스프레스 시절의 경유지로만 활용된 건 아니다. 사우스 패스는 서부 개척자들이 활용한 오리건 길Oregon Trail : 19세기 중엽 미국 미주리 주에서 오리건 주에 이르는 3,200km의 개척로-역주의 중심지이기도 했다. 2,000마일에 달하는 오리건 길을 통해 무수한 이주민들이 서부로 향했다.

　그 도시로의 견학은 옛 서부의 기운을 불러일으키기에 충분했고 내게 강렬한 인상을 심어 주었다. 깨진 유리창을 스치는 바람소리도 들렸다. 먼지 날리는 큰길을 손으로 걷자니 잡초뭉치들이 나를 스쳤다. 지금은 폐가가 되었지만, 포니 익스프레스 시절 기수와 개척자들이 들러 위스키를 들이키며 피아노 연주를 들었을 법한 술집에도 들러보았다. 그 시절에 태어났더라면 과연 살아남았을지 의문이었다. 살기 힘든 때였으니까 말이다. 신체 조건이 좋았던 포니 익스프레스 기수들은 차치하더라도, 다수의 건강한 일반 이민자들도 동부에서 서부로 이동하던 중 목숨을 잃어야 했다. 그들 중 대부분은 폐렴이나 영양실조로 사망했다고 전해진다.

　나는 널빤지를 깐 보도를 걸어 마을 맨 끝에 자리한 방 한 칸짜리 교사校舍에 이르렀다. 마을의 다른 건물들과 마찬가지로 그곳의 창문도 모두 깨져 있었다. 마룻바닥은 삐걱댔고 지붕에는 작은 구멍도 보였다. 하지만 아이들의 작은 나무 책상만큼은 거의 손상되지 않은 상태였다. 책상들은 교사의 책상과 마주하고 있었는데, 교사의 책상 중앙에는 녹슨 금속 종이 놓여 있었다. 쉬는 시간이 끝나면 선생님은 그 종을 울려 학생들을 교실로 불러들였을 것이다.

　'이 시대에 태어났으면 나도 이런 학교에 다녔겠지….'

　나는 가만히 생각에 잠겼다.

이듬해 우리 반은 1800년대의 오리건 길 개척자 마을을 재현했다. 나는 친구들과 함께 개척시대 아이들이 입었을 법한 의상을 차려입었다. 남자아이들은 물결치듯 살랑거리는 레이스가 잡힌 상의와 뻣뻣한 면바지를 입었고, 여자아이들은 긴 꽃무늬 드레스에 앞치마와 모자를 착용했다. 선생님은 그날을 '개척자의 날'이라고 불렀다.

"1841년에서 1869년 사이 25만 명 이상의 이주민들이 미국을 가로질렀답니다."

전교생이 오리건 길 견학에 나서기 전에 한데 모인 자리에서 선생님이 그렇게 말했다.

"사람들은 몇 개의 경로를 이용했는데, 종종 포니 익스프레스 경로와 겹치기도 했지요. 대표적인 경로로 캘리포니아 길을 들 수 있어요. 오리건 길은 사우스 패스를 비롯한 몇 군데 지점을 경유지로 해서 다른 방향으로 뻗어나갔답니다."

견학 전날 밤, 일요일 가족 식사 자리에서 할머니는 금이 집단 이주를 어느 정도 부추겼다고 했다. 또 영토 확장설_{미합중국은 북미 전역을 정치, 경제, 사회적으로 지배 및 개발할 운명을 지녔다고 주장하는 이론-역주} 역시 이주에 영향을 미쳤다고 했다. 그러니까 서부로 미국 영토를 확장하는 건 전 국민의 권리이자 신의 계시라는 이론이었다.

"우리 모르몬교도들도 그런 역사가 낳은 좋은 예지."

할머니와 할아버지는 모르몬교도였지만, 두 분 중 어느 쪽도 교회에 규칙적으로 다니지는 않았다. 두 분은 그저 역사적 내용과 모르몬교도들이 와이오밍과 솔트레이크 시티에 힘겹게 정착한 내력을 잘 알고 있을 따름이었다.

"하지만 말이다, 스펜서!"

내가 모르몬교의 창시자인 조셉 스미스에 대해 더 묻기 시작하자, 할머니가 웃으며 말을 이었다.

"우선은 버터 젓기랑 스퀘어 댄스<small>square dance : 미국 민속무용. 네 쌍의 남녀가 마주서서 정사각형을 이루며 추는 춤−역주</small>를 즐기렴. 종교적인 역사 이야기는 다음에 해도 되니까."

실제로 우리는 개척자의 날에 버터를 만들었다. 부드럽고 짭조름한 그 버터는 집에서 만든 사워도우 빵<small>sourdough bread : 이스트로 발효시킨 시큼한 맛이 나는 빵−역주</small>과 크래커에 잔뜩 발라먹으면 좋았다.

할리우드 영화나 TV 프로그램을 보면 아메리칸 인디언들이 서부 개척자들의 최대 적으로 그려지곤 했다. 하지만 개척자의 날에 배운 내용은 달랐다. 사실은 천둥 번개와 폭우, 그리고 영하 30도에 육박하는 추운 날씨<small>와이오밍 역시 한겨울에는 가끔 기온이 그 정도로 내려간다</small>가 초기 정착민들의 주요 장애물이었던 것이다. 그러한 악천후 탓에 다수의 이주민들이 캘리포니아로 향하는 도중 목숨을 잃어야 했다.

잠시 후 선생님의 설명이 이어졌다.

"긴 여정 끝에 서부 해안까지 도착한 이주민들은 '우리는 코끼리를 보았다'라고 말하곤 했어요. 그들은 협곡과 로키산맥, 사막지대의 대평원과 눈 덮인 산길을 모두 헤쳐 나왔던 거지요! 그래서 도중에 포기하고 발길을 돌린 많은 사람들은 코끼리의 꼬리만 본 셈이라고 했답니다."

5학년 때는 반 전체가 오리건 길의 일부를 실제로 답사했다. 우리는 아침에 일어나자마자 학교를 나서 두 시간 정도 화이트마운틴을 걸어 올라갔다. 나는 개척시대의 그것과 비슷해 보이는 목재 손수레 위에 올라앉았다. 우리 반에 있는 제니퍼라는 여자아이도 발목을 다치는 바람에 내 옆자리에 앉게 되었다. 그래서 반에서 힘이 센 아이들 몇 명이 우리를 끌고 비탈길을 올랐다. 하지만 우리 둘이 너무 무거웠던 탓에 산 중턱쯤 가서 그만 바퀴가 망가지고 말았는데, 다행히 프리빌 선생님이 바퀴를 고쳐주어 산행을 계속할 수 있었다. 우리는 화이트마운틴 뒤편의 폭포 근처에서 휴식을 취하며 개척민들이 먹었을 법한 닭고기와 밥, 그리고 복숭아파이로 식사를 했다. 몇몇 학부모들이 우리를 위해 준비한 음식이었다.

초등학교에 다니게 되면서부터는 와이오밍이라는 곳이 더 좋아졌다. 물론 서부 개척시대에 태어나고 싶은 정도는 아니었지만,

우리 고장의 풍부한 유산이 자랑스러웠다. 바람 많은 이 지역이 미국 건설과 다문화 사회 창조에 중요한 역할을 한 것이다.

다리가 없다 뿐이지 기본적으로 나는 그 또래의 아이들과 다를 바 없었다. 3학년부터 6학년 때까지는 보이스카우트 단원으로 활동하기도 했다. 내 기사는 지역신문인 〈록 스프링스 데일리 로켓-마이너〉에 여러 번 실렸다. 맨 처음 신문에 소개된 사진은 아이들과 쓰레기를 줍는 모습이었다. 제이미 이모와 필립의 결혼식 때는 로드 스튜어트의 '포에버 영'을 축가로 불렀다. 4학년 때는 아버지와 모형 자동차 경주대회에 참가해서 상을 탄 적도 있다. 그 대회에 참가한 사람들은 손수 나무를 다듬어서 12인치가량의 목재 자동차를 제작했다. 아버지와 나도 몇 시간 동안 차고에 틀어박혀 나무조각들을 이어붙이고 모형의 무게를 쟀다. 결국 우리는 중간에 황금빛 끈을 두른 매끈한 진보라색 자동차 모양 트로피를 상으로 받았다. 크고 반짝이는 그 트로피는 아직까지도 간직하고 있다. 이미 말했지만 나는 그저 미국의 평범한 아이였다.

남들과 내가 다르다고 느낀 유일한 순간은 보철다리와 워커를 착용할 때뿐이었다. 2학년 때까지도 여전히 보철다리에 적응하지 못한 나를 지켜보던 부모님은 휠체어를 사주었다. 팔을 다리처럼, 그리고 손을 발처럼 계속 사용하면 내 몸에 무리가 될까봐 항상 우려하던 터였다.

"만약에 근육이 늘어나기라도 하면 어쩔 거니? 굳이 그렇게 되지 않더라도 어차피 보철다리로는 아무 데나 돌아다닐 수 없잖아."

'하지만 손이랑 팔을 쓰면 어디든 갈 수 있는걸요. 피곤하지도 않고요. 근육이 늘어나는 일은 절대 없어요, 엄마!'

나는 속으로 가만히 되뇌었다. 어쨌건 나는 드러내놓고 보철다리에 대한 불평을 표시하지는 않았다. 그래서 내가 보철다리를 끼고 걸어다닐 때면 램 박사는 물론 수잔과 셰릴처럼 주변에서 나를 도와주는 사람들 모두 아주 뿌듯해했다. 그렇지만 나는 운동 시간이 끝나는 대로 보철다리와 워커를 벗어던지고, 대신 휠체어를 타거나 양손으로 돌아다녔다.

가끔 나는 내 다리에 관해 우스갯소리를 던지곤 했다. 가령 수업을 마치기 전에 셰릴이 나를 불러내 물리 치료실로 데려간 그날도 그랬다. 물론 나는 여느 때처럼 뒤로 처져 느릿느릿 따라가고 있었는데, 셰릴이 말을 했다.

"스펜서, 오늘은 해야 할 일이 좀 있어. 그러니까 너도 좀 서둘러 줄래?" Will you shake a leg? : 'shake a leg'는 관용어로 '서두르다'라는 뜻 외에 직역해서 '다리를 흔들다'라는 뜻으로도 사용함-역주

셰릴은 말을 마치자마자 잠시 가만히 있더니 얼굴이 빨개져서 나를 쳐다봤다. 하지만 나는 셰릴이 뭐라고 덧붙이기도 전에 끼고 있던 보철다리 한쪽을 들어 올려 흔들어 보였다.

"이렇게 말이에요?" 나는 웃으며 대답했다.

"정말 미안하구나! 어떨 때는 입에서 말이 그냥 막 튀어나와서 말이다. 아무리 '그건 아니야!'라고 머릿속으로 외쳐도 소용없을 때가 있어."

셰릴은 이렇게 말하며 다가와 나를 꼭 껴안았다.

당시 셰릴과 나는 너무 심하게 웃던 나머지 종소리도 듣지 못했다. 복도를 걷는 와중에도 우리는 연신 웃음을 터뜨렸다. 교실에서 우르르 쏟아져 나온 아이들은 거의 우리를 짓밟을 기세로 쿵쾅대며 식당으로 향했다.

하지만 3개월마다 하는 정기검진을 받으러 병원을 찾았을 때, 램 박사와 론 아저씨에게서 웃음기는 찾아볼 수 없었다. 사실 두 분 다 미소조차 머금지 않았다.

"더 열심히 노력해야 한단다."

그렇게 말한 램 박사는 부모님에게 한바탕 연설을 늘어놓았다. 사실 4학년 때 워커를 벗어던지고 목발을 사용했을 때도 박사는 크게 감동받지 않는 눈치였다. 게다가 부모님에게 별도의 당부도 남겼다.

"목발을 사용할 수 있어서 다행이지만, 그래도 어디서든 보철다리를 착용하도록 지도해 주셔야 합니다."

"잘 알겠습니다. 하지만 스펜서는 보철다리 차는 걸 싫어한답니다. 보철다리나 목발 없이도 잘 돌아다녀요. 양손을 사용해서 말이죠."

한 번은 램 박사가 어머니에게 이렇게 반문한 적이 있었다.

"아이들은 전부 걷고 싶어 해요. 그럼 스펜서가 걷고 싶어 하지 않는단 말씀이신가요?"

"사실 저도 스펜서가 정확히 뭘 원하는 건지 잘 모르겠어요."

어머니는 한숨을 내쉬며 대답했다.

"어떤 때는 목발을 사용하게 돼서 참 좋다고 말해요. 그러다가도 금세 뒤돌아보면 양손으로 쏜살같이 튀어나가고 있답니다. 스펜서는 좀처럼 불평을 하지 않아요. 그래서 그 아이가 어떻게 행동하는지 보고 필요한 걸 짐작할 따름이죠. 제가 볼 때 스펜서는 보철다리를 꺼리는 것 같아요."

"그럼 보철다리를 끼지 않고도 다른 아이들과 잘 어울리는 편인가요? 성적이 뒤처지진 않고요?"

바바라가 질문을 던졌다.

"스펜서는 전 과목 A를 받아와요. 게다가 친구들도 아주 폭넓게 사귄답니다. 항상 바깥에서 아이들과 어울리는 편이에요."

"아…!"

바바라는 잠시 혼잣말로 중얼대는 듯하더니 곧 풀이 죽었다.

6학년 끝 무렵의 어느 점심시간이었다. 수잔 선생님과 셰릴, 어머니, 그리고 나 이렇게 네 사람은 보철다리와 목발을 죄다 벗어던지자고 결심을 같이했다. 그날 오버랜드 초등학교 직원 휴게실에 모인 우리는 탁자에 빙 둘러앉았다. 그리고 내가 졸업 후 화이트마운틴 중학교에 진학하면서 맞닥뜨릴 어려움들에 대해 의견을 나눴다. 7학년부터는 시간마다 교실을 바꿔 다녀야 하기 때문에, 같은 책상을 종일 사용할 수 없게 된다. 그러면 교과서와 연필, 노트를 책상에 넣어두지 못하고 전부 책가방에 짊어지고 다녀야 할 터였다. 게다가 사물함도 써야 하고 700명 이상의 중학생들로 북적이는 좁고 긴 복도를 왔다 갔다 해야 했다. 전교생이 300명 정도였던 오버랜드 초등학교에 비하면 중학교는 규모가 꽤 큰 편이었다.

"스펜서한테는 위험할 수 있어요."

셰릴이 고개를 가로저으며 말했다.

"어쩌다 한 아이만 부딪혀 봐요. 픽! 그럼 스펜서는 그냥 고꾸라질 수밖에요! 2학년 때도 그런 적 있었잖아요."

2학년 때 로비라는 한 상급생이 나를 지나쳐 뛰어가다가 실수로 내 몸에 걸려 넘어진 적이 있었다. 바로 학교 입구에서 벌어진 일이었고, 결국 나는 얼굴부터 바닥 타일에 닿으면서 넘어지고 말았다.

"머리에 야구공만 한 혹이 났었지." 옆에서 어머니가 거들었다.

"눈에도 시퍼렇게 멍이 들었고 말이야." 셰릴도 덩달아 말했다.

어머니는 내 얼굴을 빤히 들여다보며 이렇게 물었다.

"스펜서, 너 정말 보철다리 없이도 괜찮겠니?"

사실 따지고 보면 내 친구들은 말할 것도 없고 록 스프링스 마을 전체가 나를 있는 그대로 받아들였다. 정작 내게 소외감을 안겨준 건 다름 아닌 흉측한 보철다리였다. 진짜 내 모습과 달리 걸을 수 있는 아이인 척할 때마다 오히려 더 큰 이질감이 들었던 것이다.

"네, 엄마! 네, 네, 정말 괜찮아요!"

나는 열심히 고개를 끄덕이며 대답했다. 나는 그렇게 보철다리와 작별했다.

6학년 마지막 날, 나는 셰릴과 점심을 함께했다. 우리는 미루나무 그늘에 앉아 샌드위치와 피넛 버터, 버터스카치, 그리고 셰릴이 즐겨 만드는 초콜릿 라이스 크리스피를 늘어놓고 실컷 먹었다. 그리고 오버랜드 초등학교에서 함께한 시간을 떠올렸다. 그러다 셰릴이 예쁜 퀼트 한 장을 건넸다. 그건 지난 한 해 셰릴과 다른 선생님들이 다 같이 참여해서 만든 작품이었다. 각기 다른 모양의 퀼트 조각들은 나를 가르쳤던 선생님들 한 분 한 분의 기억을 고스란히 담고 있었다(3학년 때 담임선생님은 배트맨을 새겨 주었다). 요즘도 록 스프링스의 내 방에는 그 퀼트 작품이 걸려 있다.

식사를 마친 셰릴과 나는 퀼트를 깔고 드러누웠다. 그리고 조용히 나뭇가지와 잎을 올려다보았다. 문득 3학년 때 선생님이 읽어 주었던 윌슨 롤스의 책 《웨어 더 레드 펀 그로우스Where the Red Fern Grows》의 내용이 떠올랐다. 이 이야기는, 빌리라는 한 소년과 나중에 결국 죽음을 맞이하는 레드본 쿤하운드Redbone Coonhound : 너구리 사냥용으로 개량된 개-역주 두 마리에 관한 것이었다(독자들이 어떤 생각을 할지 짐작할 수 있다. 개 두 마리가 죽는다니, 꽤 감상적이라고 여겨지지 않는가? 이 부분에 관해서는 나중에 또 살펴보겠다). 어쩐 일인지 그날은 그 소설의 한 구절이 생각났다.

푹신한 건초더미 위에 누워 머리 뒤로 깍지를 끼고 눈을 감았다. 그리고 길었던 지난 2년을 마음속으로 더듬어 보았다. 어부와 딸기밭, 허클베리 언덕이 눈앞에 어른거렸다. 지난날 하운드종 새끼 두 마리를 얻을 수 있도록 도와달라고 하나님께 기도한 것도 생각났다. 그분은 분명 도움의 손길을 뻗으셨다. 따뜻한 가슴과 용기, 그리고 굳은 결의를 주시지 않았던가!

일찍부터 부모님은 나를 천주교 신자로 키우려고 마음먹었다. 할머니, 할아버지, 그리고 아버지가 모르몬교도긴 했지만, 교회에 잘 나가지 않았다. 그래서 나는 어머니와 이모들, 외할머니, 외할아버지와 함께 '성 키릴과 메서디우스 정교회 성당Sts. Cyril and

Methodius Church'에 다니게 되었다. 4학년 때는 첫 영성체를 했다. 6학년이 되어서는 미사 때 성구를 읽는 역할도 맡았다. 나는 프레드 신부님이 골라준 성경 구절을 사람들 앞에서 읽곤 했다.

솔직히 나는 내 신앙에 확신이 없었다. 하지만 어쨌건 기도는 계속했다. 셰릴과 미루나무 아래서 함께 시간을 보냈던 그날, 나는 삶이라는 행운을 선사해 준 우주의 그 어떤 존재를 향해 조용히 감사의 기도를 보냈다.

66 최선을 다해야 한다.
무슨 일이든
전력을 다해 매달려라. **99**

chapter 4

가족의 내력

와이오밍의 역사를 배우면서 나는 우리 가족의 내력에 관해서도 듣게 되었다. 셜리 아보트라는 작가의 《위민폭스 : 그로잉 업 다운 사우스Womenfolks : Growing Up Down South》라는 책에 보면 이런 구절이 나온다.

우리는 저마다 역사의 무게를 짊어지고 성장한다. 머릿속에 살아 숨 쉬는 우리네 조상들은 몸속 세포 하나하나에 깃든 지식의 소용돌이 속에도 존재한다.

이 문구는 가족과 개인적 내력의 중요성을 표현하고 있다. 우리 가족은 예부터 이어져 내려온 문화와 풍습을 항상 중요시했고, 나 역시 가족의 지나온 날들에 관해 듣는 걸 좋아했다(가족과 관련된 이야기 중에서도 내가 건성으로 흘려들은 건 마냥 되풀이된 아버지의 사냥과 낚시 이야기뿐이었다. 아버지는 매번 점점 더 부풀려서 같은 이야기를 들려주었다. 하지만 가족이란 그런 게 아니겠는가).

그런 까닭에 나는 우리 가족이 걸어온 길과 모두를 하나로 연결해 주는 끈에 대해 진지하게 생각하기 시작했다. 그래서 언젠가부터 가족에 관한 이야기를 골똘히 듣는 데 그치지 않고, 더 알려달라고 조르게 되었다. 자신만만하고 다분히 독립적인 성향을 띤데다 드높은 자부심과 예술성을 겸비한 내 성격이 어디서부터 어떻게 유래된 건지 알고 싶었다. 또 우리 조상들에 관해서도 더 알고 싶었을 뿐 아니라, 나 같은 아이가 와이오밍이라는 시골 지역에서 살게 된 내력도 궁금했다.

해가 갈수록 나는 가족 구성원 모두에 대해 최대한 많이 알아보고 싶어졌다. 그리고 그중 어떤 사람의 어떤 성향이 내게 전달되었는지에 관해서도 퍼즐 조각을 맞춰가듯 차분히 살펴볼 참이었다.

우선 가장 오래전 인물로 (인물이 아니라 성품이라고 해야 할지도 모르겠다. 조상들도 저마다 고유의 성격을 지녔을 테니 말이다.) 내가 태어나기 전에 돌아가신 외증조부 지오바니를 들 수 있다. 어머니의 외할아버지였던 지오바니 코로나는 체구가 작았고,

노년에 흰색 반팔 셔츠와 너풀거리는 실크 스카프, 멜빵을 즐겨 착용했다고 한다. 그는 60년 이상의 긴 세월을 미국에서 보냈지만, 항상 강한 유럽 어투가 섞인 영어를 구사한데다 말을 할 때면 으레 큰 손짓이 따라붙었다.

지오바니는 이탈리아 빈치아투로에서 나고 자랐다. 코로나 가문은 가난했기 때문에, 지오바니는 평소 신던 낡은 신발과 물려받은 옷을 걸친 채 학교에 다녀야 했다. 집안의 가장 격이었던 그의 어머니인 안토니아는 전업주부였다. 아이들에게서 눈을 떼지 않던 그녀의 손에는 늘 빗자루가 들려 있었다. 제멋대로 날뛰는 아이가 있으면 엉덩이를 세게 때려주기 위해서였다.

지오바니는 열심히 공부한 덕에 성적이 좋았다. 하지만 어쩌다 한 번씩 수업을 거르고 다른 소년들과 거리에서 놀 때도 있었다. 바로 그런 버릇 때문에 어머니 안토니아의 눈에는 자녀들 중 지오바니가 가장 문제아로 비쳤다. 사실 지오바니의 꿈은 아코디언을 연주하는 전문 음악가가 되는 것이었다. 안토니아는 지오바니가 바보 같은 꿈을 꾼다고 생각하고 작은 방 한 칸이 전부인 집에 악기를 들여놓지 못하게 했다. 뿐만 아니라 지오바니가 외출할 때마다 감시의 눈길도 늦추지 않았다. 혹시라도 지오바니가 시내 분수 옆에서 바이올린을 켜는 연주자에게서 몰래 음악 지도를 받을까봐 노심초사했기 때문이다. 안토니아는 확실히 억척스러운 어머니였다.

내 어머니가 누구한테서 자신만만한 성격을 물려받았는지 알아내는 데는 그다지 오랜 시간이 걸리지 않았다. 어머니는 내 상태에 관한 의료진의 의견을 한쪽으로 젖혀두고 자신의 직관을 좇을 만한 힘을 지니고 있었다. 마찬가지로 그 누구도 자신의 꿈을 추구하고자 하는 지오바니의 의지를 꺾지 못했다. 1909년, 열일곱 살의 지오바니는 빈치아투로를 떠났다. 나폴리에서 배를 탄 그는 곧장 뉴욕의 엘리스 섬으로 향했다. 당시 이탈리아에서 근무하던 한 미국인 세관 직원은 지오바니가 무사히 여정을 마치고 미국 이민국을 통과할 수 있도록 도와주고자 했다. 그는 지오바니의 회색 울 재킷 깃에 종이 한 장을 핀으로 꽂아 주었다. 그 종이에는 지오바니의 입국 번호와 존 코로나John Corona라고 영어식으로 표기된 이름이 적혀 있었다.

그렇게 존은 몇 년간 뉴욕에 머물렀다. 그런 다음 북쪽으로 발길을 돌려 캐나다로 향했다. 바람에 일렁이는 대평원을 지나 솔송나무와 소나무, 삼나무가 우거진 브리티시컬럼비아 주 웨스트코스트에 이른 것이다. 존은 신형 구에리니 아코디언 값을 마련하려고 밴쿠버에 머물며 열심히 일했다. 하지만 아코디언은 값비싼 악기였기 때문에, 아코디언을 사고 나니 레슨비가 부족했다. 하는 수 없이 존은 거의 독학으로 아코디언 연주법을 터득해 나갔다.

밴쿠버에서 몇 년을 보낸 후 존은 남동부에 자리한 몬태나 주 뷰

트로 갔다. 그는 그곳 구리 광산에서 일하면서 아코디언을 연주하기 시작했다. 누가 됐건 들어주는 사람만 있다면 상관없었다. 존이 특별한 재능을 지녔다는 소문이 퍼지자, 차츰 주민들도 기념일이나 결혼식 날 존을 아코디언 연주자로 고용하기 시작했다.

아코디언 연주가 없는 날이나 일을 쉬는 날이면 존은 그가 숙식하던 광산 숙소에서 다른 이민자들과 카드게임을 하며 시간을 보냈다. 그들은 모두 천천히 영어를 배우는 중이었다. 영어 학습은 대부분 작업 감독과의 대화를 통해 이루어졌다. 카드게임 멤버들 가운데는 유고슬라비아와 폴란드, 독일 출신 남성들도 있었다. 멤버들은 각자 고개를 주억거리고 모국어로 투덜대며 게임을 하다가 득점이라도 하면 시끌벅적하게 환호했다. 반면 게임에 지면 서로를 향해 으르렁대곤 했다. 아무렇지도 않게 욕설이 오갈 때도 많았다. 그래도 어쨌거나 이민자들의 숙소는 싸움보다 교감이 더 많이 이루어지는 곳이었다. 결국 그들은 낯선 타국에 혈혈단신으로 건너왔다는 공통점을 지녔으니 말이다.

그러던 어느 날, 존은 아코디언 연주 콘테스트가 열릴 거라는 소문을 들었다. 곧장 콘테스트에 참가한 존은 일등상을 탔다. 눈부신 다이아몬드 반지가 상품으로 주어지고, 존과 계약을 하겠다는 에이전시도 나타났다. 존은 구리 광산을 관두고 나와 풀타임으로 아코디언 연주 투어를 다녔다. 6개월 동안 이어진 '보드빌 컴퍼니

Vaudeville Company' 투어는 미국 북서부 지역과 로키산맥을 순회했다.

이제까지 살아오면서 한 가지 터득한 게 있다면, 존도 마침내 인정한 것처럼 어머니의 말씀은 거의 항상 옳다는 사실이다(탐탁지 않겠지만 어쩔 수 없는 사실이다). 투어를 다닌 지 고작 일 년이 지나고부터 존은 밤늦게까지 아코디언을 연주해야 하는 생활에 진절머리가 났다. 이제 존도 매일 저녁 반겨주는 부인과 아이들이 있는 가정을 갖고 싶었다. 존은 와이오밍 탄광에 일자리가 있다는 걸 알고 음악 투어 공연을 그만뒀다. 그리고 '유니언 퍼시픽 석탄 회사'에서 운영하는 탄광에 풀타임 근로자로 취직했다. 이후 그는 그곳에서 거의 30년 동안 근무하게 된다. 존이 제대로 긴 휴가를 낸 건 1929년도에 신붓감을 찾아 빈치아투로로 돌아갔을 때뿐이었다.

내 외증조모인 콜롬바 여사는 날씬하고 호리호리한 여성으로 외증조부인 존보다 열여섯 살 어렸다. 제일 처음 두 분이 만난 건 콜롬바 여사가 갓난아기 때였다. 양쪽 가족들끼리 친한데다 같은 마을에 살았기 때문이다. 오랜 세월이 지나 빈치아투로를 다시 찾았을 때, 존은 여전히 그곳에 살고 있던 콜롬바 여사를 만나 사랑에 빠졌다. 존은 우선 자신의 아버지와 콜롬바 여사의 아버지에게 그녀와 결혼해도 되는지 허락을 구했고, 얼마 지나지 않아 두 분은 부부가 되었다. 부부는 1930년 3월까지 이탈리아에서 생활했고,

그러다 존이 새 신부와 함께 미국으로 돌아온 것이다.

1937년 10월 18일, 존 부부는 록 스프링스에서 딸 로즈마리를 얻었다. 내 외할머니가 탄생한 것이다. 존은 딸의 탄생을 지켜보려고 탄광에 하루 휴가를 냈다. 당시 존과 콜롬바 여사는 방 두 칸짜리 작은 오두막에서 살았는데, 그곳은 록 스프링스 구 시가지에 있었다. 구 시가지는 이민자들이 많이 몰려 사는 지역이었다. 로즈마리가 태어나고 얼마 되지 않아 존의 가족은 (이미 로즈마리의 언니 안토니아와 오빠 토니도 있었다.) 당시 존의 고용주가 소유하고 있던 더 큰 집으로 이사했다. 1945년도에는 유니언 퍼시픽 석탄 회사 측에서 천 달러를 받고 그 집을 존에게 넘겼다. 로즈마리 할머니가 결혼 전까지 살았던 그 집에는 내부에 욕실이 없었고 뜨거운 물도 나오지 않았다. 그래서 가족들은 뒤뜰 헛간을 이용해야 했고, 목욕할 때는 부엌에 있던 큰 주전자에 물을 끓여 가져다 썼다.

어머니의 교육법을 되풀이하고 싶지 않았던 존은 아들 토니가 아주 어렸을 때부터 아코디언을 가르쳤다. 사실 존은 록 스프링스에 사는 다른 아이들에게도 아코디언 다루는 법을 지도했다. 존이 그랬던 것처럼 아코디언 연주에 뛰어난 소질을 보인 토니는 지역 장기자랑 대회에서 여러 번 상도 탔다. 십대가 되자 토니는 오케스트라 단원으로 활동하면서 각종 댄스파티와 결혼식, 기념 파티에 초대되어 연주에 참가했다. 고등학교를 졸업한 토니는 어린 시절부터 친하게 지냈던 여성과 곧 결혼식을 올리고 콜로라도로 거처를 옮겼다. 그리고 그곳에서 한 악기 도매 대리점 직원으로 취직했다. 나중에 토니는 '토니 코로나 도매상'이라는 이름을 내걸고 자기 사업을 시작했는데, 기타 줄이나 하모니카 같은 악기 관련 제품을 유통시켰다. 존은 여든두 살에 심장병으로 사망했다. 오랜 세월 탄광에서 일하면서 석탄 가루를 들이마신 탓이었다. 토니는 그 옛날 아버지가 콘테스트에서 상으로 받은 다이아몬드 반지를 물려받았다.

외할머니에 대해 말하자면, 그녀는 탄광 마을에서 힘겨운 어린 시절을 보냈다(아마 그런 성장배경 때문에 외할머니가 나를 더 애지중지했던 건지도 모르겠다. 외할머니는 내가 굳이 당신처럼 어려운 환경을 견디며 성장하길 바라지 않았다). 로즈마리를 비롯해서 불행히도 가을에 태어난 아기들은 우선 그곳의 춥고 혹독한 겨울 날씨와 맞서 싸워야 했다. 겨울이 되면 탄광 마을의 기온은 종종 영하 30도까지 떨어질 때도 있었다. 당시 대부분의 광부들 집은 나무나 돌로 지어진데다 난방은 석탄에 의존하는 상태였다. 거기다 독감과 수두는 한 해도 거르지 않고 이집 저집을 옮겨 다녔다. 천만다행으로 로즈마리는 아슬아슬했던 첫해 겨울을 넘기고 살아남았다.

1941년 12월, 일본의 진주만 폭격을 시작으로 제2차 세계대전이 미국을 덮쳤다. 당시 로즈마리는 겨우 네 살이었다. 전쟁과 관련해서 외할머니의 기억 속에 남아 있는 물건 중에는 미국 정부가 발행한 식량 배급표도 있었다. 외증조모 콜롬바 여사는 그 배급표를 제시하고 버터나 설탕같이 귀한 식품을 구입하곤 했다.

마침내 전쟁이 끝날 무렵, 로즈마리도 학교에 다니기 시작했다. 집에서는 존 부부가 이탈리아어로만 이야기했기 때문에, 로즈마리는 드디어 영어를 쓰는 친구들을 만날 수 있어 즐거웠다. 친구들과 노는 게 허락되는 날이면 로즈마리는 몇몇 소녀들과 어울려 티 파티를 열었다. 어머니의 이 빠진 도자기 잔에 레모네이드를 부어 마시는 척하면서 말이다.

와인 만들기는 가족이 다 함께 참여하는 작업이었다. 로즈마리 가족은 캘리포니아산 포도로 와인을 만들었다. 로즈마리와 안토니아, 토니는 가을마다 샌들을 벗어던지고 맨발로 뒤뜰이 큰 포도 통 속에 뛰어들곤 했다. 아이들이 포도를 발로 짓이겨 걸쭉해지면, 존은 그 통을 차고로 가져가 내용물을 발효시켰다. 당시 록 스프링스에 거주하던 많은 이민자 가족들이 와인을 만들었다. 이렇게 생산된 와인은 록 스프링스의 주요 산물로 '데고 레드Dago Red'라고 불렸다. 로즈마리 가족은 일요일마다 푸짐한 저녁식사를 즐겼다. 그때마다 칠면조 구이와 스쿼시, 마시멜로, 직접 만든 스파게

티 소스로 요리한 파스타, 갓 구워낸 애플파이 등이 식탁에 한가득 차려지곤 했다.

이쯤에서 훗날 로즈마리 외할머니의 남편이 된 외할아버지 짐 칼라스의 이야기를 해볼까 한다. 외할아버지는 유타 주 헬퍼 시에 자리한 탄광 마을에서 태어났다. 외할아버지의 부모님 역시 이민자들이었다. 외할아버지의 아버지인 빌은 그리스 크레타 출신으로 존과 마찬가지로 열일곱 살 되던 해에 미국으로 건너왔다고 한다. 그는 증기 기관차를 타고 북부의 여러 주를 거쳐 마침내 와이오밍의 케머러 마을에 도착했다. 빌의 경우, 음악가가 되고자 하는 꿈 따위는 없었을 뿐더러 고압적인 어머니를 벗어나려 했던 것도 아니었다. 그는 그저 일자리를 원했을 따름인데, 크레타에서는 직장을 구하기 어려웠다. 탄광에서 일하게 된 빌은 미국 시민권을 얻은 다음 1918년도에 군에 입대했다.

빌과 그의 아내 조안 리카르도가 어떻게 만나 결혼했는지 그 내력을 정확히 아는 사람은 가족 중에도 없었다. 어쨌거나 빌과 조안 부부는 유타 주 헬퍼 시로 건너와 그곳에서 빌 주니어, 존, 필리스, 짐, 톰 이렇게 다섯 자녀를 얻었다.

헬퍼 시는 록 스프링스와 그리 멀리 떨어져 있지 않았다. 1930년대 당시 차로 다섯 시간 남짓 걸렸으니까 말이다. 그런데 록 스프링스에 탄광이 넘쳐났던 반면, 헬퍼에서는 일부 탄갱들이 폐쇄되는 추세였다. 곧 직장을 잃게 되지나 않을까 염려가 된 빌은 1941년도에 록 스프링스 마을로 건너왔다. 록 스프링스에서 안정적인 직장을 얻은 빌은 가족들을 데려올 요량으로 헬퍼 시로 되돌아갔다. 하지만 아내 조안은 헬퍼에 남기를 고집했다. 하는 수 없이 빌은 다섯 아이만 데리고 와이오밍으로 향했다.

혼자서 가족을 부양해야 했던 빌은 광산에서 3교대로 근무했다. 그리고 광산에 나가지 않을 때는 요리하는 걸 즐겼다. 그는 못 만드는 음식이 없었다. 집에서 빵을 굽고 바삭한 비스킷과 맛있는 케이크를 만들었을 뿐 아니라 토끼 고기를 넣은 수프까지 끓여냈다. 빌은 침실이 두 개밖에 딸려 있지 않은 작은 집 뒤뜰에서 토끼와 닭도 사육했다. 게다가 이웃들 중 최초로 집 안에 수도 시설과 화장실을 갖추고 말겠다는 포부도 지니고 있었다.

자라면서 남자들만 득실대는 집이 싫어진 필리스는 헬퍼로 돌아가 어머니와 함께 살았다. 빌과 아내 조안은 어느새 사이가 점점 벌어져 결국 이혼에 이르고 말았다. 자녀 양육권은 빌에게 돌아갔고, 조안은 딸과 함께 헬퍼에 남았다.

외할아버지 짐은 와이오밍 주 슈피리어 마을에 있는 슈피리어 고등학교에, 그리고 외할머니 로즈마리는 록 스프링스 고등학교에 다녔다(나의 부모님도 그랬고, 나중에는 나까지 그 학교를 졸업했다). 자연히 짐과 로즈마리가 십대 시절에 마주친 적은 한 번도 없었다. 짐과 그의 형제들은 모든 스포츠에 뛰어난 재능을 보였지만, 짐은 인기 농구 선수로 발돋움하지 못했다. 그는 일찍부터 미 공군 지원을 단념했다. 당시 공군이 한국전쟁에 참전 중이었기 때문이다.

짐은 영국의 웨더스필드 공군기지 제18 전투 비행대에 배치되어 거의 1년 반 정도 복무했다. 복무 기간 중 짐은 열심히 일했고, 휴가를 신청한 건 단 한 번에 지나지 않았다. 그가 휴가를 낸 건 아버지 때문이었다. 1952년, 외할아버지의 아버지는 애니라는 소녀를 두 번째 부인으로 맞이하기 위해 런던에서 크레타로 향하던 중이었다.

예나 지금이나 록 스프링스의 인구는 적지만, 그 시절에는 이민자들이 꽤 많았다. 그들은 탄광에서 일하면서 그리스 정교회를 믿었다. 체구가 큰 마을 목사는 주로 길고 검은 예복 차림이었다. 그는 지중해에서 들여온 향을 교회 가득 피우는 걸 좋아했으며, 중매에도 몇 번 관여했다.

목사가 애니라는 여성의 사진을 받았을 때, 봉투 안에는 그녀의 아버지가 쓴 편지가 동봉되어 있었다. 애니의 아버지는, 애니가 훌륭한 그리스 출신 남성과 결혼해서 미국에 가고 싶어 한다고 밝혀 둔 터였다. 본래 목사는 당시 막 아테네에서 미국으로 건너온 한 젊은 청년에게 애니의 사진을 건네려고 했다. 그런데 왁스로 봉인된 봉투를 목사가 조심스럽게 뜯을 때, 빌도 옆에 함께 있었다. 빌은 애니의 흑백사진을 슬쩍 넘겨다봤다. 길고 검은 머리카락과 부드러운 눈매가 매력적인 애니를 보자마자, 빌은 이렇게 단언했다.

"이번 주말에 그리스에 갈 거야. 가서 그녀를 데려올게. 내 아내가 될 테니까!"

애니와 빌은 1955년 그리스에서 결혼식을 올렸다. 그리고 미국으로 돌아와 골디라는 아이를 얻었다. 골디는 엄마를 빼닮은 딸아이로 검은 머리카락과 천사 같은 얼굴을 지녔다. 1967년 빌은 간질환으로 사망했다. 이후 유타 주 솔트레이크 시티로 건너온 애니와 골디는 요즘도 그곳에 산다.

군 복무를 마치고 록 스프링스로 돌아온 짐은 유니언 퍼시픽 철도회사에서 전기공 조수로 일하게 되었다. 어느 날 짐의 친구 한명이 짐에게 로즈마리를 소개시켜 줬는데, 두 사람은 서로 첫눈에 반했다. 짐은 그의 아버지와 마찬가지로 잦은 야간작업도 마다치 않았다. 그때마다 로즈마리는 바구니에 저녁 식사거리를 담아 짐의 일터를 찾곤 했다.

짐과 로즈마리는 7개월을 사귄 후 '성 키릴과 메서디우스 정교회 성당'에서 결혼식을 올렸다. 그러니까 내가 다니는 일요학교가 열리는 바로 그 성당에서 두 분은 부부가 되었다. 연회가 열리자 존과 토니는 아코디언을 연주했고, 애니와 아기 골디도 흥겹게 춤을 췄다. 이탈리아 파스타와 그리스식 시금치파이, 로스트비프, 으깬 감자가 연회 음식으로 등장했다. 하객들은 모두 이른 아침이 되어서야 연회장을 떠났다. 그 유명한 존의 와인을 마신 탓에 다들 현기증이 일었다.

로즈마리 외할머니는 늘 이야기했다. "53년 동안 함께해 온 둘도 없는 남편인 짐은 열성 신도와는 거리가 멀었다"라고 말이다. 한마디로 열심히 공부하고 운동 시간에도 적극적으로 참여하는데다 성당까지 착실히 다니는 그런 모범생 타입은 아니었다고 볼 수 있다. 록 스프링스 사람들은 대부분 천주교나 모르몬교 신자였다.

"짐은 참 불량스러웠지."

최근에 외할머니는 그렇게 이야기한 적이 있다. 옆에 계시던 외할아버지는 애써 웃음을 참았다.

"짐은 딱 달라붙는 티셔츠를 빼입고 소매에는 담뱃갑을 불룩하게 집어넣은 채 형제들이랑 시내를 쏘다녔단다."

한 번은 외할머니가 늘 그랬듯 간식 바구니를 들고 외할아버지의 일터를 찾았다고 한다. 그런데 그날따라 외할아버지의 리바이스 청바지가 안쪽 좌측 솔기를 따라 찢어져 있었다. 외할머니는 바늘과 실을 가지러 황급히 자리를 떴다. 하지만 정작 바느질 도구를 가지고 돌아왔을 때는 이미 외할아버지가 바지의 터진 부분을 스테이플러로 꾹꾹 찍어 이어붙인 뒤였다.

어쨌거나 로즈마리 외할머니는 외할아버지가 언젠가 마음을 잡고 정착하리란 걸 알았다. 그리고 외할아버지는 실제로 그렇게 했다. 사실 외할아버지는 고등학교 때 이미 한 번 마음을 다잡은 적이 있었다. 바로 그가 농구팀에 들어가고 싶어 한 때였다. 당시 코치는 외할아버지가 담배를 끊어야 한다는 조건을 내걸었다. 하지만 그의 타고난 운동감각을 시기한 다른 팀원들의 부모들은 짐이 여전히 담배를 피운다고 코치에게 일렀다. 스포츠를 진지하게 여기는 와이오밍 교육기관들의 강경한 입장을 보여주자는 게 그들의 구실이었다. 사실 당시 외할아버지는 담배를 끊은 상태였다. 어쨌건 그는 농구팀에서 추방되었고, 이후 다시는 학교 운동팀에 들어가지 않았다.

외할아버지가 결심을 굳혔던 적은 또 한 번 더 있었다. 바로 그가 그리스 정교회에서 천주교로 개종했을 때였다. 그래야지만 로즈마리가 세례를 받은 성당에서 그녀와 결혼할 수 있었기 때문이다(훗날 그들의 딸 제이미도 어릴 적부터 알고 지내던 필립과 그곳에서 결혼식을 올렸고, 나 역시 그 성당에서 성구 낭독을 담당하게 되었다). 그러니까 외할아버지가 특별히 성당을 통해 하나님을 믿게 된 건 아니었다. 하지만 사랑하는 여인을 위해 개종했다는 건 그가 좀 더 진지한 자세로 삶에 임하게 되었다는 의미였다.

두 분은 결혼 후 일 년이 지나 건강한 여자아기 태미를 얻었다. 그리고 그 이듬해에는 다이애나가 태어났다. 그렇게 또 일 년 반이 흘러 나의 어머니인 토넷이 세상에 나왔다. 우리 아버지처럼 외할아버지 역시 자식들이 전부 아들이었으면 하고 바랐다. 훗날 록 스프링스 타이거즈의 올스타 농구 선수로 키워보고 싶었기 때문이다. 하지만 어머니가 태어나고 4년이 흐른 후 제이미 이모가 태어나자, 외할머니는 언니가 떠준 하늘색 보닛과 아기 옷, 담요를 모두 상자에 담아 성당에 가져다줘 버렸다. 신부님은 할머니가 기증한 아기용품을 한 자선단체에 넘겼다.

청년 짐은 머지않아 아내와 딸들을 부양하느라 다른 데 정신을 팔 겨를이 없어졌다. 난방, 전기, 자동차 유지비, 집세, 전화비, TV 시청료 등의 청구서가 날아드는데다, 먹여 살려야 할 식구도 한둘이 아니었던 것이다. 짐은 늘 손에서 일을 놓지 않았다. 한꺼번에 두세 가지 일을 맡는 일도 종종 있었다. 어머니와 아버지가 만나기 훨씬 전부터 외할아버지는 할아버지인 웨스트의 회사 '데저트 오일' 사에서 급유 트럭을 몰았다. 그뿐 아니라 건식 벽체 사업체를 운영한데다, 한 식품 도매업체의 영업사원으로도 근무했다.

결혼 후 짐과 로즈마리는 조용한 동네에 자리한 방 세 칸짜리 아담한 이층집을 장만했다. 가족을 부양해야 하는 부모님의 노고를 잘 이해했던 태미 이모는 막내 동생 제이미의 곁에 머무르며 동생을 돌보겠다고 자청했다. 하지만 제이미 이모가 자라면서부터는 확실히 더 큰 집이 필요해졌다.

더 큰 집을 사려면, 우선 충분한 월급이 주어지는 안정적인 직장에 취직해서 저축을 시작해야 했다. 짐은 전문직이 필요했던 것이다. 비 내리던 어느 저녁, 짐은 야간 벽체 작업장으로 향하기 전 장본 물건들을 집에 내려놓고 갈 요량으로 슈퍼에서 막 나오는 길이었다. 그런데 그때 게시판에 붙은 광고 하나가 그의 눈길을 사로잡았다.

록 스프링스 경찰서

새 식구 모집

신체검사 및 필기시험 시행

짐은 부랴부랴 슈퍼 계산원에게 달려갔다. 펜과 못 쓰는 영수증을 얻어온 짐은 구인광고 내용을 받아 적었다. 그로부터 이틀 후, 성당에 갈 때 입는 양복과 흰 셔츠, 넥타이로 멋을 낸 짐이 경찰서를 찾았다. 경찰서는 시청 2층에 있었는데, 바로 그곳에서 입사시험이 치러질 예정이었다. 하지만 시험은 취소되고 말았다. 지원 인원이 부족했기 때문이다.

낙담한 짐은 아무 말 없이 천천히 차로 향했다. 집에 돌아온 짐은 이제 남은 정규직 일자리라곤 트로나 광산뿐이라고 로즈마리에게 말했다. 트로나는 록 스프링스에서 나는 광물로 베이킹 소다나 유리, 치약을 만드는 데 이용되었다.

하지만 짐이 광산에서 근무한 기간은 채 일주일도 되지 않았다. 어느 날 록 스프링스 시에서 일하는 한 사무원이 짐에게 전화를 걸어 경찰 측에서 입사시험을 다시 진행하기로 했다고 알려준 것이다. 전화를 받은 짐은 한숨을 내쉬며 벌써 다른 곳에서 일을 시작했기 때문에 이미 늦었다고 사무원에게 말했다. 하지만 경찰서에서는 짐이 마음에 들었던 모양이다. 결국 경찰서장 루이스 뮤어가 광산 회사에 따로 연락해 줘서 짐은 입사시험을 볼 수 있게 되었다. 시험을 치르고 일주일이 지난 후, 짐은 누가 봐도 어엿한 록 스프링스의 신입 경찰관이었다. 짐은 다리 바깥쪽에 남색 줄무늬가 들어간 갈색 바지와 남색 버튼다운 셔츠, 넥타이와 모자를 차려입었다. 벨트에는 가스총과 손전등, 경찰봉과 총이 달려 있었다.

온 가족이 모여 느긋하게 식사를 즐기는 일요일 저녁이면 가끔 외할아버지가 경찰관 시절 이야기를 들려주었다.

"내가 처음 일을 시작했을 때만 해도 록 스프링스는 조용한 주거지역이었지. 살인 사건 따윈 거의 없었어."

당시 할아버지의 임무는 대개 속도위반 소환장 발부나 교통위반 전화 응대와 관련된 일들이었다.

"여름이면 집집마다 창문을 활짝 열어두고 자도 괜찮았고 현관문은 일 년 내내 거의 열려 있었지."

외할아버지는 킥킥 웃으며 이렇게 이야기하곤 했다. 하지만 1970년대가 되자 상황은 완전히 달라졌다. 록 스프링스 외곽에 대규모 발전소가 들어서기 시작한 것이다. 어떻게든 경비를 줄이고자 한 발전소 측은 아주 싼 임금을 지불하고 많은 사람들을 고용했다. 그 정도로 싼 임금을 받고 일할 만한 사람들은 부랑자나 사기꾼, 전과자들뿐이었다.

오일 붐은 발전소 건설과 더불어 시작되었다. 록 스프링스 남동부로 96km 떨어진 지점에서 웸서터라는 마을을 중심으로 석유가 발견된 것이다. 자연히 점점 더 많은 사람들이 이 지역으로 몰려들었다. 1800년대 골드러시 시절 서부로 밀려들던 사람들의 눈에 비치던, 꿈꾸듯 몽롱한 기운은 당시 록 스프링스를 찾는 이들의 눈에도 서려 있었다. 마치 전 국민, 아니 가정에 싫증을 느껴 집을 나와버린 사람들이나 일확천금을 노리는 사람들은 전부 록 스프링스로 유입되는 것만 같았다.

"정말이지 채 몇 년이 지나기도 전에 록 스프링스 마을은 앤디 그리프의 메이베리Mayberry : 범죄가 거의 없는 허구상 마을—역주에서 신 시티Sin

City : 부패와 범죄로 가득한 도시-역주로 전락하고 말았지. 당시 풍기 문란했던 록 스프링스를 대놓고 신 시티라고 불렀어."

외할아버지는 한 번 더 이렇게 되뇌었다.

"그래, 틀린 말이 아니었다. 당시에는 이 마을이야말로 신 시티 그 자체였지."

짐은 몸에 밴 근면 성실함과 투철한 직업정신을 인정받아 마을의 작은 경찰서에서 꽤 빠르게 승진했다. 록 스프링스가 신 시티로 불리던 시절이 끝나갈 무렵, 그는 형사부 경사로 근무하고 있었다. 마을을 어지럽혔던 범죄는 결국 소탕되었다. 특히 미국 정부 측에서 록 스프링스의 상황을 두고 청문회를 소집함으로써 범죄 소탕은 가속화의 국면으로 들어섰다.

어느새 마을을 메웠던 부랑자와 사기꾼들은 점차 사라지고, 성실한 가장들이 그들의 빈자리를 대신했다. 키이스 웨스트와 마르잔 웨스트 부부 역시 성실하게 살아가는 평범한 가족이었다. 부부에게는 다섯 자녀들이 있었는데, 나의 아버지 케니가 셋째였다. 마르잔의 가족은 핀란드 이민자들이었다. 그들 역시 외할아버지 짐과 외할머니 로즈마리의 아버지처럼 미국에 매료되어 건너왔다가 안정적인 직장을 찾아 탄광에 정착한 경우였다. 키이스의 가족은 영국 출신으로, 멀리 거슬러 올라가면 영국 왕실 혈통에 속한다고 했다.

할아버지 키이스의 아버지인 오웬 웨스트는 데저트 오일이라는 가스 회사의 설립자였다. 데저트 오일 사는 록 스프링스 마을에도 펌프를 몇 개 제공했다. 1970년대 들어 오일 붐이 불어닥치자, 데저트 오일 사도 한창 작업에 열을 올리던 정유 회사들 측에 가스와 디젤 연료를 공급했던 것이다. 게다가 오웬은 웨스트 시어터 West Theater라는 극장도 세웠다. 록 스프링스 시내에 자리한 그 극장에 가면 할리우드 최신 영화들을 접할 수 있었다.

아버지 케니는 형제 셋과 누이동생 하나를 두었다. 척과 스티브, 닐, 그리고 잰이 바로 그들이다. 할아버지 키이스는 일찍이 버지니아 가街에 자리한 저택을 사두었다. 그 구역은 오늘날 록 스프링스 고등학교 부근에 새로 생긴 쾌적한 곳이었다. 우연의 일치인지 모르겠지만, 할아버지는 교육위원회 의장으로 활동하던 시절, 록 스프링스 고등학교 건립을 지원한 바 있다. 당신의 아버지처럼 키이스 역시 가만히 앉아 빈둥대는 성격이 아니었다.

"최선을 다해야 한다. 무슨 일이든 전력을 다해 매달려라."

그는 자식들에게 소리 높여 이렇게 말하곤 했다.

키이스는 교육위원회 의장으로 활동하며 1970년대를 보냈다. 그러다 록 스프링스의 신 시티 시절이 지나고, 1980년대에 들어서는 시장에 임명되었다. 작은 마을의 시장으로서 그가 가장 자랑스럽게 여긴 자신의 업적은 하키 경기장과 수영장까지 딸린 대규모 레크리에이션 센터를 건립한 일이었다. 사실 키이스는 집안 사업인 가스 회사를 운영해 온데다 자신의 가족까지 돌봐가며 그 모든 업무를 수행해 낸 것이었다.

무더운 여름이 오면 케니와 그 형제들은 종종 수영복 차림으로 수건을 들고 헛간 지붕에 올라앉아 이웃집 수영장을 넘겨다보곤 했다. 이웃집에서 수영하러 오라고 초대해 주길 바랐던 것이다. 그때만 해도 뒤뜰에 수영장 딸린 집이 드물었고, 케니의 이웃은 몇 안 되는 그런 집 중 하나였다.

케니의 집도 큰 편이긴 했지만, 형제들이 각자의 방을 가질 만큼 크지는 않았다. 그래서 케니는 닐과 방을 같이 썼다. 케니가 아홉 살 되던 해의 만우절이었다. 케니는 맏형 스티브와 합심해서 두툼한 캠핑용 밧줄로 잠든 닐을 침대에 묶어버렸다. 나중에 잠에서 깬 닐은 담장 너머 길거리까지 들릴 정도로 심하게 고함을 질러댔다. 결국 할아버지 키이스가 밧줄을 끊고 닐을 구해 주었다. 얼굴이 붉고 고압적이었던 키이스는 아들들이 서른이 넘어서까지 외출 금지령 따위의 벌을 주곤 했다.

할머니 마르잔은 매사에 최선을 다했다. 마르잔은 아이들을 달래야 할 때마다 초록색 젤리나 미트로프같이 아이들이 좋아하는 음식을 만들곤 했다. 하지만 그러다가도 이내 양손을 공중에 내던지는 시늉을 하며 돌아서서는 이렇게 말하는 것이었다.

"그럼 이젠 아버지한테 넘길 수밖에!"

키이스는 아이들이 아주 어릴 적부터 자연과 야생을 사랑하고 존중하도록 가르쳤다. 그리고 총기의 안전한 사용법과 기본적인 생존법, 나침반 사용법도 익히게 했다. 또 길을 잃게 되면 항상 산 아래로 내려와 강을 따라 큰길을 찾아 나오라고 일러뒀다. 그는 아들들이 저마다 열네 살이 되면 사냥총을 안겼다. 그런 다음 아이들을 데리고 사슴이나 엘크, 영양 사냥에 나섰다. 잡아온 짐승은 도살 후 햄버거나 스테이크, 구이, 살라미 소시지, 육포 등으로 가공했다. 이런 식으로 만든 고기류는 온 가족의 영양 공급원이 되었고, 가끔은 일 년 내내 먹을 만한 양이 나올 때도 있었다.

케니 가족은 여름을 거의 오두막집에서 보냈다. 와이오밍 주의 파인데일에 자리한 그 오두막집은 1950년에 오웬이 사둔 것이었다. 형제들은 밤마다 서로서로 무서운 이야기를 들려주었다. 그리고 비 오는 날에는 움푹 팬 소나무 둥치에 들어가 흠뻑 비를 맞곤 했다. 백 년 정도 된 그 나무는 여러 번 번개에 맞은 상태였다.

자라면서 나도 여동생 애니와 그런 식으로 놀았지만, 굳이 애니에게 무서운 이야기를 들려줄 필요는 없었다. 오두막집에 난 틈새로 바람이 스칠 때 나는 소리처럼 아무것도 아닌 일에도 애니는 소스라치게 놀라곤 했으니까 말이다.

아이들이 어느 정도 자라면 대부분 자기 엄마를 미화한다. 나조차도 그랬으니까 말이다(사실 요즘도 그렇긴 하다. 어머니가 최고다). 하지만 여전히 아름다운 나의 어머니 토넷도 솔직히 유년 시절에는 말썽꾸러기였다. 어느 날 어머니는 일요학교에 갈 때마다 입는 새하얀 드레스에 커다란 붉은색 리본을 맨 차림으로 이모들과 함께 길거리를 걷는 중이었다고 한다. 그런데 갑자기 개 한 마리가 나타나더니 이모들 쪽은 거들떠보지도 않고 피할 새도 없이 어머니에게 뛰어올랐다. 개는 진흙구덩이에서 막 나온 듯한 꼴이었다. 어머니가 흰 손수건으로 얼룩을 닦으려 애쓰는 동안 이모 셋은 정신없이 웃어댔다.

언니들은 토넷을 자주 놀렸다. 결국 토넷은 어느 날 참을 만큼 참았다고 마음먹기에 이른다. 양말과 세탁한 속옷, 청바지와 스웨터를 종이 쇼핑백에 담은 토넷은 곧장 집을 나왔다. 하지만 마침 순찰차로 동네를 돌고 있던 그녀의 아버지가 토넷을 발견하고 말았다. 토넷은 집을 나와 겨우 한 블록 달아나는 데 그친 셈이었다. 토넷을 집까지 실어다준 그녀의 아버지는 태미와 다이애나를 불러 동생에게 사과하라고 시켰다.

내가 그런 것처럼 내 어머니 토넷 역시 모범생으로 수년간 합창단에서 활동했다. 일단 공연에 들어가면 토넷은 어색한 기분 따위는 전부 잊어버리고 오로지 그 순간을 즐겼다(내가 노래 부르길 좋아하는 기질은 어머니에게 물려받았다고 해도 좋을 듯하다).

이처럼 자신감을 새로이 다진 토넷은 치어리더에 도전해 보기로 결심하기에 이른다. 치어리더팀에 끼기에는 그녀가 너무 어눌하다고 생각한 주변 사람들은 다들 놀라움을 금치 못했다. 하지만 토넷의 어색해하던 태도는 온데간데없이 사라지고 날이 갈수록 짙은 머리가 눈부신 매력적인 십대로 거듭났다. 결국 록 스프링스의 스포츠 스타 케니 웨스트도 그런 토넷에게 매료되고 말았다. 15세의 케니는 그의 야구 경기를 눈여겨본 두 대학으로부터 스카우트 제의를 받은 상태였다. 게다가 그는 록 스프링스 고등학교 농구팀 최고의 포인트 가드이기도 했다. 조각같이 수려한 외모와 짙은 머리카락이 돋보인 케니는 걸핏하면 치어리더들의 가십 대상이 되었다. 그렇다고 해서 아버지가 크게 언짢아하진 않았을 것이다. 요즘도 당신이 세상에서 제일 멋진 남자라고 대놓고 선언하는 편이니 말이다. 물론 아들인 나까지 능가한다는 말은 없다.

하지만 스물한 살 무렵 케니는 전문 스포츠 선수가 되겠다는 꿈을 포기했다. 록 스프링스를 떠나기 싫었기 때문이다. 대신 그는 아버지 회사에 나가기 시작했다. 고등학교를 졸업한 케니는 저녁에 짬이 날 때면 이따금 모교에 가서 경기를 관람하고 왔다. 그때마다 으레 그의 시선은 네 살 아래인 토넷에게 머물렀다. 그맘때쯤 토넷은 짙은 머리에 키 크고 날씬한 미녀로 훌쩍 성장해 있었다. 록 스프링스 고등학교의 농구 코트와 축구 경기장을 화려하게 수놓으며 검은색과 주황색이 섞인 팜팜을 흔들어대는 토넷의 모습에서 예전의 어색함은 찾아볼 수 없었다.

토넷은 졸업 후 곧장 취직해서 직장 여성이 되었다. 그해 여름 케니는 용기를 내어 토넷에게 데이트를 신청했다. 하지만 토넷은 일단 거절했다. 케니를 그저 잘 모르는 사람이라고 생각했기 때문이다. 어쨌건 케니는 그대로 토넷을 놓치진 않을 참이었다.

토넷은 마운틴 벨Mountain Bell 전화 회사에서 교환원으로 근무했다. 직장인 데저트 오일 사까지 트럭을 몰고 다니던 케니는 출근하는 토넷을 스쳐 지나갈 때마다 그녀를 향해 손을 흔들며 활짝 미소를 지어 보였다. 그때마다 토넷은 얼굴을 붉혔다.

지인들 사이에서도 두 사람에 관한 대화가 오갔다. 마침내 케니 친구의 여자친구가 토넷을 설득해 케니에게 기회를 줘보도록 했다. 두 사람은 곧 서로 더할 나위 없이 잘 맞는 커플이 되었다.

토넷과 케니에게는 두 가지 공통점이 있었다. 이러한 공통점은 두 사람을 결속시키는 아주 중요한 요소였다. 우선 이 둘은 마을의 젊은이들과 달리 록 스프링스를 떠나기 싫어했다. 케니는 록 스프링스의 자연환경에 애착을 느꼈고, 토넷은 어머니와 자매 곁에 머물고 싶었기 때문이다. 그리고 두 사람 모두 아기를 원했다.

일 년쯤 데이트를 지속한 두 사람은 외할아버지댁 거실에서 결혼식을 올렸다. 로즈마리와 짐의 결혼식 피로연 때 그랬던 것처럼, 토니가 아코디언을 연주했다. 그리스식 시금치파이와 집에서 손수 만든 라자냐, 양배추 롤, 크론스키스라는 이탈리아 소시지, 포티차, 와플 쿠키, 케이크 등의 음식도 푸짐하게 차려졌다. 단 한 가지 빠진 게 있다면 존의 와인이었는데, 그가 5년 전에 이미 사망한 탓이었다. 하지만 케니는 훗날 장인인 짐에게 존의 와인 만들기 비법을 전수받아 매년 짐과 함께 와인을 담갔다. 이후 케니와 토넷이 결혼한 지 2년 만에 바로 내가 태어났다.

그렇다. 이것이 바로 내 가족의 모습이다. 전부 사랑으로 충만하고 별나고 대담하고 엉뚱하고 그러면서도 용기 있는 기질을 품고 있다. 어쨌건 좋든 나쁘든 사람들이 내 성격을 묘사할 때도 종종 그런 단어들이 튀어나온다.

간혹 주변이 고요해지면 나는 가만히 앉아 조상들을 떠올린다. 그리고 내가 이 가족의 일원으로 태어나서 얼마나 감사한지 모른다고 여긴다. 그런데 사실 이런 식의 감흥을 맨 처음 느꼈던 건 중학교 개학을 앞둔 하루 전이었다.

66 허리 아래쪽으로는
네가 우리랑 똑같은 건지
전혀 모르겠단 말이야.
그러니까 내가 거길 한번
걷어차 볼게. 99

chapter 5

소울메이트 삼총사

1993년 어느 가을날의 이른 아침, 나는 중학교에 갈 채비를 하는 참이었다. 새로 산 셔츠의 단추를 채우는 손이 떨렸다. 어머니와 미리 솔트레이크 시티에 가서 셔츠 몇 벌을 사두었다. 속이 울렁거려 아침도 제대로 먹을 수 없었다. 나는 잠자코 부엌에 앉아 윙윙대며 돌아가는 냉장고 소리에 귀를 기울였다. 어머니는 이제 막 3학년이 된 애니의 아침을 준비하고 있었다. 얼마 지나지 않아 리프트가 갖춰진 화이트마운틴 중학교 스쿨버스가 집 앞까지 왔다. 나는 몸을 곧추세워 버스에 올라탔다. 검은색 캔버스 책가방은 휠체어에 기대 바닥에 두었다. 표현할 수 없을 만큼의 초조함이 밀려들었다.

학교 건물 안에 들어선 나는 여름방학 중에 받은 것과 똑같은 수업 계획표가 붙어 있는 걸 발견했다. 영어 수업은 109호 교실이었다. 한 학기 내내 첫 교시가 될 과목인 것이다. 복도를 지나치다 보니 오버랜드 초등학교와 록 스프링스 마을에서 보았던 익숙한 얼굴들이 눈에 들어왔다. 사실 마을 초등학교 학생들의 절반이 화이트마운틴 중학교에 진학했으니 그럴 만도 했다. 하지만 아무리 둘러봐도 친하게 지냈던 단짝 친구들의 모습은 안 보였다. 그건 점심시간에도 마찬가지였다. 내가 가져온 갈색 종이봉투 속에는 살라미와 페퍼로니, 치즈, 크래커 같은 음식들이 들어 있었다(우리 식구는 이탈리아인이니까 당연하다). 나는 아이들과 기다란 식탁에 둘러앉았다. 다들 익숙한 얼굴들이었지만, 정확히 어디서 봤는지는 금세 떠오르지 않았다.

방과 후에는 드디어 앰버와 제내를 비롯해 오버랜드 초등학교 시절에 친하게 지냈던 친구들과 만날 수 있었다. 하지만 몇 주가 지나면서 우리는 점차 뿔뿔이 흩어지게 되었다. 사실 초등학교 때는 성별에 관계없이 모든 활동을 함께했다. 인형이나 장난감 자동차를 가지고 놀 때도, 그리고 여름에 물장구칠 때도, 겨울에 썰매를 탈 때도 남학생과 여학생을 따로 구분하지 않고 다 같이 어울렸었다. 하지만 중학교는 초등학교와 많이 달랐다. 여학생들은 곧 서로 비밀 이야기를 나누며 자기들끼리 수군덕대기 시작했다. 나중에 알았지만 그들의 이야기 주제는 대부분 축구팀의 멋진 남학생들이었다. 앰버와 제내 역시 얼마 지나지 않아 새 친구들과 어울렸다. 새로 사귄 친구들은 거의가 여학생들이었다.

부모님은 친구들과의 사이가 소원해지는 것도 살다보면 겪게 되는 인생의 한 부분이라고 했다. 또 그러다보면 언젠가 다시 가까워질 날도 있으며, 나 역시 새 친구들을 만나게 될 거라고 했다.

"스펜서, 넌 지금 한창 변화하는 단계에 있어. 아직은 어려서 너 자신이 누군지, 그리고 너 스스로 뭘 좋아하는 건지 터득해 가고 있는 거야. 간혹 주변 친구들과 취향이 다를 때도 있겠지만, 그래도 괜찮아. 결국엔 너랑 공통점이 더 많은 친구들을 만날 수 있을 테니까."

중학교에 들어간 지 얼마 되지 않아 나는 내가 공연에 관심이 많다는 걸 깨닫게 되었다. 사실 이전에도 제이미 이모의 결혼식이나 오버랜드 초등학교 콘서트 때 피아노 독주회를 가지면서 꽤 즐겼던 기억이 있다. 2학기에 접어들어 2주째 되던 어느 날, 복도 게시판에 붙은 공지물이 내 주의를 끌었다. 그건 다름 아닌 방과 후 연극반 대표가 작성한 게시물로, 새 회원을 모집한다는 내용이었다. 연극반의 첫 회의는 일주일 후로 잡혀 있었다. 마침 일요학교에 같이 다니는 친구 버지니아가 지난 학기 연극반 회원으로 활동했다면서 나에게 연극반에 가입해 보라고 권했다.

"스펜서, 네 음성이나 동작은 정말이지 항상 배우 같단 말이야.

넌 틀림없이 연극반을 좋아하게 될 거야!"

"좋았어, 그럼!"

나는 〈에이스 벤츄라^{Ace Ventura}〉에 등장하는 짐 캐리를 흉내내며 대답했다.

내가 연극반에서 처음 참여한 연극은 '엠프티 체어즈^{Empty Chairs}' 라는 작품인데, 중독 재활치료 센터가 그 배경이었다. 나는 센터 내 환자 역할을 맡았다. 나 말고도 환자 역할을 맡은 또 다른 아이가 있었는데, 성격이 조용한 금발 소녀 마시였다. 당시 마시는 코카인에 호되게 중독된 한 소년을 연기했다. 연극반 모임이 있을 때마다 마시는 어김없이 내 옆자리에 앉았다. 함께 대사 연습을 하고 싶어 했기 때문이다. 어쨌건 내 대사는 긴 독백이었다. 모임이 끝나고 나서도 마시는 같이 놀자고 조르는 때가 많았다. 마시는 곧잘 트레이닝복 상의에 청바지, 컨버스 운동화 차림으로 나타났다. 그 아이가 크게 웃을 때면 연극반이 모이는 화이트마운틴 중학교 강당의 관객석이 가득 차는 느낌이었다. 마시는 밀어붙이는 경향이 있는데다 제내와 앰버랑은 성격이 완전히 달랐다. 제내와 앰버가 더 상냥하고 여성스러웠던 것 같다.

"오늘은 같이 못 놀아."

거의 한 달 동안 나는 마시에게 입버릇처럼 이렇게 대꾸했었다.

발렌타인데이를 앞둔 2월의 어느 추운 날, 우리 가족은 오버랜드 초등학교 인근 동네에서 새로 조성된 구역으로 이사를 가게 되었다. 부모님이 설계를 도운 새집의 첫 입주자인 셈이었다. 그 집은 쭉 뻗은 목장식 가옥으로 조용하고 수풀이 우거진 로즈우드 마을에 자리했다. 이사한 지 채 며칠이 되지 않아 마시가 우리 집 현관 계단까지 찾아왔다.

"네가 이 집에 살게 돼서 정말 기뻐! 난 바로 저쪽에 살아!"

마시는 우물쭈물 말하며 손가락으로 뒤뜰 쪽을 가리켰다.

갑자기 오싹함이 느껴졌다. 예전에 유쾌한 성격의 셰릴이 뒤뜰 건너편 이웃이었을 때는 우리 네 가족 모두 그녀와 잘 지냈었다. 셰릴과 나는 간식도 함께 만들어 먹곤 했었다. 그런데… 마시라니! 마시의 질문공세가 또다시 시작되자, 나는 힘겹게 침을 꿀꺽 삼켜야 했다.

"나와서 놀래? 우리 레크리에이션 센터에 가서 라켓볼 칠까? 지난번에 너 라켓볼 친다고 했잖아."

새집은 할아버지가 1986년 시장 재임 시절 건립한 레크리에이션 센터와 더 가까웠다. 사실 나는 그곳에서 수영과 아이스스케이트를 즐겼고 라켓볼 치는 걸 좋아했다. 하지만 종일 쉴 새 없이 떠드는 마시하고 거기에 가라고? 내가 곧장 대답했다.

"나 지금 못 나가. 부모님이 안 계실 때는 여기 친구들도 못 데려와."

마시는 눈썹을 한껏 치켜 올리며 의아하다는 듯 되물었다.

"정말? 왜 못 그러는데?"

나는 재빨리 머리를 굴려야 했다. 결국 나는 어린 여동생을 돌봐야 한다고 둘러댔다.

물론 마시는 내 말을 전적으로 믿지 않을 것이고 또 찾아올 거라는 걸 알았다. 아니나 다를까 그 주 토요일에 마시는 다시 우리 집 현관 앞에 서 있었다.

"오늘은 나올 수 있어? 또 동생을 돌봐야 하니, 아니면 나와 놀수 있는 거야?"

그러더니 곧 이렇게 덧붙였다.

"저기 너희 부모님 차가 보여. 그래서 오늘은 집에 계시다는 걸 알았지."

'이런, 딱 걸렸군.' 그렇게 생각한 나는 문득 거실 쪽을 넘겨다보았다. 거실에는 여전히 상자들이 높이 쌓여 있었다. 어머니가 속을 다 꺼내 정리하라고 하신 것들이었다. 뭐가 되었건 간에 먼지투성이 유리컵 청소보다는 쉬울 것 같았다.

"그래, 좋아! 오늘은 너랑 라켓볼 몇 게임 치지 뭐."

마침내 내가 대답했다. 뜻밖의 대답에 놀란 마시의 눈이 동그랗게 커졌다.

첫 세트가 끝나갈 무렵 나는 내 머리를 치고 있었다(말 그대로 라켓으로 머리를 치기도 했지만 마음속으로도 그랬다). 마시와 어울려 놀기로 결심하기까지 거의 한 달이나 끈 건 분명 바보 같은 짓이었다. 그날 오후는 정말이지 내 평생 최고의 날이었다! 새 학교에 적응하느라 온통 복잡했던 생각이나 감정 따위는 모두 눈 녹듯 사라져버렸다. 이 학교에서 완전히 신입생이라는 사실조차 아무렇지도 않게 여겨졌다. 낯선 동네에서 느꼈던 이질감도 전혀 문젯거리가 못 되는 듯했다. 마시와 나는 두 시간 동안 라켓볼을 쳤다. 경기 내내 크게 웃어가면서 말이다. 마시는 공을 받아내려고 애쓰며 내 주위를 이리저리 뛰어다녔다. 나 역시 점수를 올리려고 코트에 몸을 내던지며 경기에 열중했다. 어떤 때는 빗나가 공이 내 이마를 아슬아슬하게 스쳐 지나가기도 했다. 우리 둘 다 경기 중간 중간 웃음이 자꾸만 터져 나와 코트 바닥을 뒹굴었다. 심하게 웃은 탓에 눈물까지 줄줄 흘러내렸다.

경기를 마친 우리는 마시네 집에 들러 아이스크림과 초콜릿 케이크를 먹었다. 그리고 지하에 자리한 거실로 가서 진심어린 대화를 나눴다. 가족이 아닌 다른 사람과 마음을 터놓고 대화를 나눈 건 그때가 처음이었다. 우리는 각자의 소망과 꿈, 미래, 그리고 학교의 다른 친구들에 대해 이야기했다. 다른 도시에서 이제 막 록스프링스로 이사 온 마시 역시 과도기를 겪으며 새 친구들을 사귀고 싶어 하던 중이었다. 마시가 나와 비슷한 고민거리로 힘들어한다는 게 보였다. 우리는 둘 다 그때까지 낯선 환경에 완전히 적응하지 못하고 있었던 것이다. 하지만 둘이 있으면 왠지 마음에 안정이 느껴졌다. 나는 재킷의 지퍼를 올려 잠그며 말했다.

"있잖아, 마시! 네가 같이 놀자고 졸라줘서 얼마나 다행인지 몰라. 오늘 정말 재미있었어!"

"나도 많이 즐거웠어. 거봐, 날 좋아할 거라고 했잖아!"

마시가 활짝 웃으며 말했다. 마시와 나는 금세 둘도 없는 친구가 되었다. 주말이면 서로의 집에 놀러 가서 자고 오기도 했다. 물론 동성이 아니었기 때문에 처음에는 부모님의 반대가 있었다. 그래서 각자의 부모님과 진지하게 의논한 다음에야 허락을 얻어낼 수 있었다. 우리는 등교 전에도, 학교에 가서도, 그리고 방과 후에도 종일 붙어 다녔다. 서로 떨어져 있는 시간은 한두 과목 정도 각자 다른 수업을 들을 때뿐이었다. 8학년 때는 둘이서 할로윈 베스트 드레서 대회에 나가 상을 타기도 했다. 마시는 우유 모양 만화 캐릭터 복장을, 그리고 나는 장바구니처럼 생긴 옷을 차려입었다. 나는 비닐 쇼핑백을 옷처럼 껴입고 여동생의 부엌놀이 장난감 세트에서 가져온 모형 음식들을 군데군데 쑤셔 넣었다. 마시와 나는 내 휠체어를 쇼핑카트처럼 꾸몄다. 그리고 초록색 스프레이 페인트를 뿌려 내 머리카락을 상추처럼 보이게 만들었다.

정말이지 마시와 나는 베스트 프렌드 그 이상이었다. 하루는 아침 일찍 아버지가 낚시를 하러 나가던 참이었다. 전날 저녁 마시가 우리 집에서 자고 가기로 했기 때문에, 우리는 그때까지 잠든 상태였다. 무슨 소리가 들렸다고 여긴 아버지가 거실로 들어왔을 때, 마시와 나는 침낭에 드러누워 자고 있었다. 깊이 잠든 우리는 각자 잠꼬대를 하며 꿈속에서 서로에게 말을 하던 중이었다고 한다. 그때부터 부모님은 당시 우리 둘의 영혼이 서로 이야기를 나눈 거라며, 우리야말로 진정한 소울메이트라고 인정해 주었다.

요즘도 마시는 내가 준 은팔찌를 하고 다닌다. 그 팔찌는 고등학교 졸업을 앞둔 크리스마스 날, 내가 선물로 준 것이다. 팔찌에는 켈트어로 '아남 카라Anam Cara', 즉 '영혼의 동반자'라는 말이 새겨져 있다. 켈트족 전통에 따르면 아남 카라나 소울메이트를 만나 결혼한 후에는 비슷한 모양의 금팔찌를 교환한다고 한다. 어쨌건 우리는 이 말을 무척이나 뜻 깊게 받아들였다. 그래서 지금까지도 각자의 손목에 그 말을 문신으로 새겨두고 있다(그걸 보면서 매일같이 서로를 떠올릴 수 있다).

마시는 고등학교 2학년 때 솔트레이크 시티로 이사를 갔다. 하지만 이후에도 졸업파티 때마다 록 스프링스로 찾아와 내 파트너가 되어 주었다. 그건 3, 4학년 때도 마찬가지였다. 그리고 내가 고등학교 졸업장을 받기 위해 강단 무대로 걸어 나가는 순간에도 마시는 객석에서 나를 지켜봤다.

막 중학생이 돼서 사귄 또 한 명의 친구는 바로 존이었다. 사실 존은 '성 키릴과 메서디우스 정교회 성당'에서 첫 영성체를 할 때부터 얼굴을 익혀둔 터였다. 그 아이는 키가 크고 호리호리한데다 머리카락이 붉었다. 동갑이었던 우리는 일요학교에서도 대부분 같은 반에 배정되곤 했다. 그런데 존과 나는 좀처럼 서로에게 호감을 느끼지 못했고, 오히려 보이지 않는 경쟁의식을 품고 있었다. 나는 주로 그 아이의 큼직큼직한 손동작과 넘쳐나는 에너지, 열정적 태도가 부담스러웠다. 항상 거침없이 자신만만하게 행동하는 존을 경계했던 것 같다. 나중에 들은 이야기지만 존은 오히려 자신감 있는 내 태도 때문에 선뜻 다가서지 못했다고 한다. 그러니까 우리는 서로 자신과 닮은 상대에게 경쟁의식을 느꼈던 것이다. 서로를 보고 있노라면 마치 거울 속을 들여다보는 듯했다. 존과 나는 론 위즐리와 해리포터 같은 사이였다.

7학년 무렵만 해도 우리는 꽤 서먹한 사이였다. 라켓볼 경기를 치르고 며칠이 지난 어느 날, 마시가 나를 집으로 초대한 적이 있었다. 그런데 마시는 대뜸 존도 올 거라고 말했다. 솔직히 그 순간에는 한동안 입버릇처럼 튀어나왔던 말을 내뱉고 싶었다. "오늘은 못 놀아"라고 말이다. 하지만 나는 이미 마시와의 일을 통해 한 가지 교훈을 터득해 둔 터였다. 그러니까 잘 알아보기도 전에 사람을 평가하는 건 유익하지 못한 처사라는 깨달음이었다. 그런 처사는 상대가 내게 해를 끼치는 것보다 훨씬 더 해로웠다. 결국 나는 마시의 초대에 이렇게 응했다.

"응, 알았어. 곧바로 갈게."

마시의 집에 모인 존과 나는 서먹하게 소파에 앉아 스프라이트만 들이켰다. 그 와중에 마시는 자연스럽게 대화를 이끌어내려고 애쓰며 우리 둘의 눈치를 봤다. 결국 우리는 음악이라는 주제에서 합일점을 찾았다. 그날 오후 나는 마침 앨라니스 모리셋의 앨범 '재기드 리틀 필Jagged Little Pill'과 '올 아이 리얼리 원트All I Really Want'라는 곡을 듣던 중이었다. 나는 대뜸 노래의 한 소절을 흥얼댔다.

"지금 내가 원하는 건 조금의 참을성이지. 그러면 화난 음성도 가라앉아."

그러자 존이 곧장 그 다음 소절을 이어 불렀다.

"소울메이트를 찾기 위해 포기할 수 없는 게 있지. 떠도는 이 마음을 잡아줄 그 어떤 이."

존이 노래를 마치자 우리 둘의 얼굴에 미소가 떠올랐다. 우리는 큰 소리로 웃어댔다. 마시와 앨라니스 덕분에 존과 나 사이의 어색함이 사라진 것이다. 평생을 함께할 우리의 끈끈한 우정은 그렇게 시작되었다.

그날 오후 우리 셋은 마시 아버지의 캠코더로 영화찍기 놀이를 하며 놀았다. TV 프로그램과 영화에서 봤던 여러 장면을 흉내내며 연출해 보았다. 윌리엄 샤트너가 등장하는 '긴급출동 911'을 연기하느라 한창 열을 올리던 참에 애니가 저녁식사 시간에 맞춰 나를 데리러 왔다.

애니와 함께 마시의 집을 나서던 나는 그날부터 마시와 존, 나 이렇게 셋이 한 팀이 될 거란 걸 알았다. 삼총사처럼 죽음이 갈라 놓을 때까지 하나로 똘똘 뭉친 그런 팀 말이다!

중학교에 입학해서 처음에는 힘들었지만, 마시와 존을 사귄 후부터 학교생활이 즐거워졌다. 천군만마를 얻은 듯 어떤 일이라도 다 해낼 수 있을 것 같은 기분이었다. 그러니까… 패트릭이라는 아이가 끼어들기 전까지는 그랬다.

중학교 시절의 고난은 아버지의 이 말 한마디와 함께 시작되었다고 할 수 있다.

"얘야, 아무래도 이렇게 하는 게 너한테 좋을 것 같다."

그날 나는 아버지와 거실 소파에 나란히 앉아 있었다. 아버지가 앉은 자리 주변과 탁자에 흩어진 축구 관련 서적들이 눈에 들어왔다. 그 책들은 아버지가 시켜서 어머니와 내가 스윗워터 카운티 도서관에 가서 빌려온 것들이었다. TV는 소리가 나지 않도록 조절되어 있었다. 아버지가 가장 좋아하는 달라스 카우보이 팀 경기가 중계되고 있었는데도 말이다. 달라스 카우보이는 1993년 슈퍼볼 챔피언십을 수상한 팀이다.

"네, 알겠어요."

나는 그 자리에서 한 바퀴 돌아 자세를 고쳐 앉았다. 곧 이어질 불편한 대화에 대비해 자세를 최대한 편안히 하고 싶어서였다.

"스펜서, 축구는 필드에서 공을 움직이는 운동이야. 몇 점씩 점수를 내기도 하면서 말이지."

아버지는 말하는 중간 중간 책에 있는 사진을 보여주었다. 공을 차며 서로 부대끼는 건장한 사내들이 보였다. 이따금 아버지는 내가 읽었으면 하는 페이지에 포스트잇을 붙였다.

"처음부터 규칙을 전부 알아야 하는 건 아니란다."

족히 1인치 두께는 되어 보이는 책을 넘기며 아버지가 말을 이었다.

"넌 그저 코치야. 게다가 그렇다고 해서 꼭 누군가를 실제로 훈련시키는 것도 아냐. 그냥 팀원들이 각자 물과 장비를 제대로 갖췄는지 확인만 하면 돼. 만약에 부상자가 발생하면 말이지⋯ 아빠가 응급치료 과목을 이수했으니까 발목을 붕대로 어떻게 감싸는지 가르쳐 줄게."

나는 이리저리 눈을 굴려가며 속으로 혼잣말을 되뇌었다.

'아빠는 응급치료 과목을 겨우 한 번 이수해 놓고 응급 구조대원이라도 된 줄 아시나봐. 역시 아빠다워!'

"여보, 아직 그것까진 몰라도 돼요."

소박한 재료로 주방에서 칠면조를 요리하던 어머니가 거실 쪽을 향해 외쳤다. 하지만 그 순간 아버지 귀에는 아무것도 들리지 않는 것 같았다. 아버지의 시선은 TV 화면에 고정되어 있었다.

"패스가 형편없군!"

아버지는 트로이 애이크맨을 향해 소리를 질렀다. 하지만 그것도 잠시, 아버지는 곧 애니까지 불러내 아버지 옆에 앉혔다. 그리고 애니의 공주풍 분홍 슬리퍼 한 짝을 벗겨내더니 붕대로 발목 감는 법을 손수 보여주었다. 마치 애니가 축구 경기 도중 발목을 접질리기라도 한 듯 말이다.

그랬다. 아버지의 끈질긴 부추김 끝에 나는 결국 화이트마운틴 축구팀 팬더스Panthers의 코치 포지션에 지원했다. 축구팀 코치는 모든 연습 경기와 가을마다 개최되는 시합에 참석해야 하고, 선수 전원이 모였는지, 유니폼은 챙겨 입었는지, 불편한 점은 없는지 제대로 확인해야 했다. 당시만 해도 나는 축구에 대해 아는 게 하나도 없었다. 게다가 체구는 유치원생 정도밖에 안 됐다. 솔직히 무엇보다 코치로 일한다는 게 전혀 달갑지 않았다. 어쨌거나 아버지는 지나칠 정도로 한껏 들떠 있었다. 어차피 선수로 뛸 수 없는 아들이 최대한 스포츠를 가까이서 접할 수 있도록 방도를 모색했던 것이다. 결국 나 역시 아버지의 생각에 동화되었다. 부자가 한

층 더 가까워질 수 있는 기회이기도 했으니까 말이다. 내가 축구 팀원이 되려 하고 있었다. 장차 내 역할이 어찌 되었건 간에 일단은 일이 그렇게 돌아가는 듯했다.

처음 몇 주간은 코치 업무에 적응하느라 정신이 없었다. 우선 비록 중학생들이지만 선수들은 체구가 엄청났다. 가령 브록이라는 선수만 해도 신장이 183cm를 훌쩍 넘었다. 거기에 비해 당시 내 키는 휠체어에 앉아 있지 않더라도 61cm 정도에 불과했다. 선수들 사이에서 내 모양새가 어땠을지 상상하는 건 어렵지 않을 것이다.

대부분의 아이들은 중학생이 되면 자아를 찾으려 한다. 동시에 저마다 자신만의 스타일을 추구하며 소속감을 느끼고 싶어 하는 때이기도 하다. 앰버와 제내처럼 초등학교 시절 어울렸던 친구들 여럿도 그맘때쯤에는 새로 사귄 친구들 무리와 어울려 다녔다. 존과 마시, 나 이렇게 셋은 누가 봐도 활달한 스포츠 팬감은 아니었다. 예술가적 기질이 다분했던 우리는 분명 비주류에 속했다. 자연히 금요일 밤마다 열리는 파티에 초대되는 일 따위도 없었다. 그래도 우리끼리 어울리면 즐거웠기 때문에 크게 상관은 없었다.

그날도 우리 셋은 여느 때처럼 함께 저녁 시간을 보내고 있었다. 존과 마시는 학교에서 놀림당한 이야기를 주고받았다. 마시는 화이트마운틴 중학교 아이들이 "자기들 편을 확실히 구분 지으려고 다른 사람들에게 모욕을 줘가면서까지 의기양양한 척 뽐내는 데 정신이 팔려 있다"고 했다. 존은 '게이' 소리를 들은 적이 있다고 실토했다. 또 복도를 걷다가 누군가 발을 걸어 넘어지는가 하면 수업 중에 뒤에서 머리를 때리며 여자아이라고 부른 적도 있다고 했다. 내 경우엔 신체적으로 괴롭힘을 당한 적은 없었지만, 그래도 나 역시 언어적 모욕감을 느낀 경우는 있었다. 하지만 그때마다 놀림당하는 것도 누구나 겪는 중학교 생활의 일부일 뿐이라고 편하게 생각했다. 어쨌거나 존과 마시의 경험담을 듣고부터는 장차 축구팀 선수들이 나를 괴롭히진 않을까 꽤 걱정스러웠다. 사실 선수들이 공공연히 나를 농담거리로 삼았다 한들 객관적으로 봐서 크게 이상할 건 없지 않은가?

내 염려와 달리 축구팀원들은 처음부터 내게 꽤 친절한 편이었다. 하지만 자기네들끼리 으레 교환하는 하이파이브도 내게는 함부로 건네지 않았다. 동시에 데이트 무용담 따위를 나누는 사적인 자리에 나를 끼워주는 법도 없었다. 어쨌거나 내가 미리 걱정한 것처럼 나를 괴롭히지는 않았다. 뭐랄까… 그들은 그저 자신들이 필요한 걸 해결해 주는 존재로 나를 받아들이는 듯했다. 나는 마치 영화 〈워터 보이〉에서 물 배달원으로 등장하는 아담 샌들러와 같은 존재였다.

그런데 상황은 한순간 변했다. 비 내리는 이른 봄날이었다. 그날따라 화이트마운틴 중학교 복도는 유난히 더 혼잡했다. 진흙투성이 장화와 미끈거리는 비옷으로 무장한 채 끝이 뾰족한 우산을 들고 다니는 아이들 무리는 내게 장애물이나 다름없었다. 미국 역사 수업을 막 끝낸 나는 생명과학 수업을 들으러 발길을 재촉하던 중이었다. 고작 오후 두 시경이었지만, 구름이 너무 짙게 낀 탓에 한밤중 같았다. 한 과목만 더 들으면 그날 수업은 다 마치는 셈이어서, 방과 후에는 마시와 존을 만나기로 되어 있었다. 사물함을 잠그고 복도를 지나치는데 문득 저 뒤쪽에서 나를 부르는 소리가 들렸다. 잠시 멈춘 나는 휠체어를 뒤로 돌렸다. 짙은 머리카락에 체격이 다부진 축구 선수 패트릭이 저 멀리 보였다.

"스펜서!" 패트릭은 한 번 더 외쳤다.

수업에 늦을까봐 초조해진 나는 패트릭을 무시하고 계속 가던 길을 갔다. 하지만 패트릭은 금세 나를 따라잡았다. 그러더니 눈 깜짝할 사이에 '픽!' 하는 소리가 났다. 휠체어가 바닥으로 곤두박질치고 눈앞에 교과서들이 나뒹굴었다. 나는 차가운 바닥으로 떨어졌다. 얼굴이 바닥에 쓸리고 한쪽 팔은 비틀어져 몸 아래쪽에 깔렸다. 패트릭이 휠체어 뒤쪽을 갑자기 잡아당긴 탓에 벌어진 참사였다. 휠체어가 급정지하면서 내가 바닥으로 내리꽂힌 것이다. 패트릭의 어머니는 어릴 적 우리 어머니가 근무했던 어린이집 주인이었다.

패트릭은 한쪽 옆으로 비켜선 채 꼼짝도 하지 않았다. 다른 아이들이 바쁘게 복도를 오가는 사이 우리 둘은 멍한 표정으로 서로를 쳐다봤다. 어찌할 바를 모르던 패트릭은 어느 순간 나를 일으키려는 듯 내 쪽으로 손을 내밀었지만, 곧 내밀었던 손을 거뒀다. 그리고 곧장 복도를 내달려 달아나버렸다. 이 모든 사건이 20초 안에 벌어진 일이었지만, 당시에는 마치 20분처럼 느껴졌다.

나는 안경을 찾아 바닥을 더듬거렸다. 어느새 수업종이 울리고 있었다. 바쁘게 뛰어다니는 아이들의 발걸음 소리가 복도를 메웠다. 당황한 탓에 얼굴이 화끈거리고 손은 땀으로 축축이 젖어 있었다. 나는 터져 나오려는 울음을 꾹 참았다. 차츰 아이들의 웅성댐과 발소리가 잦아들더니 마침내 복도가 텅 비었다. 나는 교과서를 한 권씩 주워 올리고 다시 휠체어에 올라앉았다.

메츠 선생님이 칠판에 열심히 그림을 그려가며 오징어 해부 방법을 설명하는 동안에도 나는 좀처럼 수업에 집중할 수 없었다. 머리가 욱신대고 마음이 복잡해서 아무 생각도 나지 않았다. 어서 집에 가서 내 방으로 피신하고 싶을 따름이었다. 나는 어느새 창문을 때리는 빗방울만 멍하니 바라보고 있었다. 그러다보니 메츠 선생님이 내게 질문하는 소리조차 듣지 못하고 말았다.

"저… 그러니까… 죄송해요. 잘 모르겠어요."

나는 더듬거리며 겨우 대답했다.

반 아이들은 재미있다는 듯 크게 웃었고 메츠 선생님은 다른 학생을 지목했다. 그날은 비록 약속을 해두긴 했지만 방과 후에 마시와 존을 만나지 않았다. 수업을 마친 나는 곧장 장애 학생용 버스에 올랐다. 드물긴 하지만 연극이나 축구 연습이 없는 오후에 그 버스를 타고 집에 가곤 했었다. 버스 문이 열리자 머리카락이 짙고 늘 목소리에 기운이 넘치는 버스 운전사 주디가 활짝 웃으며 나를 반겼다. 나는 몸을 웅크린 채 지정된 정류소에서 버스를 기다리던 참이었다.

"이봐, 거기! 오늘은 연극반 연습이 없나봐?"

주디가 경쾌하게 질문을 던졌다.

"스펜서… 무슨 문제라도 있는 거니?"

주디는 곧 말하는 속도를 늦추며 걱정스럽게 물었다.

나는 잠자코 고개를 가로저으며 대답했다.

"아니에요. 그냥 좀 피곤해서요."

"어서 타거라."

주디는 내가 유압 장치에 올라타는 걸 거들었다. 휠체어와 더불어 몸이 금세 버스 위로 들어 올려졌다.

버스 앞쪽의 정해진 공간에 휠체어를 세우자, 평소처럼 주디가 휠체어를 바닥에 고정시켜 줬다. 바로 그날 아침만 해도 주디와 나는 와이오밍의 형편없는 날씨에서부터 TV 시리즈물 〈사인펠드〉

의 최신 에피소드, 브리트니 스피어스, 저스틴 팀버레이크 등에 관해 온갖 잡담을 나눴었다. 하지만 집으로 돌아오는 내내 나는 입을 떼지 않았다.

나는 문득 나와 같은 버스를 탄 주변의 다른 아이들을 둘러보았다. 전부 여학생들이었다. 그중 한 아이는 청각 장애아였다. 또 다른 아이는 산소탱크에 의지하고 있었다. 한 여학생은 지적 장애 아니면 인지 장애아처럼 보였다.

'나도 이 아이들처럼 비정상이야.'

나는 아래로 고개를 떨어뜨렸다. 그런 생각이 들자 낮에 패트릭과의 사건이 벌어졌을 때보다 기분이 더 나빴다. 어쨌거나 그 사건은 내 안에 깊이 잠들어 있던 그 어떤 감정을 깨워 일으켰다. 이전에는 한 번도 느껴보지 못한 감정이었다. 그렇게 강렬한 느낌이 찾아든 적은 없었다. 그날 나는 평생 거의 처음으로 내가 장애인이고, 또 다른 아이들과 분명 다르다는 걸 인식했다. 그것도 온통 부정적인 기분에 휩싸인 채로 말이다. 나는 모욕을 당했고, 그 사건은 나에 관한 최대 취약점을 건드려 놓았다. 그건 바로 내가 신체 장애아라는 사실이었다.

그날 이후 며칠 동안은 아침에 일어날 때마다 가슴을 무겁게 짓누르는 듯한 통증이 느껴졌다. 일어날 시간이 되면 몸을 굴려 알람시계를 한 번 끄고 잠깐 존다. 그러다 알람이 재차 울리면 그제야 억지로 몸을 일으키곤 했다. 등교하는 게 너무 두려웠지만, 그런 심정을 주변에 알리고 싶진 않았다. 그날 학교에서 벌어진 일은 아무도 몰랐으면 했다.

하지만 통증은 생각보다 무겁게 나를 짓눌렀다. 나는 음식을 앞에 두고도 깨작거리며 먹는 둥 마는 둥 했고, 수업시간에 집중하기도 어려웠다. 무엇보다도 학교 복도에서 스치는 사람마다 전부 나를 다치게 할 수 있다는 생각에 두려움이 엄습했다. 줄곧 다리가 없는 상태로 생활해 왔었지만, 전에는 한 번도 그런 식의 두려움을 느낀 적이 없었다. 그건 어떻게 보면 이전까지 너무 운 좋게 성장해 왔다는 반증일 수도 있다.

마침내 누군가에게 그 사건을 털어놓고 싶어졌을 때, 나는 마시를 찾아갔다. 당시 아동발달 수업을 함께 듣던 우리는 몇 주씩 걸리는 긴 과제를 수행하던 중이었다. 그 과제를 진행하는 동안 우리는 밀가루 부대가 아기인 양 행세해야 했다. 그래서 나는 학교와 슈퍼, 집 어디든 그 밀가루 부대를 들고 다녔고 밤에는 토닥이며 재웠다. 바로 전 주에는 다들 밀가루 부대 아기들의 이름을 짓느라 수업시간을 다 쓴 적도 있었다. 마시는 자신의 아기를 잭슨이라고 불렀다.

내가 학교에서 벌어진 일을 털어놓는 동안 마시는 하늘색 담요에 싼 잭슨을 품에 안은 채 참을성 있게 듣고 있었다. 패트릭과의 일을 전부 알려주자 마시는 한숨을 내쉬며 말했다.

"스펜서, 난 얼마 전 체육 수업을 준비하느라 여학생 탈의실에
있었어. 대뜸 여자아이 몇 명이 나를 구석으로 몰아붙이더니 동성
애자, 레즈비언, 게이처럼 온갖 이상한 말들을 퍼붓더라."

사건의 발단은 한 여학생이 옷을 갈아입는데 마시가 우연히 그
쪽을 쳐다본 것이었다. 마시의 시선에 심기가 불편해진 그 여학생
은 무리와 함께 마시를 놀려댔다.

"얼굴이 너무 화끈거렸어. 그 자리에서 그 아이들에게 막 소리
를 질러대고 싶었다니까."

"도대체 언제부터 다른 사람을 함부로 따돌리는 게 아무렇지도
않은 일이 돼버린 거야? 사람들이랑 다르면 왜 항상 주목을 받아
야 하냐고!"

내가 대뜸 질문을 던졌다.

"그래 스펜서, 우린 성가신 일들이 좀 많아. 하지만 강해져야 해.
엄마가 그러시는데 우리가 대학에 들어갈 때쯤이면 그 '잘나가는 아
이들'도 우리랑 멀어질 테고 혹시 그렇지 않더라도 더 철이 들 거래."

"아마 그렇겠지."

기분이 그다지 나아진 건 아니지만 나는 일단 맞장구를 쳤다. 잠
시 가만히 앉아 나를 골똘히 쳐다보던 마시가 입을 뗐다.

"그런데 말이야 스펜서, 그 이야기를 왜 이제야 하는 거니?"

나는 당황해서 바닥 쪽으로 시선을 떨어뜨렸다. 당장 떠오르는 대답이 없었다. 사실 누군가에게 사실대로 털어놓을 작정은 아니었다. 내 문제였으니까 어떻게든 스스로 대처하려 했던 것이다.

"너나 부모님, 선생님한테 말하면 내가 겁쟁이처럼 보일까봐 그랬어. 내 힘으로 문제를 해결하지 못하는 것처럼 보이는 게 싫었어. 그래도 이젠 그런 생각이 얼마나 바보 같았는지 알겠어. 너한테 이야기하고 나니까 기분이 훨씬 나아졌어. 혼자 고민하고 참고 있던 걸 털어놓으니까 좋구나."

나는 그동안 실제로 느낀 내 감정을 꾹꾹 눌러 감췄던 것이다. 사실 처음에는 누구에게 말해야 할지도 몰랐다. 그렇게 제일 친한 친구에게 털어놓고 나니 나를 누르던 압박감도 죄다 사라졌다. 게다가 겁쟁이 같은 기분도 들지 않았다. 오히려 내 힘으로 우뚝 일어선 느낌이었다.

그날 방과 후에는 축구 연습이 있어서 필드에 나갔다. 나는 태연한 척했지만, 패트릭이 경기장에 들어서자 마음이 조마조마해졌다. 하지만 정작 패트릭은 내 쪽을 거들떠보지도 않았다. 그 아이는 나를 못 본 척하면서 아무 일도 없었다는 듯 행동했다. 사실 그 사건 이후로는 패트릭과 거의 접촉이 없었다. 그날 패트릭이 왜 그랬는지 궁금하긴 했지만, 그래도 어쨌건 잘된 일이라고 생각했다. 세상엔 특별한 이유 없이 벌어지는 일도 있게 마련이니까 말이다.

10학년 무렵의 어느 날, 패트릭이 끔찍한 교통사고를 당해 사망했다는 소식을 들었다. 처음 소식을 접하고는 기분이 복잡했다. 물론 패트릭의 가족을 생각하면 아주 슬픈 일이었지만, 한편으로 그가 내 인격을 모독한 사건에 대해서는 여전히 화가 나 있었다. 또 그때 내 기분이 어땠는지, 그리고 그 사건이 내게 어떤 영향을 미쳤는지 패트릭에게 제대로 알리지 못한 나 자신도 못마땅했다.

　　그 사건 말고도 중학교 시절에는 몇 번 더 놀림을 당했었다. 한 번은 내가 화장실에서 어떻게 용변을 보는지 무척이나 궁금해하던 7학년 남학생이 있었다. 어느 날 체육 시간을 앞두고 탈의실에서 준비를 하는데, 그 아이가 쏜살같이 달려와 바로 내 앞에 섰다. 너무 가까이 서 있었던 탓에 그 아이가 내쉬는 뜨거운 입김이 내 볼에 느껴질 정도였다.

　　"허리 아래쪽으로는 네가 우리랑 똑같은 건지 전혀 모르겠단 말이야. 그러니까 내가 거길 한번 걷어차 볼게."

　　실제로 그 아이가 나를 걷어찬 건 아니다. 하지만 정면도전이나 다름없던 그 아이의 태도는 나를 몹시 화나게 했다(요즘도 강연을 마치고 나면 꼭 그렇게 묻는 사람들이 있다. "용변은 어떻게 보시나요?" 다들 호기심이 발동하는 건 이해하지만, 이렇게 한마디만 덧붙이고 싶다. "제 모든 신체기관은 정상적으로 제 기능을 합니다. 그러니까 저도 여러분과 똑같이 생활한답니다.").

9학년 말에 이르러 중학교 과정이 거의 끝나갈 때쯤 되자, 나 역시 내 길을 찾아야 했다. 하루하루 성장해 가는 내 모습을 지켜보는 동안 자신감과 확신도 자리를 잡았다. 그랬던 까닭에 고교 연극 프로그램 담당이었던 켈러 선생님이 중학생들을 대상으로 〈7인의 신부〉 오디션을 진행했을 때도 한번 도전해 보고 싶었다. 중학교 시절 내내 함께 합창단 활동을 했던 메건이라는 여자아이가 있었는데, 우리는 둘 다 노래에 꽤 소질이 있었다.

"긴장되니?" 메건이 물었다.

"켈러 선생님이 테너를 찾고 있대. 스펜서, 너라면 해낼 수 있을 거야."

결국 고교 뮤지컬 코러스 단원으로 뽑힌 메건과 나는 연습을 하러 다니느라 중학교에서 보내는 마지막 학기를 분주하게 보냈다. 연습은 10학년이 되면 다니게 될 학교의 대강당에서 이루어졌다.

뮤지컬 연습이 없는 날에는 화이트마운틴 중학교에서 시간을 보내거나 일을 했다. 비록 무보수이긴 했지만, 당시 나는 두 가지 일을 하고 있었다. 그중 하나는 행정보조 업무였다. 군데군데 범퍼 스티커가 붙은 (스티커에는 '손가락질, 쳐다보기, 수군덕대기, 질문공세해도 됩니다'라는 문구가 적혀 있었다.) 내 휠체어를 타고 교내 곳곳을 누비며 출석기록부를 걷어오면 1학점을 인정받았다. 나는 으레 행정실 데스크에 털썩 올라앉아 걷어온 기록부들을 정리했다. 조앤을 비롯한 몇몇 직원들이 다른 직원이나 학생, 경영진을 두고 험담하는 걸 들어가면서 말이다.

내가 맡았던 두 번째 업무는 컴퓨터과학 선생님의 보조였다. 베사이트 선생님은 전교생이 좋아하는 그런 분이었다. 편안하고 재미있는 성격의 선생님은 학생들이 컴퓨터에 흥미를 느낄 수 있도록 지도하려고 최선을 다했다. 그런 선생님이었기에 당시 누군가 처음으로 인터넷 검색을 시도했을 때도 무척이나 기뻐했다. 그때만 해도 1994년이었으니까 비단 우리 학교뿐 아니라 해외의 대부분 국가에서도 인터넷은 생소한 개념이었다. 베사이트 선생님에게는 말이 겉도는 경향이 있었다. 특별한 요점 없이 말을 멈출 줄 모른다면 그건 선생님이 당황했다는 표시였기 때문에, 우리도 단박에 알아차렸다. 가령 '그래…, 그러니까…, 음, 그러면…, 그건 그렇고…'같이 되뇔 때면 우리 반 아이들은 전부 선생님을 바라보며 그저 미소를 지어 보였다.

보조로서 내가 담당한 역할은 전선을 연결하고 기계를 고치고 장비를 주문하는 것이었다. 행정보조 업무와 마찬가지로 베사이트 선생님을 도와도 1학점을 인정받았다. 베사이트 선생님은 나를 '시스터 메리 스펜서'라고 즐겨 불렀다. TV 버라이어티쇼 프로그램인 〈새터데이 나잇 라이브〉에서 몰리 셰넌이 맡았던 역할 '메리 캐서린 캘러거'의 이름을 딴 것이었다. 선생님이 그렇게 부를 때마다 나는 겨드랑이에 양손을 끼워넣어 보였다. TV 쇼에서 메리 캐서린이 그랬던 것처럼 말이다.

어쨌건 중학교 졸업식 때 '올해의 비즈니스 학생상'을 탄 건 뜻밖이었다. 그건 베사이트 선생님의 보조로서 임무를 수행한 데 대한 표창이었다. 또 그보다 정도는 덜했지만 적극적으로 행정업무에 참여한 걸 인정하는 의미도 있었다. 나는 휠체어를 굴리며 당당하게 강당 무대로 올라가 상패를 받았다.

졸업 파티를 즐기던 마시와 내가 이야기를 멈추고 조용해진 순간이 있었다. 문득 〈7인의 신부〉 공연 때 내가 불렀던 노래의 가사가 머릿속에 맴돌았다.

'웃기로, 꿈꾸기로 되어 있지. 눈부신 네 빛으로 세상을 비추기로 되어 있지.'

몇 해 동안 내 주변에는 수많은 빛이 있었다. 존과 마시, 여러 선생님들, 그리고 가족들까지…. 무엇보다 나는 꿈꾸는 걸 좋아했다(물론 요즘도 꿈꾸는 걸 즐긴다). 그해 여름은 고등학교 생활로 충만할 것이며, 연기 실력을 연마해서 이듬해 교내 연극 공연에서 주연을 맡을 거라고…. 나는 그렇게 꿈꿨다.

66 그들은 우선 널 무시할 거야.
그리고 널 비웃겠지.
싸움도 걸어올 거야.
그래도 결국 이기는 쪽은 너지! 99

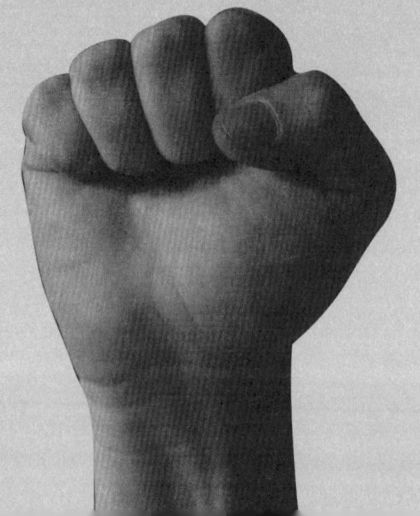

chapter 6

보이지 않는 공포

고교 뮤지컬이라는 빅 리그 공연에 참여하며 중학교 시절을 마무리한 터라 고등학교에 진학하면 당연히 스타가 될 줄 알았다. 〈7인의 신부〉에서 맡았던, 눈에 띄지 않는 역할을 발판삼아 다음 번에는 더 나은 역할에 배정될 거라고 생각했다. 또 다가올 공연에서는 주연을 맡게 될지두 모를 일이었다. 그래서 고등학교에 입학하자마자, 나는 켈러 선생님의 발표만 숨죽여 고대했다. 선생님은 가을에 공연할 뮤지컬이 무엇인지 그리고 오디션은 언제 진행될지 등의 내용을 발표할 참이었다. 나는 연극 공연이 정말 좋았다. 한 시간 정도 등장인물의 성격을 익힌 다음 저녁 내내 그 인물에 완전히 몰입하며 지내는 걸 즐겼기 때문이다.

결국 잠자코 기다릴 수만 없다고 여긴 나는 켈러 선생님에게 어떤 뮤지컬이 선택되었는지 물어보았다. 선생님은 〈웨스트 사이드 스토리〉를 가을 학기 뮤지컬로 채택했다고 말하면서 내게 대본을 건넸다. 방과 후 집에 돌아온 나는 곧장 '마리아'라는 곡을 연습하기 시작했다. 그 곡은 오디션 때 내가 연기할 토니라는 인물이 부르는 노래였다. 몇 주 후 무대 중앙에 서본 나는 오디션 준비를 완벽하게 마쳤다고 생각했다. 나는 자신만만했고 토니 역은 따놓은 당상 같았다.

하지만 일주일 후 내 가슴은 무겁게 내려앉았다. 그날 나는 켈러 선생님이 벽에 붙여놓은 공연 출연자 명단을 재빨리 훑어내렸다. 내 이름은 명단의 맨 끝에 있었다. 조감독이라는 명칭 옆에 말이다. 나는 한순간 말을 잃었다. 토니 역할을 못 맡았다 하더라도 최소한 합창단에는 낄 줄 알았던 것이다. 아예 무대에 설 수 없을 거라는 생각은 꿈에도 하지 않았었다. 면담 중에 켈러 선생님은 조감독이 아주 중요한 자리라고 했다. 출연진들의 공연 순서를 점검해서 모두 제때 무대로 나갈 수 있도록 하고, 공연 중에는 무대 뒤에서 대본을 확인해 가며 신호를 보내는 게 내 일이었다. 켈러 선생님은 이렇게 덧붙였다.

"스펜서, '웨스트 사이드 스토리'에는 춤추는 장면이 많아. 그래서 네 경우엔 무대에 서는 대신 조감독으로 참여하는 게 최선이라고 생각했단다."

어떻게든 나를 참여시키려 했던 켈러 선생님의 마음은 정말 감사했지만, 당시엔 선생님의 말이 이런 식으로 들렸다.

'넌 휠체어를 타니까 춤출 수 없잖니.'

하지만 결국 나는 이전에도 항상 그래왔듯 조감독으로서의 내 역할을 받아들이고 즐기려 애썼다. 공연에 참여하는 다른 아이들 역시 내가 일하는 방식이 아주 마음에 들었던 모양이다. 당시 뮤지컬 출연진들이 이듬해 봄 내 공로에 대한 보답으로 〈브로드웨이 드림즈〉라는 학생 연출 작품에 참여하게 해주었기 때문이다. 덕분에 나는 뮤지컬 〈어 코러스 라인〉의 일원으로 '그걸 원해!'라는 솔로 곡을 부를 수 있었다.

나는 그렇게 연극에 대한 내 자부심에 흠집을 내지 않고서 11학년으로 진급했다. 진급한 후에도 주연을 따내기 위한 내 노력은 계속되었다. 겨울에 상연될 그 공연은 〈더 뮤직 맨〉이라는 작품이었다. 나는 저녁 시간은 물론이고 주말에도 짬을 내어 '트롬본 76개'라는 노래를 연습했다. 하지만 또 주연은 맡지 못했다. 그런데 뜻밖에 켈러 선생님이 이사회 위원이 맡기로 한 역할 하나를 주어 남성 4부 합창단에서 노래할 수 있게 되었다. 나와 세 명의 다른 남학생들은 밤낮으로 연습에 매진하며 '리다 로즈'와 '잇츠 유'라는 곡의 하모니를 정확히 소화하려고 노력했다. 나중에 켈러 선생님과 합창단에서 학생들을 지도한 스타크 선생님은 공연 당일 우리가 틀림없이 인기몰이를 할 거라고 용기를 북돋았다. 공연 때 내가 입을 의상 중에는 무릎 부위까지 내려오는 담요도 있었기 때문에 다리가 있는 것처럼 보일 수 있었다. 물론 작은 마을이라 서로 사정을 훤히 꿰뚫고 있긴 했지만, 뭐 어떤가. 결국 연기였으니까!

예상대로 공연 당일 우리 합창단은 큰 인기를 끌었다. 우리는 한동안 선 채로 관객들의 박수갈채를 받았다. 켈러 선생님은 남성 4부 합창단이 평소보다 훨씬 멋진 공연을 선보였다고 말하면서 그동안의 노력에 대해 칭찬을 아끼지 않았다. 나는 드디어 됐다고 생각했다. 마침내 해낸 것이다. 그러니까 그 다음 번에 상연될 공연 〈오클라호마〉에서는 분명히 주연을 맡을 수 있을 것 같았다.

하지만 슬프게도 결과는 〈웨스트 사이드 스토리〉 때와 마찬가지였다. 나는 배역을 맡지 못했고, 감정을 배제한 채 태연히 상황을 받아들이기가 너무 어려웠다.

'이젠 켈러 선생님도 내가 해낼 수 있다는 걸 아실 텐데…'

잠자리에 들기 전에 나는 혼자 가만히 생각해 봤다.

'그동안 내 능력은 충분히 증명했어. 노래도 부를 수 있고 연기도 할 수 있었잖아! 그러니까 휠체어에 앉은 장애인이어서 배역을 안 주는 거야. 그것 말고 다른 이유는 없어.'

이유가 무엇이든 간에 어느덧 공연의 마지막 날 밤이 찾아왔다. 와이오밍의 포근한 저녁이었다. 켈러 선생님이 가만히 다가왔다.

"스펜서, 내년에 상연할 공연이 하나 있는데 말이야. 네게 꼭 맞는 역할이 있어."

선생님의 말은 진담이었다. 1998년 가을, 록 스프링스 고등학교에서 12학년을 보내던 나는 마침내 주연을 맡았다. 뮤지컬 〈더 이어북〉에서 내가 맡은 역할은 콘래드라는 인기 없는 모범생이었다. 콘래드는 다른 아이들과 다르면서 똑똑하다는 이유로 놀림과 괴롭힘을 당해야 했다. 스포츠에는 별다른 재능이 없었던 그였지만, 성적은 늘 올 A였다. 콘래드는 인기 없는 아이였다.

1998년 가을은 어쩌면 콘래드 역을 소화하기에 적절한 시기였는지도 모르겠다. 그해 10월 12일은 와이오밍 역사상 가장 암울한 날이기도 했거니와 나와 존, 마시처럼 남들과 뭔가 다른 아이들로서도 아주 비극적인 날이었다.

그맘때쯤에는 주변 아이들이 공공연히 놀리는 일도 거의 사라져서 따돌림이란 건 중학교 시절 기억의 일부로만 남아 있던 터였다. 그래서 나는 내 모습을 그대로 인정하며 생활할 수 있었다(물론 아이들의 무리에 선뜻 끼워주지 않는다든지, 가끔 욕설을 내뱉는다든지 하는 간접적인 따돌림은 여전히 존재했다. 그래도 존과 마시, 나 이렇게 셋은 크게 개의치 않았다. 우리는 서로에게 든든한 방패막이였다. 우리 각자는 자신의 정체성에 대해 확신이 있었기 때문에 다른 사람들의 말에 좌지우지되지 않았다). 더군다나 나는 내

차까지 갖고 있어서, 마시와 존을 태우고 가끔 주변을 돌아다니기도 했다. 파란색 미니밴은 할아버지가 사주었고, 내 이름이 새겨진 금색 번호판은 외할아버지와 외할머니가 마련해 준 거였다. 운전면허증은 지갑에 넣고 다녔다. 차에는 특수 수동 조절장치가 장착되어 있어서 브레이크와 속도 페달 밟기, 핸들 돌리기를 동시에 해낼 수 있었다. 내가 면허증을 받던 날, 어머니는 은 십자가가 달린 열쇠고리를 건넸다. 열쇠고리에는 이런 문구가 새겨져 있었다.

스펜서, 필요할 땐 어떻게든 도움을 구하거라.

그런데 하마터면 운전면허증을 못 받을 뻔했다. 열여섯 번째 생일에 나는 서류를 작성하려고 운전면허증 교부처 카운터 앞에 줄을 서 있었다. 드디어 내 차례가 오고 접수 담당자가 하나씩 질문을 던졌다.
"키는요?"
"78.7cm입니다." 나는 곧장 대답했다.
컴퓨터에서 '삑' 하는 경고음이 나더니 담당자가 양해를 구했다.
"죄송해요. 운전자는 91cm 이상이 되어야 컴퓨터에서 승인이 나요. 제가 임의로 키를 약간 수정해서 입력해도 될까요?"
나는 고개를 끄덕였다. 그때부터 지금까지 줄곧 내 운전면허증에는 키가 91cm로 표시되어 있다. 어쨌건 1998년 10월 12일을 계기로 마시와 존, 그리고 나는 인식을 새로이 다지게 되었다. 그러니까 그때까지 우리의 차이점이 널리 용인되어 왔고 우리 스스로도 각자의 모습을 태연히 인정한 것이라고 여겼지만, 실제로 그렇지 않을 수도 있다는 걸 깨달은 것이다.

스물한 살의 매튜 셰퍼드는 래러미 지역에 자리한 와이오밍 대학교에서 정치외교학을 전공하던 학생이었다. 래러미는 록 스프링스에서 네 시간 정도 떨어진 곳이다. 매튜는 게이였다. 1998년 10월 6일, 두 명의 사내가 바에 있던 매튜를 데리고 한적한 장소로 데려갔다. 멀리 래러미 시내 중심가의 화려한 불빛이 보이는 곳이었다. 사내들은 권총으로 매튜의 머리를 몇 번이고 세게 내리친 다음 울타리에 묶어두고 달아났다. 매튜는 그 다음 날 발견되었다. 너무 심하게 맞아 축 늘어진 매튜를 목격한 사람은 처음에 그가 허수아비인 줄 알았다고 한다. 그 사람은 바람에 흩날리는 매튜의 더럽혀진 금발머리를 보고서야 그에게 다가갔다. 당시 매튜는 의식이 거의 없었고, 머리 부상으로 인해 10월 12일 숨을 거두었다.

그 소식이 발표되었을 때, 존과 나는 전국적 규모의 피정避靜에 참여하느라 샤이엔 시에 머물고 있었다. 래러미 시와는 45분 정도 떨어진 곳이었다. 우리는 '성 키릴과 메서디우스 정교회 성당' 대표로 피정에 참여했다. 처음 매튜 셰퍼드의 소식을 접했을 때는,

그저 한 소년이 누군가로부터 아주 심하게 폭행당한 줄로만 알았다. 그래서 우리는 병원비를 감당해야 하는 그의 가족을 돕기 위해 모금을 시작했다.

하지만 곧 수백 개의 미디어를 통해 사건의 전모가 밝혀지면서 고요하기만 했던 래러미 마을도 술렁였다. 매튜가 게이여서 폭행당했다는 소식이 전해지자, 존과 나 역시 몹시 고통스러웠다. 우리 중 누구에게라도 일어날 수 있는 일이었기 때문이다. 다른 사람들과 다르게 여겨지는 사람이라면 누구나 타깃이 될 수 있는 문제였다.

미국 내 주요 도시들 곳곳에서 시위와 가두행진이 이어졌다. 증오에서 비롯된 범죄와 관련한 새 법안 제정을 촉구하는 목소리도 전국적으로 빗발쳤다. 빌 클린턴 대통령이나 마돈나, 엘렌 드제너러스 같은 유명인들도 예외는 아니었다. 하지만 정작 와이오밍은 온건책을 지향하는 우익계 도시인데다, 시민들도 대부분 보수적인 기독교인들이다. 백만 명 이하가 거주하는 와이오밍은 미국 내에서도 인구가 제일 적은 지역이다. 비록 유구한 이민 역사를 자랑하지만, 국민들 대다수는 요즘도 와이오밍을 목축이 성행하는 시골 지역으로 생각한다. 그래서인지 마시와 존, 나를 비롯한 일부 주민들은 그 지역에서 벗어나려 했다. 록 스프링스뿐 아니라 아예 와이오밍을 떠나고 싶었던 것이다.

매튜 셰퍼드도 예전에 가족들과 모로코 등지로 여행을 다녔었다. 하지만 매튜는 자신의 고장을 누구보다 사랑했기 때문에 결국에는 와이오밍 주로 돌아오곤 했다. 아들을 살해한 살인자들의 재판이 있던 날, 매튜의 아버지는 미리 작성해 온 소감문을 읽었다.

"벌판의 울타리에 묶인 채 죽어가던 순간에도 매튜는 혼자가 아니었습니다. 평생 함께해 온 벗이 매튜 곁을 지켰으니까요. 우선 언제나처럼 아름답게 빛나던 밤하늘과 그 옛날 망원경으로 봤을 때와 진배없이 하늘을 수놓은 별과 달이 그 아이와 함께했지요. 그리고 새날이 밝았을 때는 눈부신 햇살이 매튜를 비췄어요. 또 매튜는 눈 덮인 산기슭을 바라보며 소나무 향기를 맡았을 겁니다. 마지막엔 언제나 변함없는 와이오밍의 바람소리도 들었겠지요."

매튜와 친했던 사람들은 인정 많고 상냥한 청년으로 그를 떠올렸다. 그리고 그가 인도주의와 관련된 계통을 전공할 계획이었던 것 같다고 말했다. 매튜를 전혀 모르는 사람들은 게이였던 만큼 그런 사건이 발생할 소지가 다분했다는 반응을 보였다. 플래카드를 든 한 무리의 교인들을 이끌고 와이오밍에 나타난 프레드 펠프스라는 침례교 목사는 동성애가 죄악이라고 부르짖었다. 그들은 매튜의 장례식장에서 시위를 벌였다.

존은 특히나 충격이 큰 듯했다. 매튜 살인 사건 이후 존은 말수가 적어졌다. 그리고 한동안 사람들을 피하며 쌀쌀맞고 내성적인 성향을 보였다. 그로부터 1년 후, 존은 나를 비롯한 주변 지인들에게 자신이 게이였다고 밝혔다. 나는 일찍부터 알고 있던 사실이었다.

고등학교에서 보내는 마지막 해였던 1998년, 우리는 그렇게 증오 범죄를 삶 속으로 받아들여야 했다. 이후 오래지 않아 찾아온 1999년의 이른 봄에는 연이은 폭탄 테러 위협이 록 스프링스 고등학교를 뒤흔들어 놓았다. 6개월마다 화재경보기가 울려댔고, 그럴 때마다 우리는 허둥지둥 바깥으로 대피해야 했다. 한 번은 천 명에 육박하는 사람들이 축구장을 가득 메우고 서 있을 때 폭탄의 위협이 가해졌다. 그러자 군중에 섞여 있던 학생 한 명이 이렇게 말했다.

"이건 완전히 우리에 가둬놓은 소 떼 같아. 누구라도 작심만 하면 우릴 한꺼번에 해치울 수 있겠어. 이렇게 한데 몰려 있으니까 말이야."

고교 시절을 장식한 마지막 해에는 지울 수 없는 테러 사건이 또 발생했다. 바로 콜럼바인 총기 난사 사건이 있던 날이다. 콜럼바인은 덴버 근교에 자리한 지역으로 록 스프링스에서는 차로 일곱 시간가량 걸렸다. 내 고등학교 졸업식을 겨우 두 달 앞둔 1999년 4월 20일, 에릭 해리스와 딜런 클레볼드라는 두 소년이 콜럼바인 고등학교로 저벅저벅 걸어 들어갔다. 곧이어 그들이 난사한 총탄에 학생과 교사 열두 명이 사망했고, 스물네 명의 부상자가 발생했다. 사건이 일어난 후 언론에서는 에릭과 딜런이 또래 아이들과 어떤 식으로 달랐는지 상세히 보도했다. 아웃사이더였던 그 아이들은 나와 동갑이었다. 나와 마찬가지로 고등학교에서 마지막 해를 보내던 그들은 보복 심리에서 그런 범죄를 저질렀다.

어느 날 존이 다가와 입을 열었다.

"있잖아, 스펜서! 내가 듣기로는 그 아이들이 놀림을 당하고 나서 그런 사건이 벌어졌대. 너도 알겠지만 예전에 우리가 따돌림당했던 만큼 나는 절대 누군가를 괴롭히지 못할 거야. 파리 한 마리도 못 죽이니까 말이지. 좀 우울하게 들릴 수도 있겠지만, 그래도 난 그 아이들이 왜 그랬는지 알 수 있을 것 같아. 사실 우리 학교에서도 어렵지 않게 벌어질 수 있는 일이었어."

교내 연극 공연 연습에 전념하거나, 마시와 존과 함께 영화를 만들곤 하던 일요일의 평온한 저녁 시간도 차츰 줄어들고 있었다. 장소에 상관없이 줄곧 불안했고 특히 밤에 혼자가 되고 나면 더 그랬다. 당시 존과 나는 하필 학교 건물 2층에 있는 맨 끝 교실에서 재스퍼 선생님의 수업을 수강하던 중이었다. 그 교실에는 작은 창문이 두 개 있었지만, 어느 쪽도 결코 열 수 없게 되어 있었다. 한 번은 존이 귓속말로 이렇게 속삭였다.

"이봐, 스펜서! 요새 뒤숭숭한 사건이 터지고부터는 재스퍼 선생님 수업에 들어오는 것도 왠지 불안해. 잘 생각해 봐. 여긴 2층이고 이 교실에 탈출구는 없어. 누군가 우리를 죄다 한구석으로 몰아붙이는 장면이 자꾸 떠올라. 만약 그렇게 되면 덫에 걸린 생쥐들처럼 옴짝달싹 못하게 되는 거지!"

"야, 그만해. 진정하라고! 너 거기서 조금만 더 걱정했다가는 대상포진이라도 걸리겠구나."

나는 농담을 섞어가며 투덜댔다. 그렇게 말하긴 했지만, 사실 나도 꽤 무서웠다. 문득 어머니와 아버지, 여동생이 떠올랐다. 그밖의 친척들 모습도 그려보았다. 몸이 떨렸다. 제일 두려운 건 그들을 못 보게 되는 것이었다.

'정말 나한테 무슨 일이 생기면 어떻게 되는 거지?'

나는 여러 번 나 자신에게 물어봤다. 생각만 해도 무시무시하고 불안했다. 그렇지만 항상 그렇듯 이러한 두려움에 대한 해답 역시 바로 코앞에 있었다. 단지 그런 사실을 당시에 깨닫지 못했을 뿐이다. 그 시절 존이 꼼짝 못하게 갇혔다고 여기던 바로 그 교실에는 재스퍼 선생님도 있었다. 작달막한 재스퍼 선생님은 거침없는 성격의 소유자로 멋들어진 블랙 하이힐과 붉은 립스틱, 제멋대로 자란 곱슬머리가 눈에 띄는 아프리카계 미국인이었다. 교육 방식 또한 꽤 거칠었다. 존과 나는 10학년 때 재스퍼 선생님에게 영어 과목을 수강했었다. 우리는 과제로 주어진 《앵무새 죽이기》 같은 책을 읽고 수업시간에 모여 토론을 벌이곤 했다. 현대 정치, 사회 문제, 종교, 인종 관계에 이르기까지 당시 우리는 실로 다양한 주제에 관해 의견을 나눴다. 또 재스퍼 선생님이 내주던 과제물은 꽤 독창적이었다. 한 번은 한 음절로 된 단어만 사용해서 이야기를 써내야 했다. 나는 내 키를 주제로 잡고 종일 키가 작다는 사실을 떠올리다가 집에 가서 저녁 때 새우를 먹게 된다는 식으로 이야기를 풀었다.

재스퍼 선생님은 우리가 10학년 영어를 배울 때와 똑같은 방식으로 12학년 신화를 가르쳤다.

"자, 여러분! 금년은 여러분 모두에게 힘든 한 해였을 거예요. 매튜 셰퍼드 살인 사건과 폭탄 테러, 콜럼바인 총기 사건 등등 여러 가지 일들이 많았어요. 그래도 현대인들과 3천 년 전 사람들이 크게 다를 것 같진 않아요. 그때나 지금이나 사람들은 비슷한 문제를 놓고 씨름하니까요. 그저 다른 사람들보다 더 인기 있어서, 아니면 다른 사람들과 다르다는 이유로 아이들이 또래를 죽이는 풍조를 살펴봅시다. 사실 이러한 풍조도 고대 신화를 비롯한 여러 다른 경로를 통해 몇 번이고 전해져 내려온 문제입니다. 그렇다면 우리는 온갖 문제에 어떻게 대처하면 될까요? 또 이런 현상은 어떻게 받아들이면 될까요?"

재스퍼 선생님은 목소리 톤을 한껏 높인 채 어린아이 같은 음성으로 말했다.

한편으로 재스퍼 선생님의 신화 수업은 나 자신을 되돌아보게 한 개인적 여정의 출발점이었다고 볼 수 있다. 스스로의 내면으로 눈을 돌린 계기가 된 것이다. 돌이켜보면 그 신화 수업은 대학 시절까지 통틀어 내가 수강한 과목 중 단연 최고의 수업이었다. 매시간 우리는 재스퍼 선생님의 책상을 마주하고 반원형으로 둘러앉았다. 선생님의 책상은 늘 〈베니티 페어〉나 〈마더 존스〉 같은 잡지들과 칼 마르크스와 토니 모리슨 같은 작가들의 책들로 어지러웠다. 나는 종종 수업시간 중에 교실 벽을 재빨리 훔쳐보곤 했다. 벽에는 재스퍼 선생님이 손수 붙여둔 여러 유명인들의 포스터가 있었기 때문이다. 가령 극작가 로레인 핸즈베리나 작가 에이미 탄, 산아제한을 주창했던 마가렛 생어, 야구선수 베이브 루스 같은 사람들이 포스터의 주인공이었다. 하지만 대개는 의자 등받이에 몸통을 걸치고 앉아 재스퍼 선생님의 한마디 한마디에 귀를 기울였다. 학기말이 다가오는 어느 수업시간에 재스퍼 선생님의 이야기가 이어졌다.

"그러니까 우리가 여태 살펴본 이 모든 신들과 영웅들은 말이지, 저마다 각자의 여정을 거쳤어요. 선생님이 좋아하는 작가 조셉 캠벨은 그 여정을 '영웅의 길'이라고 불렀답니다. 그런데 이러한 여정은 영웅들만 거치는 게 아니에요. 그러니까 우리 모두 나만의 여정을 걷게 돼 있어요. 여정의 도중에 각자가 맞닥뜨리게 되는 장애물이나 이뤄내는 개인적 발전은 저마다 다르겠지만 말이죠. 그럼 이쯤에서 하나 질문해 봅시다. 영웅들의 여정은 어디서부터 시작됐을까요?"

선생님의 질문에 교실이 쥐죽은 듯 조용해졌다. 그러자 재스퍼 선생님은 눈동자를 굴려가며 우리를 재촉했다.

"자, 자, 우리 자기들~!"

선생님의 목소리가 높아졌다. 재스퍼 선생님은 학생들을 부를 때 만화 〈스누피〉의 샐리가 라이너스를 가리키며 쓴 애칭 Sweet Baboo : 나의 자기을 즐겨 사용했다.

"심각하게 생각하지 말아요. 영웅들의 여정은 여러분 각자의 여정이기도 하니까요."

재스퍼 선생님은 서둘러 본론으로 되돌아갔다.

"그럼 일단 '오디세이'를 예로 들어보죠. 다들 오디세이 기억하죠?"

물론 고전 읽기 시간에 제대로 수업에 집중한 아이들은 나를 비롯해 몇 안 된다는 걸 재스퍼 선생님도 잘 알고 있었다. 하지만 선생님은 짐짓 모른 척하고는 수업을 계속 진행했다.

"그리스의 영웅 오디세우스 왕은 트로이 전쟁을 마치고도 10년이 흐르고서야 고향 이타카로 돌아갈 수 있었어요. 왜 그랬었죠? 왜냐하면 전쟁이 끝나고 포세이돈이 그를 잡아두었기 때문이죠. 한편 오디세우스의 고향에서는 그의 아내 페넬로페가 여러 구혼자들의 청을 물리치느라 바빴어요. 그런가하면 오디세우스의 아들 텔레마코스는 아버지에 대해 온갖 복잡한 감정을 품고 있었답니다. 그는 아버지에게 늘 화가 나 있었지만, 동시에 아버지가 이룬 전설에 버금가는 사람이 되려고 고군분투했어요. 그 와중에 바다의 여신 칼립소는 자신의 남편이 돼준다면 영생을 선사하겠다고 오디세우스에게 제안하죠. 그녀는 고향에 있는 오디세우스의 아내와 달리 자신만큼은 영영 젊음을 잃지 않을 거라고 오디세우스를 꼬드겨요. 그래도 오디세우스는 페넬로페만을 그리워하며 칼립소의 제안을 거절합니다."

"저런 바보!"

교실 뒤쪽에 앉아 있던 건장한 축구팀 선수가 중얼거렸다.

"젊고 예쁜 여신이라면 대환영이지!"

뒤이어 교실을 가득 메운 아이들의 웃음소리를 모른 척 지나친 재스퍼 선생님은 반 전체를 향해 이렇게 물었다.

"그럼 오디세우스 본인의 여정은 어디서부터 시작된 걸까요?"

"포세이돈에게 붙들렸을 때요." 존이 갑자기 끼어들었다.

"그러고 난 다음에는 무슨 일이 벌어지죠?"

재스퍼 선생님이 캐묻기 시작했다.

"오디세우스가 시험을 당해요. 사실 오디세우스뿐만이 아니라 그의 아내와 아들처럼 주변 인물들까지 시험에 들어요."

어떤 여학생이 대답했다.

"제 생각에 오디세우스의 여정은 칼립소를 만나기 훨씬 전부터 시작된 것 같아요. 강인한 오디세우스였지만 자신이 가장 사랑하는 이들로부터 잠시 떨어져 있을 필요를 느꼈을 거예요. 그들이 얼마나 소중한 존재인지 다시금 깨닫기 위해서 말이죠."

존이 또 끼어들었다.

"독특한 견해로구나, 존!"

재스퍼 선생님이 양손을 엉덩이에 올려놓으며 말했다. 이때 갑자기 한 여학생이 입을 열었다.

"저는 영웅의 길을 떠올릴 때마다 타로 카드가 생각나요. 우리는 어떤 패가 나오든 결국 각자의 소명을 좇게 돼요. 오디세우스의 경우에 그의 소명은 고향으로 돌아가는 거였어요. 그건 사실 우리 모두 궁극적으로 바라는 거잖아요. 각자 가슴속에 품고 있는, 진정한 고향으로 향하는 것 말이에요. 그곳에 이르는 길은 전투와 같아요. 때로는 평생 치러야 할 자신과의 싸움이 되기도 하죠."

마침 종이 울렸다. 말 그대로 집에 돌아갈 수 있게 된 것이다.

"다음 시간에는 각자 마음에 드는 신이나 여신을 생각해 오세요. 수업시간에 발표할 수 있도록 말이에요."

다들 가방을 싸느라 분주한 가운데 재스퍼 선생님이 크게 외쳤다.

집으로 차를 몰면서 그동안 수업시간에 배웠던 신과 여신들을 떠올려보았다. 막 큰길로 들어서려는데 CD의 곡이 디즈니 만화영화 〈헤라클레스〉 사운드트랙으로 바뀌었다.

"그래, 헤라클레스야!" 나는 크게 소리 내어 말했다.

"난 헤라클레스 신이 제일 마음에 들어."

그는 전지전능한 제우스 신과 알크메네라는 인간 사이에서 태어났다. 물론 제우스의 아내 헤라 여신이 헤라클레스를 좋아했을 리 없다. 헤라클레스는 어디까지나 남편이 바람을 피워 얻은 아들이었기 때문이다. 결국 헤라는 어린 헤라클레스를 죽일 요량으로 그에게 맹독성 뱀 두 마리를 보냈다. 비록 어리고 체구도 작았지만 힘이 장사였던 헤라클레스는 단번에 뱀들의 목을 졸라 죽였다.

재스퍼 선생님의 수업시간에 듣기로는 영웅들도 저마다 위기의 순간을 거치거나 약점을 지녔다고 한다. 헤라클레스만 하더라도 헤라 여신 때문에 너무도 심기가 불편해진 나머지 자식을 죽이기에 이른다.

티린스와 미케네의 왕인 에우리스테우스는 헤라클레스의 사촌이었다. 그는 끔찍한 짓을 저지른 헤라클레스를 벌하려고 도무지 해낼 수 없을 것 같은 열두 가지 일을 시켰다. 헤라클레스에게 주어진 첫 번째 임무는 네메아의 사자를 죽이는 것이었다. 그 사자는 너무도 강해서 창이나 화살도 그 사자를 꿰뚫을 수 없을 정도였다. 하지만 어마어마한 힘을 지녔던 헤라클레스는 맨손으로 사자를 죽이고 만다. 마지막 남은 열두 번째 임무는 하데스^{Hades : 망자들의 세계}에 사는 케르베로스^{Cerberus : 저승의 문을 지키는 머리 셋 달린 개-역주}를 데려오는 일이었다. 케르베로스는 섬뜩하리만치 날카로운 이를 가졌고 꼬리에는 독사가 달려 있었다. 다행히 헤라클레스는 네메아 사자의 가죽을 덮어쓴 덕분에 무사했다.

"전 힘세고 끈기 있는 헤라클레스가 좋아요. 그는 자신에게 닥친 모든 어려움에 용감히 맞섰고 결국 승리했잖아요."

다시 돌아온 신화 수업시간에 나는 재스퍼 선생님에게 그렇게 말했다. 재스퍼 선생님이 반 전체를 향해 말했다.

"아직 모르는 사람들이 많겠지만, 누구나 살면서 여러 번 시험에 처한답니다. 지혜와 용기를 품고 힘든 상황에서도 긍정적인 마음을 잃지 않는 게 중요해요. 그렇게 하면 과거에 얻은 교훈을 되살려 현재의 딜레마를 풀어나갈 수 있지요."

나는 사자의 가죽을 덮어쓴 헤라클레스를 떠올렸다. 그리고 앰버와 제내라는 새 친구와 함께했던 중학교 시절의 내 모습도 그려보았다. 존과 마시는 마법처럼 나타났었다. 나와 마찬가지로 평범하지 않았던 존과 마시는 온갖 놀림을 당해도 꿋꿋이 버틸 수 있도록 나를 도와준 친구들이다. 연극반에서 맡고 싶었던 배역을 따내지 못했을 때도 그들이 있었기에 낙천적으로 생활할 수 있었다.

"스펜서, 와이오밍이라는 무대는 아무것도 아냐. 더 넓은 세상이 널 알아볼 때까지 조금만 더 기다려봐."

마시는 그렇게 말하곤 했다. 존 역시 나름대로 나를 격려했다.

"유명한 배우는 죄다 한 번씩 시궁창을 경험하는 법이야. 마돈나를 봐. 정상에 오르기까지 힘들었지만 최고의 배우가 됐잖아! 이걸 기억해. 원하는 걸 얻으려면 밑바닥부터 하나하나 전부 경험해야 해!"

"스펜서, 잠깐만 남아 볼래?"

선생님이 나를 불러 세웠다. 수업이 끝나고 종이 울린 후였다.

어느 여학생과 남학생 한 명이 전기 스위치를 두고 장난치는 게 보였다. 스위치에는 미켈란젤로의 다비드상 그림이 전부터 조그맣게 붙어 있었다. 그런데 누군가 그림 속 다비드상의 성기 부분을 오려내어 스위치가 튀어나오도록 해둔 것이다. 여학생은 "틱, 틱, 틱!"이라고 말하며 연신 스위치를 올렸다 내렸다 했다. 옆에서 그 모습을 지켜보던 남학생은 웃음을 터뜨렸다.

"스펜서! 재미있나 보다?"

어느새 재스퍼 선생님이 한 번 더 큰 소리로 내 이름을 불렀다.

순간 나는 의자에서 펄쩍 뛰어오를 뻔했다. 여학생과 남학생 둘이서 시시덕거리는 걸 훔쳐보다가 들켜버린 바람에 내 얼굴은 금세 붉어졌다. 나는 곧장 휠체어를 굴려 재스퍼 선생님의 책상 옆으로 다가갔다.

"있잖니, 스펜서! 네가 보기에 넌 신화 속 영웅들처럼 살고 있는 것 같니?"

재스퍼 선생님의 짙은 다갈색 눈동자가 나를 응시했다. 웃음이 났다.

"아뇨, 그럴 리 없잖아요. 전 그저 제 모습 그대로 평범하게 살아왔을 뿐이에요. 제가 영웅이 될 수 있는지도 모르겠고요.”

“아, 넌 그렇게 생각하는구나.”

진지하게 말할 때마다 늘 그렇듯 선생님은 저음으로 느리게 대답했다.

“우리도 항상 영웅의 길을 걷고 있단다. 단지 가끔씩 평소보다 더 힘든 문제에 부딪힐 때도 있지만 말이다. 결국 인생이란 것도 드넓은 바다와 같아. 파도가 거센 날이 있으면 약하게 일렁이는 평온한 날도 오게 마련이지.”

“네, 선생님!”

그렇게 대답한 나는 재스퍼 선생님이라는 분에 대해 다시금 떠올려보았다. 듣기로는 선생님의 인생 역시 바람 잘 날이 없었다고 한다. 1994년에는 한 백인 학생이 재스퍼 선생님을 향해 책상을 던지며 욕설을 퍼부은 사건이 있었다. 본래 재스퍼 선생님은 평화를 지향하는 사람으로 빌리 할리데이와 에타 제임스의 노래를 즐겨 듣고, 간디 같은 영적 지도자들이 남긴 말을 외곤 했다.

“그들은 우선 널 무시할 거야. 그리고 널 비웃겠지. 싸움도 걸어올 거야. 그래도 결국 이기는 쪽은 너지!”

당시 선생님이 학교 측에 바란 건 그 소년의 사과를 이끌어내는 게 다였다. 하지만 교장은 소년을 퇴학시키려 했고 사건의 검토를 위해 교육위원회 청문회를 소집했다. 소년은 변호사를 대동하고 청문회에 참석했는데, 바로 그 순간부터 재스퍼 선생님의 시련이 시작되었다. 교육위원회 측이 돌연 선생님과의 소통을 거부했던 것이다. 전화를 걸어 메시지를 남겨도 회신이 없었고, 사건 처리에 관해 이야기해 주는 사람도 없었기 때문에 선생님으로서는 그저 의아할 따름이었다. 그 소년 역시 여전히 등교를 하고 있었기 때문에 재스퍼 선생님은 자신의 신체적 안전이 걱정되었다. 선생님은 결국 변호사로 활동하던 여동생에게 도움을 요청했다. 그 와중에도 선생님은 계속 답을 갈구했다.

'왜 사과를 하도록 조치하지 않는 거지?', '그 아이가 변호사를 데려왔을 때부터 학교위원회에서는 일이 어떻게 돌아가고 있는 걸까?', '과연 난 안전한가?'

재스퍼 선생님이 원한 건 평등이었다. 그 시절 와이오밍에서 만일 흑인 학생이 백인 교사에게 책상을 던졌더라면 그 학생은 틀림없이 영원히 학교에 발을 들여놓지 못하게 되었을 것이다.

재스퍼 선생님의 여동생이 본격적으로 사건을 맡고부터 당시 선생님이 남편과 함께 살고 있던 방갈로식 단층 주택은 공격의 대상이 되었다. 아이들은 헤아릴 수 없을 만큼 자주 선생님 집 벽돌 담장에 달걀을 던져댔다. 그뿐만이 아니었다. 어떤 사람들은 선생님과 그 여동생이 꼬리를 내리도록 할 요량으로 집 정면 창문에 대고 총을 쏘아대기도 했다. 1997년 가을에 이르러 소년은 마침내 사과문을 쓰고 자신의 트럭을 팔아 돈을 마련하여 선생님의 시간적, 정신적 고통에 대한 위자료를 지급했다. 또 재스퍼 선생님은 자신을 위험한 근무환경에 방치한 혐의로 해당 학교를 고소했고 결국 재판에서 이겼다.

재스퍼 선생님은 험난한 파도에 휩쓸렸다고 해서 그저 구명줄에 의지하며 살아남을 수 있기만을 기도하는 그런 분이 아니었다. 사건과 관련해서 모든 일이 정신없이 돌아가던 와중에도 선생님은 교육학 박사 코스를 밟기로 결정했다. 그리고 여름방학 동안 박사 과정을 이수하고 수업이 없는 시간에 사무실에서 논문을 썼다. 언젠가 선생님은 자신이 가르친 학생들이 꿈도 못 꿀 정도로 수준 높은 학교에 다니기로 마음먹었다고 내게 말한 적이 있다.

"내가 살던 집은 속수무책으로 총탄에 맞았지만, 나 자신만큼은 빈틈없이 방탄 장치로 무장해야 한다는 걸 깨달았단다. 학생들이나 교장 선생님, 교육위원회도 더 이상 나를 깔보지 못하도록 말이지. 그래서 학교도 최고로 정평이 난 곳으로 택해야 했어."

결국 재스퍼 선생님은 뉴욕 대학교에 진학했고, 세 번의 여름방학에 걸쳐 영국 옥스퍼드 대학교 트리니티 칼리지에서 관련 코스를 이수했다. 아주 뜻밖은 아니었지만 어쨌건 선생님의 박사 논문은 흑인 교사가 백인 학생들을 지도하는 내용을 담고 있었다. 사실 당시로서는 드문 현상에 대한 고찰이었다. 재스퍼 선생님은 논문에 세 가지 상황을 제시했다. 상황별로 논문에 등장하는 세 명의 교사들은 자신과 마찬가지로 미국의 각 주에서 학생들을 가르쳤는데, 세 개 주 모두 와이오밍과 같이 백합처럼 하얀 백인들로 넘쳐났다.

재스퍼 선생님의 논문에 등장하는 일화 중에는 아이오와의 한 남자 교사 이야기도 있었다. 그가 가르치는 백인 학생들은 책상에 교수대 밧줄 그림을 새겨놓곤 했다. 게다가 그 교사에게는 악의 넘치는 익명의 편지도 줄곧 날아들었다.

"교장이 그 교사에게 뭐라고 했는지 아니, 스펜서?"

재스퍼 선생님이 말을 꺼냈다.

"교장은 그 흑인 교사에게 이렇게 말했어. '아이들이 다 그런 법이지!' 결국 그 불쌍한 교사는 교직에서 물러나고 말았어. 누가 알겠니. 나도 남편이나 변호사 여동생이 없었더라면 진작 포기하고 관뒀을지도 모르지."

전기 스위치로 장난치던 남학생과 여학생마저 교실에서 나가고 선생님과 단둘만 남게 되자, 선생님이 내게 물었다.

"네가 어째서 헤라클레스에 애착을 느낀 건지 궁금했다. 왜 하필 어마어마한 힘을 지닌 인물을 골랐는지 알고 싶어."

"헤라클레스는 특별한 인물이에요. 그는 신과 인간이 반씩 섞여 탄생한 사람이죠. 자신이 과연 누구인지 알아내려고 늘 내면에서 사투를 벌인 헤라클레스가 마음에 들어요. 그는 자기가 어떻게 엄청난 괴력을 지니게 된 건지도 잘 몰랐어요. 그렇게 엄청난 시련을 안고서도 결국 극복해 냈다는 게 좋아요."

"그렇구나!" 선생님은 고개를 끄덕였다.

"스펜서, 널 처음 본 건 내가 임시 교사로 오버랜드 초등학교에 다녔을 때란다. 넌 겨우 여덟 살 아이였지. 어느 날 네가 휠체어를 타고 와서 말했어. '어떻게 하면 선생님들이 화내시는지 아세요?' 그리고 넌 곧장 휠체어에서 털썩 내려오더구나. 난 항상 그런 네 자신감을 주목했어. 여덟 살 애한테 이렇게나 매료될 수도 있구나 싶었지. 넌 어떤 어려움이 있더라도 결국 성공할 사람이란 걸 알고 있었다. 내면에서만큼은 넌 배트맨이자 슈퍼맨이야. 네가 넘어야 할 최대 도전과제는 바로 그 틀이 네 발목을 잡느냐 마느냐다."

선생님은 내 휠체어를 가리키며 말했다.

"스펜서! 널 보면 항상 그리스의 신 헤파이스토스가 생각나. 절름발이 헤파이스토스는 늘 못생겼다는 소리를 들었지."

나는 고개를 숙인 채 생각에 잠겼다.

'추남보다는 슈퍼맨으로 사는 편이 낫겠어.'

재스퍼 선생님은 내 뺨이 상기된 걸 모른 척하고 말을 이어갔다.

"헤파이스토스가 왜 절름발이가 되었는지에 관해서는 여러 가지 이론들이 있어. 한 가지 설은 인간과 바람을 피우는 제우스를 못마땅해 하던 헤파이스토스의 어머니 헤라가 하루는 남편과 싸우고 있었다고 해. 너무 화가 났던 제우스는 그만 옆에 있던 어린 헤파이스토스를 올림포스 산에서 던져버렸다고 하지. 산에서 떨어지는 과정에서 헤파이스토스의 다리는 만신창이가 돼버렸단다. 하지만 헤파이스토스는 성격이 아주 시원시원한 신이었어. 나중에 그는 자신을 대신해 걸어다닐 수 있는 로봇을 만들었으니까. 사실 헤파이스토스는 재주가 좋아서 뭐든 만들어낼 수 있었어. 바로 네가 그래, 스펜서! 너 자신을 한번 봐. 물론 네가 초인적인 힘을 갖고 있는 건 아니야. 하지만 넌 재치가 넘치고 정신력도 강해. 또 네 마음의 소리에 귀 기울일 줄 알고, 주어진 상황에서 뭔가를 이뤄내는 법도 알지."

"정말 그렇게 생각하세요, 선생님? 전 그냥… 이제는 전처럼 확신이 들지 않아요. 올해 들어 벌어진 일들 때문에 너무 혼란스러워졌어요. 사람들은 왜 그렇게 서로 미워하는 거죠? 요즘 같아서는 나중에 내게 무슨 일이 벌어질까 참 궁금하기도 해요. 저를 너무 싫어하는 사람이 있다 쳐요. 제가 생각도 못하는 순간에 갑자기 저를 해치면 어떻게 하나요? 콜럼바인에서 총을 맞은 아이들이나 살해된 매튜 셰퍼드처럼 당하지 말란 법은 없잖아요?"

"그저 네 갈 길을 가면 되는 거야, 스펜서! 조심은 하되 네가 바라는 삶을 살면 돼. 물론 매튜 셰퍼드처럼 부당하게 차별받는 일이 없다면 좋겠지. 있잖니, 우리 모두는 영웅이 될 수 있는 잠재력을 품고 태어났어. 그러니까 누구나 위대한 일을 이루고 어려움을 극복하며 다른 사람들에게 모범이 될 수 있어. 요즘 사람들은 너도나도 훌륭한 본보기를 찾고 있단다. 그저 네 자신이 가치 없게 느껴진다거나 남들과 다르게 보인다고 해서 기죽지 마. 당당해져. 위대함이란 게 어떤 건지 사람들에게 보여줘. 그럼 그들도 저마다 내면에 숨은 위대한 자질을 끌어낼 수 있을 테니까."

수년이 흐른 후 그날 재스퍼 선생님과의 대화가 떠오른 적이 있다. 정말이지 선생님과의 대화는 내 인생을 변화시키는 계기가 되었다. 미국의 저명한 작가 매리언 윌리암슨의 글 중에 이런 대목이 있다.

우리가 가장 두려워하는 건 스스로 자질이 부족하다는 사실이 아니다. 오히려 우리는 자신이 가늠할 수 없을 만큼 강한 사람이라는 걸 자각하고서 엄청난 두려움을 느낀다. 각자의 어두운 면이 아닌, 눈부시게 빛을 발하는 밝은 면 때문에 겁을 먹는 것이다. 그래서 가끔 이렇게 자문해 보기도 한다. '이다지도 영민하고 멋지고 재주 많고 훌륭한 게 내 모습일까?' 하지만 생각해 보라. 그래서 안 될 건 또 무엇인가? 겸손하고 소심하게 살아간다고 해서 세상에 득이 되는 건 아니니까. …… 우리는 본래 어린아이들처럼 환하게 빛을 발하도록 되어 있다. …… 그리고 마침내 스스로 밝게 빛나겠다고 마음먹는 순간, 우리는 무의식적으로 주변의 다른 사람들도 그렇게 하도록 허용하는 셈이다.

66 하고 싶은 게 있으면
저는 꼭 합니다.
할 수 있는 방법은
찾으면 되니까요! **99**

chapter 7

치어리더가 되다

지난 몇 년간 나는 케냐와 중국, 인도와 캐나다에 이르기까지 전 세계에 살고 있는 여러 위인들을 만나왔다. 그리고 일부 위인들은 아주 어릴 적부터 자신이 뭔가 대단한 일을 해낼 줄 알았다는 이야기를 읽고 들었다. 전 세계에 유명세를 떨치거나 아니면 작가 윌리엄슨이 표현한 것처럼 빛을 발하는 삶을 살 것이라고 확신했던 것이다. 가령 테레사 수녀나 엘리 위젤 같은 인물들의 이야기는 언제나 감동을 안겨준다. 매튜 셰퍼드의 아버지 역시 아이들은 전부 특별한 존재가 될 거란 사실을 일찍부터 잘 알고 있었다. 법정에서 그가 남긴 말 중에는 이런 대목도 있었다.

"외적으로 봐서 제 아들 매튜는 승리자의 삶을 살 것 같지 않았어요. 운동신경도 둔했고 열세 살 때부터 죽는 그 순간까지 치열

교정기를 차고 있었죠. 하지만 짧은 생애 동안 그 아이는 자신이 승자라는 걸 세상에 입증했어요. 요즘도 처음 병원에서 그 아이를 봤을 때 떠올랐던 생각을 되풀이하곤 합니다. …… '무사히 자랐다면 어떤 사람이 되었을까?', '주변에 어떤 도움을 주며 어떤 식으로 자기가 속한 세상을 변화시켰을까?' 하고 말입니다."

내 경우에는 훗날 내 모습에 관한 확신 따윈 없었다. 또 내 주변 사람들이 나에 관해 그런 생각을 했는지도 알지 못했다. 나는 그저 내가 오래 살 것이라고 알 따름이었다. 의료진이나 간호사들이 내가 십대를 넘기지 못할 거라고 염려한 사실은 전혀 몰랐다. 더군다나 그들이 그처럼 불길한 예측을 부모님에게 알렸다는 것도 모르고 자랐다. 사실 어머니는 당신의 걱정거리나 불확신, 두려움 따위의 감정을 내 앞에서 전혀 표현하지 않았다. 어쨌건 나는 한 번도 내가 특별한 아이라고 여긴 적이 없었다. 유년 시절 동안 나는 그저 주변 사람들과 환경에 잘 동화되려고 애쓰며 살아왔을 따름이다. 그러니까 소명을 느낀 적도 없고, 내면에서 그 어떤 열의가 용솟음친 적도 없었다. 1999년 고등학교를 졸업하기 전까지는 늘 그랬다.

내가 치어리더팀에서 활동하던 때였다. 그렇다. 나는 록 스프링스 고등학교 치어리더였다. 물론 팜팜을 흔들어대거나 한 건 아니지만, 여학생들의 유니폼과 색이 어울리는 멋진 검은색 셔츠를 입었다. 셔츠 앞쪽에는 주황색과 흰색으로 '타이거'라는 글자가 쓰여 있었다. 졸업을 일 년 앞두었을 때쯤에는 나를 비롯한 세 명의 남학생들이 최초의 록 스프링스 남녀 혼성 치어리더팀에서 활동했다. 나는 가을이면 축구팀을, 봄에는 농구팀을 응원했다. 12학년의 한 해는 그렇게 시끌벅적하게 흘러갔다. 그 와중에도 마치 과녁의 한복판에 선 양 두려웠던 적이 있다면, 그건 바로 와이오밍주 캐스퍼 시에서 3월에 개최된 치어리더 챔피언십에 우리 팀이 출전했을 때였다.

그날 캐스퍼 시 이벤트 센터는 부모님들과 친구들, 부근의 여러 고등학교에서 나온 농구 선수들로 꽉꽉 들어찼다. 치어리더팀 대항전은 농구팀들의 챔피언십이 시작되기 바로 전에 진행되었다. 확실한 기삿거리를 좇던 여러 방송매체들도 센터 내에 진을 친 터였다.

다른 대부분의 치어리더팀들이 공연을 펼치는 동안에도 농구 선수들은 소리를 내지르고 휘파람을 불어대고 야유를 퍼부었다. 던지기와 재주넘기 등의 기량을 선보이며 치어리더들이 열기를 내뿜어도 선수들은 아랑곳하지 않았다. 실제로 운동선수들은 우리가 하는 일을 스포츠로 인정한 적이 없었다. 팀들이 공연을 펼칠 때 바로 아래쪽 스탠드에 앉아 있던 제이미 이모는 나중에 이렇게 말했다.

"네가 무대로 나왔을 때 퍼뜩 생각했지. '이런, 이제는 저들이 뭐라고 지껄여댈까?'"

사실 이모가 그렇게 염려한 것도 무리는 아니었다. 학교에서도 축구나 농구 경기 때 공연을 펼치노라면 선수들이 남학생 치어리더들을 비웃곤 했기 때문이다. 그들은 곧잘 손가락으로 우리를 가리키며 "뭐야, 쟤네 여자야?"라고 수군대거나 게이라고 쑥덕이기 일쑤였다.

하지만 차례가 되어 우리 팀이 챔피언십 대항전 무대로 나가자 관객석은 잠잠해졌다.

우리 팀이 고른 곡 '커몬 앤 라이드 잇'과 서바이버의 '아이 오브 더 타이거'가 울려 퍼짐과 동시에 본격적인 공연이 시작되었다. 우리는 연습해 온 점프와 공중제비, 옆으로 재주넘기 등의 동작을 선보이며 퍼레이드를 펼쳤다. 다른 두 명의 남학생 치어리더들은 헤라클레스처럼 엄청난 기운을 발휘해 여학생들을 어깨 위로 들어 올렸다. 우리는 모두 이전에 한 번도 경험하지 못했던 흥분에 휩싸여 지칠 줄 모르고 격렬한 동작을 선보였다. 그러다 어느 순간 스포트라이트가 내 쪽을 비췄고 나만의 솔로 동작이 시작되었다. 나는 손으로 바닥을 짚고 서 있다가 공중제비를 돈 다음 다리 찢기를 할 때처럼 양팔을 쫙 펴보였다. 숨이 멎을 듯했다. 실수 한 번 없는 완벽한 공연이었다. 그 순간에는 음악도 그저 윙윙거리는 소리처럼 들릴 따름이었지만, 동시에 그 소리는 멈추지 않고 계속 귓전을 울렸다. 그 느낌이 찾아든 건 바로 그때였다.

내가 남자 어른 키 높이까지 공중으로 붕 떠올랐을 때, 난생처음 내 안에서 뭔가 용솟음치는 게 느껴졌다. 어딘가에 속해 있다는 기분도 들었다. 뭔가 대단한 일을 이뤄낼 것만 같은, 그리고 곧 어떤 놀라운 경지에 도달할 듯한 팀의 일부로 여겨진 것이다. 그 순간이야말로 내가 있어야 할 자리에 있는 듯했다. 마치 어떤 일을 수행하도록 부름을 받은 것 같은 기분이었다.

마침내 우리 팀의 공연이 끝나자, 선수들을 비롯해 관객들 전부가 기립 박수를 보냈다. 제이미 이모의 아들이자 내 사촌인 미첼도 그날 관객석에서 내 공연을 지켜봤다. 그때는 그저 자그마한 아이였던 미첼은 훗날 축구계의 스타로 성장했다. 나중에 미첼은 그날의 감동을 이렇게 옮겼다.

"우리 운동선수들은 언제 존경을 표시해야 하는지 잘 알아. 그날 형은 정말 대단했어!"

결국 우리 팀은 주 대항 치어리더 챔피언십 대회에서 당당히 우승을 거뒀다. 우승컵을 따내는 건 학교 측 지시이기도 했다. 팀의 코치인 데비 선생님이 우리 팀을 남녀 혼성으로 구성한 데는 그만한 이유가 있었다. 우선 학교 측에서 치어리더팀을 정식 스포츠로 봐주길 바랐고, 유니폼과 이동 경비도 지원받아야 했기 때문이다.

교장 선생님은 이렇게 말했다고 한다.

"네, 그렇게 하죠. 일단 주 대항전에서 우승하세요. 그럼 정식 운동부로 인정하고 지원금도 제공할 테니까요."

그러기 위해서는 무엇보다 최고가 되어야 한다는 걸 데비 선생님은 잘 알고 있었다. 그래서 팀도 남녀 혼성으로 새롭게 구성한 것이다.

그해 치어리더팀의 일원으로 활동한 건 더할 나위 없이 자랑스러운 일이었다. 록 스프링스 고등학교는 역사상 최초로 치어리더 대회에서 챔피언십을 거머쥐었고, 나 역시 그러한 성과를 내는 데 일조했기 때문이다. 하지만 무엇보다 태어나서 처음으로 내 안의 잠재력을 몸소 느낄 수 있어 더없이 자랑스러웠다.

내가 치어리더팀에 합류한 건 1998년 봄부터였다. 당시 나는 열일곱 살로 몇 달 후면 11학년도 끝날 참이었다. 나는 록 스프링스 고등학교 마크가 붙은 재킷을 즐겨 입었는데, 검은색과 주황색 글자가 두드러진 재킷의 등 쪽에는 합창단과 연극이라는 두 글자가 박음질되어 있었다. 그때까지도 나는 합창단에서 활동하던 중이었다. 그런데 어찌된 일인지 뭔가 하나 빠진 듯한 느낌이 들기 시작했다. 영화 〈그리스〉에서 존 트라볼타가 그랬던 것처럼 말이다. 그랬다. 내 재킷 등에는 스포츠를 나타내는 글자가 없었던 것이다.

모든 요건에 두루 부합하는 모범생이 되기 위한 암묵적 요건이 하나 있다면, 그건 바로 학과 성적뿐 아니라 스포츠 기량도 좋아야 한다는 점이다. 나는 어릴 때부터 체조 학원에 다녔는데, 중학생 시절까지도 록 스프링스 고등학교에 진학하면 체조부에 지원해 봐야겠다고 생각했었다. 하지만 10학년 무렵 고등학교 과정을 시작했을 때 남학생 체조부는 해체되고 말았다. 지원자가 부족했기 때문이다. 그렇게 되고 나니 현실적으로 내가 참여할 수 있는 다른 운동은 없었다. 상황이 꼬였다고는 하지만 아예 스포츠 활동과 담을 쌓을 수는 없는 노릇이었다. 특히 11학년생 입장에서는 어떻게든 대안을 물색하는 편이 좋을 것 같았다. 같은 해 할아버지는 아버지와 나를 데리고 영양과 누를 사냥하러 남아프리카 칼라하리 사막으로 떠났다. 당시 할아버지는 거의 퇴직한 상태였다. 국제 사파리 클럽 회원이기도 했던 할아버지는 세계 곳곳의 유명한 사냥터를 찾아다니며 여가를 즐겼다. 록 스프링스와 애리조나에 자리한 할아버지의 자택과 오두막집에는 사냥대회에서 받은 트로피가 수두룩했고, 박제한 순록과 곰 가죽으로 만든 양탄자, 사슴뿔 같은 장식품이 사방의 벽을 가득 메웠다.

나는 어릴 적부터 자주 아버지, 할아버지와 함께 사냥을 다녔다. 내가 아주 조그만 아이였을 때, 아버지는 나를 배낭에 넣고 와이오밍의 야생을 탐험했다. 총을 다룰 수 있는 나이가 되고부터 나는 사륜차를 몰고 아버지와 나란히 영양 사냥에 나서곤 했다. 하지만 나는 단 한 번도 사냥을 좋아한 적이 없다. 요즘도 나는 사람들이 다른 생명을 앗아갈 권한은 없다고 생각한다. 남아프리카로의 사냥 여행을 통해 나는 친가 쪽 사람들과의 차이점을 더 확실히 자각할 수 있었다. 그러니까 나는 어머니 쪽 성향을 훨씬 더 많이 물려받았다. 나는 독서나 요리, 쇼핑, 미술, 공예, 음악 듣기, 푸짐한 저녁상을 가운데 두고 오래도록 느긋하게 대화하기 등을 즐겼다. 반면 아버지와 할아버지는 야외활동을 좋아했다.

운동과 거리가 먼 성격이라는 걸 진작 깨닫긴 했지만, 운동으로 채울 수 없는 그 빈 공간을 대신할 뭔가를 나는 갈구했다. 또 나만의 방식으로 스포츠 활동을 할 수 있음을 증명하고 싶기도 했다. 그랬던 까닭에 치어리더팀 코치인 데비 선생님이 붙여둔 공지문을 보자마자, 한번 도전해 보고 싶어졌다. 그것은 다름 아닌 남학생 팀원을 뽑는다는 공지였다. 한편으로 대학의 입학 담당자들이 뛰어난 스포츠 기량을 선보인 학생들을 선호한다는 사실도 잘 알고 있던 터였다. 그런가하면 사냥꾼 기질이 없을 바에는 차라리 치어리더로 활약해서 아버지와 할아버지를 기쁘게 해드리자는 생각도 있었다. 당시에는 미처 몰랐지만, 사실 처음에 데비 선생님은 나를 팀에 넣어도 될지 잘 몰랐다고 한다. 데비 선생님은 어머니에게 이렇게 말했다고 한다.

"스펜서가 다칠 수도 있어요. 가령 공중으로 높이 올라가는 동작을 하다가 누군가 스펜서 위로 떨어질지도 모르니까요."

"이봐요, 데비! 스펜서는 해보고 싶은 걸 다 시도할 거예요. 스스로 자신을 돌보는 법도 잘 알고 있으니까 괜찮아요. 그 아이는 그저 다른 학생들과 똑같이 생활하고 싶은 것뿐이랍니다."

어머니는 그 옛날 외할머니를 설득한 것처럼 부드럽게 데비 선생님에게 말했다.

사실 대담하게 치어리더팀에 지원한 남학생들은 네 명에 지나지 않았고, 그나마 그중 한 명은 중도에 포기해 버렸다. 남은 학생들 중에는 데비 선생님의 아들인 칼도 있었다. 지원자들은 일주일 동안 매일 한데 모여 대망의 오디션 날에 대비해 기본 동작과 간단한 재주넘기 동작을 연습했다. 오디션 바로 전날 저녁, 포크찹과 그래비, 밥으로 저녁을 먹은 후 어머니가 말을 꺼냈다.

"스펜서, 난 네가 치어리더에 지원해서 얼마나 자랑스러운지 몰라. 그래도 어느 정도 현실을 직시해야 할 거야. 네가 안 뽑힐 수도 있어. 네가 생각하는 것보다 치어리더 활동은 훨씬 더 힘들거든."

나는 눈을 내리깔았다. 어머니의 말이 이어졌다.

"스펜서, 뮤지컬 배역을 뽑을 때도 잔뜩 기대에 부풀었다가 낙담한 경험이 있잖니. 네가 운동부에 못 들어간다 해도 괜찮아. 넌 지금도 충분히 자랑스러운 아들이니까."

어머니는 짧게 자른 내 검은 머리카락을 헝클어뜨렸고 나는 웃기 시작했다. 그런 다음 우리 둘은 응원 동작 하나를 연습했다. 그 동작은 어머니가 록 스프링스 고등학교 치어리더로 활동하던 시절 선보였던 그것과 같았다.

"우린 전혀 형편없지 않아. 그저 훌륭할 따름이지. 숲을 헤쳐나간 것처럼 늑대 군단이라도 뛰어넘을 거야. 헤이, 헤이, 헤이…. 씩씩하게 도전해. 씩씩하게 도전해. 씩-씩-하-게!"

물론 나는 치어리더팀에 들어갔다. 그래서 그해 여름은 팀원들과 응원 동작을 연습하느라 바빴다. 우리는 세차를 하고 시내 상점들의 진열창을 꾸며주면서 유니폼 값을 벌었다. 또 스포츠 관련 행사 날짜와 시간을 표시한 운동부 달력도 제작했다.

하지만 치어리더팀에서 활동한 게 다는 아니었다. 나는 록 스프링스 상공회의소에서 일하면서 대학 등록금을 모았다. 내 직책의 공식 명칭은 '정보처리 담당자'로 흔히 리셉셔니스트라고 불리는 자리였다. 나는 관광객들에게 인기 있는 장소를 설명한 팸플릿을 나눠주고 모텔이나 호텔, 식당을 안내하는 일을 맡았다. 아시아와 미국 동부 해안 지역에서 온 수많은 관광객들이 내 데스크를 거쳐 와이오밍 주의 명소를 찾았다. 가령 와이오밍 북서부에 자리한 그랜드 테톤 국립공원이라든지 와이오밍 북서부와 몬태나, 아이다

호에 걸쳐 넓게 분포하는 옐로스톤 국립공원 등이 관광객들의 흥미를 끌었다.

"옐로스톤 국립공원에 가면 그랜드 캐니언도 있답니다. 바로 아래위로 인접한 두 개 폭포도 장관이지요."

나는 관광객들에게 이렇게 말하곤 했다. 내가 데스크를 뛰어넘는 걸 처음 본 관광객들은 하나같이 다소 놀라는 표정을 지었다. 하지만 내가 차분하면서도 능숙하게 와이오밍의 명소를 안내해주거나 이곳의 역사를 설명하면 놀란 관광객들도 평온함을 되찾았다.

"록 스프링스 시는 부치 캐시디를 감금했는데 전해 내려오는 말에 따르면 감옥을 탈출한 그가 저쪽 산자락에 어마어마한 보물을 숨겼다고 해요. 그리고 그 보물은 한 번도 발견된 적이 없답니다."

나는 바깥쪽으로 난 큰 창문으로 보이는 언덕을 가리키며 말했다.

"아! 정말이요?"

관광객들은 제대로 말을 잇지 못한다. 그쯤 되면 왜 내게 다리가 없는지 궁금해하는 사람은 없어지고, 대신 '어떻게 하면 그 보물을 찾을 수 있을까?'라고 생각하느라 저마다 마음이 바빠진다.

보물찾기에 대한 생각은 차치하고라도, 내 머릿속은 늘 치어리더 활동에 대한 생각으로 가득했다. 관광객들을 상대할 때조차 나는 응원 동작을 떠올렸다. 안내 업무가 끝나면 곧장 팀원들을 만나러 달려갔다.

여름방학이 끝나자 업무는 파트타임으로 전환되었고, 자연히 시간적 여유가 더 생겨 연습에 좀 더 매진할 수 있었다. 우리는 매일 방과 후에 모여 연습을 했다. 팀원들은 서로 친하게 지냈고, 가을 내내 함께 연습해서 기본 동작과 순서를 새로이 보강했다. 나는 작고 가벼웠기 때문에 팀원들에게 인기가 좋았다. 내가 체육관을 가로지르며 재주넘기를 할 때면 여학생 팀원들도 다들 즐거워 어찌할 줄 몰랐다. 그때마다 마치 가족들에게 둘러싸인 기분이었다.

주 대항 챔피언십 대회를 몇 주 앞두고부터는 수업에 집중하기가 점점 더 어려워졌다. 물론 재스퍼 선생님의 신화 수업은 제외하고 그랬다는 이야기다. 나는 매일 아침 여섯 시에 일어나 등교한 다음 첫 교시를 알리는 종이 울릴 때까지 팀원들과 오전 연습에 전념했다. 아침형 인간과는 거리가 멀고 야간에 더 활동적인 나로서는 분명 쉽지 않은 일이었다. 방과 후에는 치어리더팀에서 연극반으로, 그리고 집으로 바쁘게 이곳저곳을 돌아다녔다. 집에 돌아오면 중간고사에 대비해 수학과 영어를 공부했다. 그렇게 나는 숨 가쁜 일정을 소화해 냈다.

치어리더 동작 중에는 '바스켓 토스'라는 게 있는데, 아무리 부탁을 해도 데비 선생님은 내가 그 동작에 참여하는 걸 반대했다. 그 동작은 이랬다. 우선 세 사람이 나를 공중으로 던지면 내가 공중에서 공중제비를 넘는다. 그런 다음 처음에 나를 던진 세 사람이 떨어지는 나를 다시 붙잡는 것이었다. 사실 팀원들은 우리가 대회에서 이 동작을 완벽히 소화할 수 있다고 생각했다. 왜냐하면 내 체중은 제일 무거울 때도 34kg을 넘지 않았기 때문이다. 하지만 도리가 없었다. 나는 그 동작을 맡지 못했다.

금속 테를 두른 커다란 안경 너머로 나를 쳐다보며 데비 선생님이 말했다.

"스펜서, 네가 이 동작을 하고 싶어 한다는 것 잘 알아. 하지만 주 당국에서 그러는데 혹시 네가 공연 중에 떨어지더라도 보험 처리가 안 된대. 너도 알겠지만, 공중에서 몸의 균형을 잃거나 바닥으로 떨어질 때 사람들은 본능적으로 다리나 엉덩이부터 바닥에 대게 돼. 그런데 네 경우엔 다리가 없으니까 등을 바닥에 부딪치게 될 거야. 그러면 척추를 다칠 수 있어. 미안하구나!"

선생님은 말을 마친 뒤 나를 꼭 안아주었다.

결국 바스켓 토스 동작에 참여하지 못했지만, 공연은 아주 만족스러웠다. 대회 당일 무대에 오르기 전 데비 선생님이 팀원들을 향해 말했다.

"여러분, 다들 지금까지 정말 열심히 연습했어요. 이젠 모두 동작에 익숙해졌으니까, 저 위에 올라가서 즐기는 일만 남았어요!"

그래서 나도 그렇게 했다. 무대에 서자 마치 섬광처럼 기분 좋은 것들만 눈앞을 스치고 지나갔다. 가족과 친구들, 애착을 가지고 해왔던 내 업무들, 그리고 내 삶까지! 나는 진심으로 살아 있음에 감사하고 있었다.

공연 후 캐스퍼 시의 TV 방송국 측과 인터뷰를 진행하는 와중에도 무대에서 느꼈던 에너지가 그대로 솟구쳐 올랐다. 나는 방송국 아나운서에게 말했다.

"하고 싶은 게 있으면 저는 꼭 합니다. 할 수 있는 방법은 찾으면 되니까요!"

대회 중에 퍼뜩 나를 스쳤던 긍정적 기운은 이후에도 계속 내 안에 머물렀다. 록 스프링스로 복귀한 우리 치어리더팀은 훌륭히 학교를 대표했다는 자부심에 가득 차 내내 우쭐했다. 세상을 다 가진 기분이었다.

그 후 얼마 지나지 않아 내게 대입 장학금이 수여된다는 소식을 들었다. 또 솔트레이크 시티에 있는 웨스트민스터 칼리지 측으로부터 입학 허가서도 받았다. 작은 사립대학인 웨스트민스터 칼리지를 택한 이유는 그 지역이 어릴 적 병원에 다니면서 봐둔 도시이기도 했고 마시를 만날 때마다 자주 들르면서 익숙해진 곳이었기 때문이다.

이듬해 행보를 정하고 나서 마음이 편안해진 나는 연극반에서 마지막으로 맡은 역할에 전념했다. 바로 〈더 이어 북〉이라는 작품에 등장하는 모범생 역할이었다. 물론 연극 공연에 앞서 졸업 파티가 있었고, 언제나처럼 마시가 내 파트너로 함께 참석해 주었다. 그날 마시는 끈이 달리지 않은 우아한 금색 무도회 드레스를 차려입었고, 나는 검은색 턱시도 재킷에 빨간 조끼와 넥타이를 매치시켰다. 기말고사에서는 A학점을 받았다.

마침내 다가온 졸업식 날, 학교 측은 임직원들이 선정한 우수학생상을 내게 수여했다. 상패를 받으러 강당 무대로 올라서자, 졸업생 전원이 기립 박수를 보냈다. 당시 자리에서 일어난 학생들 중에는 고등학교 시절 내내 나와 내 친구들을 놀려대며 따돌린 아이들도 섞여 있었다. 대학에 진학할 때쯤이면 한때 '잘 나가던' 아이들도 더 철이 들어 착해질 거라고 한 마시 어머니의 말씀이 맞는 건지도 모르겠다. 어쨌건, 동급생들에게 인정받던 그 순간 아주 벅찬 감정이 나를 휘감았다.

졸업식 바로 다음 날 저녁, 어머니는 친구들과 가족을 모두 불러 모아 큰 파티를 열었다. 평소 가족 전체가 모여 식사할 때처럼 그날도 식탁에는 각국의 특색 있는 요리들이 올랐다. 그리스식 패스트리와 직접 만든 소스를 곁들인 이탈리아식 파스타, 보세트 제과점에서 산 소시지, 양배추 롤, 콜드 컷 등이 먹음직스럽게 차려졌다.

그 무렵 아버지와 외할아버지는 외증조부인 코로나의 제조법을 그대로 따라 와인을 만들고 있었다. 그래서 파티가 열린 그날 우리 집에는 와인이 넘쳐났다. 다들 와인을 너무 들이킨 나머지 평소 조용했던 외할아버지마저 훌라 댄스를 출 때 입는 풀잎 치마에 하와이식 모자 차림으로 마카레나 춤을 출 정도였다. 나는 존과 마시와 함께 중간에 빠져나와 졸업 파티장으로 향했다. 밤새도록 계속된 그 파티는 졸업생들을 축하하기 위해 12학년생 학부모들이 마련한 자리였다. 그 시간은 12학년생들이 한데 모여 보내는 마지막 밤이기도 했다.

몇 주 후 존과 마시, 나는 켈러 선생님과 함께 뉴욕으로 떠났다. 일부 연극반 학생들과 그 외 다른 학생들 몇 명도 여행길에 함께 올랐다. 본래 우리 가족은 휴가를 맞아 여행을 떠난 적이 별로 없었다. 우선 아버지가 항상 일에 매여 있었고, 애니와 내가 학교에 다니면서부터는 어머니도 일을 시작했기 때문이다. 나중에 학교위원회에 소속되어 근무한 어머니는 처음에 고등학교 교장 비서로 있다가 차츰 교육감협회 사무국장 자리까지 올라갔다.

휴가철이 돌아오면 우리 가족은 으레 할아버지네 오두막집을 찾거나 제이미 이모네 식구를 만나러 갔다. 이모부 필립이 의대를 졸업하고 나서 이모네는 캐스퍼 시로 보금자리를 옮겼다. 가끔은 애리조나까지 가서 태미와 다이애나 이모네 집에 들르기도 했는데, 그러면 외사촌 보니와 데지도 만날 수 있었다. 당시 태미 이모는 애리조나 주립대학교 법학부 교무 직원이었고, 다이애나 이모는 전화 회사 '퀘스트 커뮤니케이션즈'에서 엔지니어로 근무했다. 그러니까 할아버지, 아버지와 함께 남아프리카로 사냥을 떠난 것이 내 생애 최초의 해외여행이었던 셈이다. 가족을 동반하지 않고 혼자 여행길에 오른 건 뉴욕이 처음이었다. 당시의 나로서는 큰마음 먹고 감행한 일이라고 볼 수 있다.

뉴욕에 도착해서는 곧장 호텔로 향했다. 존과 나는 트윈 베드 객실에 배정되었다. 방에 들어선 나는 침대로 가서 털썩 드러누웠다. 가만히 눈을 감고 있자니 열린 창문으로 시내의 온갖 소리가 흘러 들어왔다. 택시 기사들이 경적 울리는 소리, 구급차 사이렌 소리, 아기 울음소리, 아이들이 웃는 소리, 낯선 언어로 언쟁하는 소리 등등, 왠지 기분이 좋아졌다. 숨을 들이쉬었더니 아래층 길거리에서부터 담배 연기가 올라왔다. 축축한 공기 탓에 면 티셔츠가 등과 팔에 달라붙었다. 습기라고는 찾아볼 수 없이 건조하고 교통 체증도 거의 없는 와이오밍과는 딴판이었다. 새들이 지저귀고 선선한 바람이 부는 날 아버지의 사냥 무용담을 듣던 곳, 그곳이 바로 록 스프링스였다.

뉴욕의 거리로 나선 나는 신이 나서 돌아다녔다. 그곳에서는 내 모습이 전혀 두드러지지 않았다. 쳐다보거나 일부러 다가와서 말을 거는 사람도 없으니 좋았다. 록 스프링스에서는 나를 모르는 사람이 거의 없었다. 누구나 내 사정을 훤히 꿰뚫고 있어서, 여드름이 나거나 치아 교정기라도 하는 날이면 너도나도 아는 척을 해댔다. 예전에 패트릭이 내 휠체어를 잡아당긴 사건까지 다들 알고 있을 정도였다.

"록 스프링스 사람들끼리는 비밀이 없어."

존은 손사래를 쳐가며 이렇게 투덜대곤 했다. 그 와중에도 그는 젤을 너무 많이 발라 삐죽삐죽 선 빨간 머리카락을 배배 꼬아댔다.

"기필코 록 스프링스를 떠나야 해!"

존은 이 말을 입에 달고 살았다.

예전부터 존의 꿈은 건축가가 되어 고층 건물을 설계하는 것이었다. 고등학교 시절에는 수업시간에도 건물 설계도를 그려댔다. 초고층 빌딩을 그려놓고 언젠가는 그걸 내게 줄 거라고 호언장담할 때도 있었다. 건물 입구에는 S. J. W라고 내 이니셜까지 써넣어줬다. 뉴욕에 갔을 때만 해도 존은 마시와 나를 끌고 가 크라이슬러 빌딩과 엠파이어스테이트 빌딩을 구경했다. 록 스프링스를 떠나고 싶어 하던 존의 바람은 결국 이루어졌다. 와이오밍 대학교에서 운영하는 건축 프로그램에 지원해서 합격한 것이다. 다른 사람 돌봐주기를 즐겼던 마시의 경우에는 미주리 주에 있는 트루먼 주립대학교 간호사 준비 프로그램에 합격했다.

"드디어 여길 벗어나게 됐어! 우린 이제 떠난다고!"

합격 통지서를 받아든 존과 마시는 연신 그렇게 되뇌었다.

뉴욕에서 우리는 난생처음 진정한 자유를 만끽했다. 브로드웨이 공연도 두 개나 관람했다. 〈미녀와 야수〉와 〈레 미제라블〉이라는 작품이었다. 〈레 미제라블〉을 보고 나서 호텔로 돌아오는 내내 나는 공연에 등장했던 노래를 불러댔다.

"저기 사람들의 노랫소리가 들리나요? 분노한 사람들의 노래가요. 두 번 다시 노예의 삶을 살지 않겠다는 사람들의 곡이랍니다!"

신나게 불러대던 노래를 멈춘 건 발아래로 지하철이 지나다닌다는 걸 처음 알아챈 순간뿐이었다. 아래쪽에서부터 뜨거운 공기가 '훅' 하고 솟구쳐 올라왔다. 하얀색 스커트를 날리며 포즈를 취하던 마릴린 먼로가 된 듯한 기분이 들었다.

"저기 사람들의 노랫소리가 들리나요?"

그렇게 나는 다시 노래하기 시작했다.

나는 소호에 들러 반짝이는 셔츠 한 장을 샀다. 마시는 금발머리를 파란색으로 염색했고, 존과 나는 귀에 피어싱을 했다. 우리는 뉴욕 스타일 피자도 먹었다. 껍질이 얇아 반으로 접어 먹는 그런 피자였다.

"꼭 다시 돌아올 거야."

그날 밤 존과 동시에 각자의 침대로 뛰어들면서 나는 선언했다.

"스타가 되고 말 거야! 브로드웨이 배우 바브라 스트라이샌드처럼 말이지. 매디슨 스퀘어 가든에서 노래할 수 있을지도 몰라.”

나는 눈을 감고 하늘을 향해 고개를 젖혔다. 그리고 곧바로 영
화 〈옌틀〉에서 바브라 스트라이샌드가 불렀던 ‘어 피스 오브 스
카이A Piece of Sky’를 흥얼댔다(수년 전 어머니가 비디오를 빌려왔을
때, 같은 사운드트랙을 계속 되풀이해서 들었다).

“한번 말해 봐요. 어딘가에 쓰여 있기라도 한 건가요? 난 어떤
사람이 될 운명인가요? 상상도 못한….”

재스퍼 선생님의 신화 수업시간에도 배웠지만, 영웅들 중에 줄
곧 평탄한 삶을 산 사람은 거의 없었다. 시련이나 어려움을 딛고
일어서 승리할 때도 있긴 했지만, 늘 그런 건 아니었다. 재스퍼 선
생님이 말씀하신 것처럼 평평한 정상에 오를 날이 있는가 하면 험
난한 계곡을 헤쳐가야 할 때도 있다. 또 파도가 몰아치다가 잠잠
해지는 순간도 온다.

나는 내가 뭘 원하는지 잘 파악하고 있었다. 바로 치어리더 대회
장에서나 뉴욕 여행 때 느꼈던 흐뭇하고 당당하면서도 낙관적인
기분을 좇는 것이다. 하지만 굳이 내가 많은 노력을 기울이지 않
더라도 그러한 기분은 마냥 그대로 지속될 것 같았다. 그래서인지
어릴 적부터 몸에 밴 낙천적 태도와 어떻게든 난관을 헤쳐나가는
능력이 그런 긍정적 기운을 불러일으키는 토대라고는 미처 생각

하지 못했다.

어떻게 보면 나는 늘 자각하지 못하는 사이 예기치 못한 상황에 대비하며 살아온 셈이다. 뉴욕에서 돌아온 뒤에도 그랬다. 어머니는 대뜸 내가 연극 말고 다른 걸 전공하면 어떻겠냐고 말을 꺼냈다.

"스펜서, 네가 무대에 서기 좋아한다는 건 안다만, 조금 현실적이 될 필요도 있어. 혹시라도 배우로 성공하지 못하면 그땐 당장 할 만한 일이 없지 않겠니? 그러니까 제발 다른 과목을 전공하도록 해라. 엄마는 네가 나중에 힘들어하는 걸 볼 자신이 없어."

나는 어머니를 설득하면서 단지 아코디언 연주자가 되겠다는 꿈을 품고 이탈리아에서 미국까지 넘어온 외증조부 코로나의 이야기도 꺼냈다.

"스펜서, 아예 연기를 하지 말라는 게 아니란다. 사실 그 반대지. 난 네가 연기하길 바라. 하지만 전공만큼은 다른 과목으로 했으면 하는 거야. 혹시 모르니까 나중을 대비해서 공연예술 말고 직장을 잡는 데 도움이 될 만한 분야를 공부했으면 해. 외증조부께서도 늘 음악에 대한 열정을 품었지만, 가족을 부양하려고 평생을 탄광에서 일하셨잖니."

실망이 이만저만 큰 게 아니었다. 내 나름대로 가고자 하는 길을 생각해 둔 터였기 때문이다.

"스펜서, 고등학교 때처럼 연기는 언제라도 할 수 있어. 연극반에 가입해서 남는 시간에 연기하면 되잖니.”

나는 결국 컴퓨터과학부에 들어가기로 결정했다. 중학교 시절 컴퓨터과학 수업을 좋아한데다가 베사이트 선생님의 보조로 일하는 것도 즐거웠기 때문이다.

웨스트민스터 칼리지에 다니게 된 건 신나는 일이었다. 우선 록스프링스에서 충분히 멀리 떨어져 있어서 내 식대로 독립적으로 생활하는 게 가능했다. 게다가 주말마다 고향을 방문하기에는 적당히 인접한 거리였다. 졸업생들 중 웨스트민스터 칼리지로 진학하는 학생들은 거의 없었는데, 그 점도 마음에 들었다.

“대학에 가서도 똑같은 무리나 소문이 따라다닌다면 지긋지긋할 거야.”

나는 존과 마시에게 그렇게 말했다.

“이제 이 마을을 떠나서 새 친구들을 사귈 거야.”

내가 솔트레이크 시티로 떠나기 전날 밤에 마시와 존, 필립, 스타가 모여 송별 파티를 열어 주었다. 우리는 초콜릿 케이크를 먹고 음악을 들어가며 옛 기억들을 더듬었다. 록 스프링스에서의 행복했던 순간들에 관해서도 이야기를 나눴다. 가령 넷이 처음으로 콘서트를 관람하러 간 일 등에 대한 기억이었다. 당시 우리는 앨라니스 모리셋을 보러 솔트레이크 시티까지 갔었다.

자정 무렵 드디어 우리는 작별 인사를 나눴다. 모델처럼 훤칠하고 날씬한데다 아름다운 붉은색 머리카락을 나부낀 스타는 나를 들어 올려 힘껏 껴안아주었다. 갑자기 눈물이 쏟아졌고 존과 마시와 포옹하는 와중에도 눈물은 계속 흘렀다. 나중에 밴에 올라 필립을 집까지 바래다주면서도 나는 울음을 그칠 줄 몰랐다. 결국 록 스프링스 큰길가에 차를 세웠는데, 너무 슬퍼한 나머지 사이렌 소리도 듣지 못했다. 겨우 백미러를 확인했더니 경찰차가 빨간 등을 깜빡이며 다가오고 있었다.

차를 세운 경찰은 내 쪽으로 와 얼굴에 전등을 비췄다. 처음에는 내가 과속하는 걸 보고 따라왔던 경찰도 이내 염려하는 눈치였다.

"이봐요, 무슨 문제 있어요? 괜찮은 거예요?"

나는 목이 메었지만 간신히 대답했다.

"괜찮아요. 내일이면 여기를 떠나 대학에 가야 하거든요. 친구들에게 작별 인사를 하고 오는 길이에요."

경찰은 차로 가더니 서행 경고장을 써서 돌아왔다. 경고장 맨 아래쪽에는 파란색으로 메모도 한 줄 쓰여 있었다.

대학 생활 잘하시기 바랍니다!

" 넌 다른 사람들이랑은
경우가 좀 다르니까,
너만의 특별한 사람을
만나는 데도 시간이
좀 더 걸릴 거야. "

chapter 8

고독한 영혼

다음 날 나는 솔트레이크 시티로 향했다. 내 밴은 컴퓨터와 TV, 옷이 꽉 들어찬 짐 가방, 침구류, 식품 박스 등으로 가득했다. 부모님과 애니, 외할아버지와 외할머니, 제이미 이모와 이모부 필립, 사촌 동생 미첼과 에밀리와는 학교에서 만나기로 했다. 대학측에서는 캠퍼스 내에서도 지은 지 얼마 안 되는 기숙사에 나를 배정했다. 레지던스 홀 4동이라고 부르는 그 건물은 아파트 스타일이었다. 당시에는 레지던스 홀 4동만이 휠체어를 쓸 수 있도록 지어진 기숙사였다. 내 방은 건물 1층에 자리했고, 주방과 거실, 두 개의 욕실을 다른 네 명의 학생들과 함께 쓰도록 되어 있었다. 룸메이트들은 2학년생과 3학년생들이었기 때문에, 일주일 후에나 만날 수 있을 것 같았다. 나는 신입생 오리엔테이션에 참석하려고 한 주 일찍 학교에 도착했던 것이다.

대학 측에서는 부모님에게 오래 머물지 말고 가능하면 빨리 작별 인사를 마치는 편이 좋겠다고 안내했다. 그래야 내가 새로운 환경에 얼른 적응할 수 있을 거라고 간주했기 때문이다. 우리는 서둘러 주변을 정돈했다. 우선 내 옷가지는 옷장과 서랍에 정리해 넣고 컵과 접시, 주방용품은 벽장에 배치했다. 어머니와 제이미 이모, 외할머니가 직접 구운 포티차 쿠키를 챙기는 것도 잊지 않았다. 마지막으로 컴퓨터까지 설치하고 나서 가족들은 내게 행운을 빌어준 다음 떠났다.

가족들이 서둘러 떠나는 게 좋겠다고 권장한 대학 측의 안내는 어릴 적 솔트레이크 시티에서 보낸 짧은 며칠을 떠올리게 했다. 당시 의료진과 간호사들은 부모님이 병원에 머물며 내 곁을 지키도록 허락하지 않았다. 방을 나서는 어머니의 눈에 눈물이 비쳤다. 가족들이 다 나가고 나서 마침내 방문이 닫히자 나는 완전히 혼자가 됐다. 나 역시 눈물이 났다. 외로움과 두려움이 한꺼번에 밀려왔다. 오래전에 나를 덮쳤던 기분 나쁜 허전함도 다시금 찾아들었다. 전화와 TV도 미처 연결되지 않은 터라, 전화로 누군가와 수다를 떨거나 TV를 보며 기분을 전환시킬 수도 없는 노릇이었다. 결국 나는 멍하니 침대에 누워 있다가 일찍 잠자리에 들었다.

그렇게 나는 우울증의 늪에 빠지기 시작했다. 한동안 내 안에 머물던 긍정적 도취감도 갑자기 사라졌다. 마치 가파른 산비탈에서 굴러떨어지는 느낌이었다. 물론 추락하지 않고 매달려 있으려고 안간힘을 써봤지만, 자꾸만 아래로 데굴거리며 떨어질 뿐이었다.

웨스트민스터 칼리지에 도착한 후 며칠이 지나 신입생 전원은 높고 장엄한 유타산맥에서 진행된 환영 피정에 참석했다. 그 자리에서 몇몇 학생들과 어울렸지만, 서로 마음이 통하는 사람은 찾지 못했다. 피정을 마치고 기숙사로 돌아와서는 룸메이트들과 인사를 나눴다. 의외로 놀라웠던 건 그들 중 누구도 다리 없는 내 모습을 보고 멈칫하지 않았다는 점이다. 그저 시간이 지남에 따라 이따금 어떻게 그런 장애를 지니게 되었는지 조금씩 물어올 따름이었다. 룸메이트들은 오히려 수월하게 돌아다니는 내 모습에 감탄을 금치 못했다. 하지만 어쨌건 나는 대부분 혼자 방에서 시간을 보냈다. 우리는 각자 개인적으로 생활하는 편이었기 때문이다.

룸메이트 중 두 명은 농구팀 소속이었는데 기숙사에 거의 모습을 드러내지 않았다. 또 한 명은 이미 약혼한 상태였다. 그는 학기 중간 무렵 기숙사를 떠나 장차 아내가 될 상대와 따로 살림을 차릴 예정이었다. 나머지 룸메이트 한 명은 '그런지 음악grunge music'에 빠져 지냈는데, 늘 주변을 지저분하게 내버려뒀다. 그는 가끔 투덜대듯 "안녕?"이라고 내뱉고는 주로 바깥에서 시간을 보냈다. 중간에 약혼녀와 함께 떠난 농구 선수를 대신해 새로 우리 방에 배치된 룸메이트는 독실한 모르몬교도였다.

대부분의 재학생들은 모르몬교도로 '말일성도 예수 그리스도 교회' 신도였다. 자연히 학생들끼리는 이미 교회에서부터 아는 사이인 경우가 많았다. 또 그중 여러 쌍의 남녀 학생들은 진지한 관계로 발전해 약혼까지 한 상태이거나, 아니면 적어도 교회 내에서 장래의 배우자감을 찾으려는 경우가 여럿이었다. 그러니까 웨스트민스터 칼리지에서의 사교생활이란 데이트와 직결되는 것만 같았다. 하지만 나는 아직 그럴 만한 처지가 아니었다. 언젠가 어머니도 이렇게 말한 적이 있었다.

"스펜서, 넌 다른 사람들이랑은 경우가 좀 다르니까, 너만의 특별한 사람을 만나는 데도 시간이 좀 더 걸릴 거야."

학과 수업도 만만치 않았다. 삼각법에서부터 미국 역사에 이르기까지 읽을 자료와 과제, 시험이 끊이지 않고 이어졌다. 어떤 과목들은 아예 따라가기가 힘들 정도였다. 학교 게시판을 지나치다가 연극반 신입생을 뽑는다거나 캠퍼스 내 공연이 펼쳐진다는 공지를 보기라도 하는 날에는 괜히 풀이 죽었다.

일주일 후 고향 집에 들른 나는 어머니에게 이렇게 투덜대며 말했다.

"도무지 바깥에 나갈 수가 없다니까요. 할 일이 너무 많아요."

열정을 뿜어낼 기회 따위는 아예 차단되고 있었다. 존과 사이가 틀어진 것도 그맘때쯤의 어느 주말이었다. 필립과 존이 벌인 언쟁 문제가 발단이 되었다. 우리의 우정에 돌연 제동이 걸리자 견디기 힘들었다. 고등학교 시절 내내 붙어 다녔던 친한 친구를 잃게 될 판이었으니 충격이 컸다. 마시와는 서서히 멀어져 갔다.

"이봐, 스펜서!"

가을이 한창이던 어느 비 오는 날 오후, 마시가 말을 걸어왔다.

"웨스트민스터 대학은 어떠니?"

하지만 내가 미처 대답하기도 전에 마시는 자신의 근황을 늘어놓기 시작했다. 그동안 참석했던 파티와 새로 알게 된 사람들, 훌륭한 학과 성적 등등. 그게 다였다. 내가 어떻게 지내는지에 관해서 입을 뗄 기회조차 주지 않았다. 그러니까 그동안 어떤 기분으로 생활했는지 마시에게 이야기할 수도 없었다.

나빴던 상황은 결국 최악을 치달았다. 곧 다가온 중간고사에서 나는 C와 D 학점을 받기 시작했다. 전공이었던 컴퓨터과학은 F였다. 화이트마운틴 중학교에 갓 입학했을 때처럼 식사 시간이 오면 온통 낯선 학생들에 둘러싸여 밥을 먹었다. 그리고 그 외 시간에는 철저히 혼자 지냈다. 하지만 중학교 때와 달리 대학에서 찾아든 고독은 몇 개월이 지나도록 내 주변을 서성였다. 정말이지 아무하고도 만나지 않았다. 힘들 때 의지할 가족이나 친한 친구 한 명 없이 홀로 지낸 나날들이었다.

가뜩이나 우울한데다 컴퓨터과학 과목에서 낙제점까지 받은 나는 크리스마스 바로 전 어느 눈 내리는 날, 집으로 차를 몰았다. 록 스프링스에 거의 절반쯤 이르렀을 때 나는 차 안에서 결심을 했다.

'어머니에게 학교를 관두겠다고 말할래. 다음 학기부터 쉬면서 9월에는 다른 대학에 지원해 봐야지.'

물론 어머니는 내 생각에 동의하지 않았다.

"스펜서, 일단 웨스트민스터 대학에서 일 년은 마쳐야 해. 그런 다음에 다른 학교로 바꾸려면 그래도 돼. 그래도 우선은 노력해 봐야 하지 않겠니? 세상 모든 일이 네 입맛대로 착착 진행되는 건 아니란다."

어머니의 말을 제대로 곱씹어 보기도 전에 어머니는 또 한 번 선제골을 날렸다.

"그런데 말이야, 스펜서! 생각해 봤는데, 다음 학기부터는 이렇게 자주 들르지 말거라."

어머니가 그렇게 말한 것도 무리는 아니었다. 그즈음 나는 거의 매주, 아니면 적어도 한 주 걸러 한 주씩은 고향 마을 록 스프링스를 찾았기 때문이다.

"다음 학기에는 한 달에 한 번 정도만 집에 오도록 해. 한번 노력해 보자. 새 친구도 좀 만들고 공부도 더 열심히 해. 네가 정말 원하는 걸 파악하려면 그래야 할 것 같아. 컴퓨터 과목은 과외 선생님을 붙여줄게. 그리고 아예 대학을 옮기기 전에 우선 전공을 바꾸는 것부터 생각해 보렴."

어머니의 말이 이어졌다.

"참, 너무 자신감 없이 풀 죽어 있지 말거라. 그럴수록 친구를 못 사귀니까 말이다."

어머니는 그렇게 덧붙였다. 동정심 가득한 표정으로 언제든 집에 들르라고 말해 줄줄 알았던 만큼 어머니의 단호한 반응은 나를 당황시키기에 충분했다. 하지만 하루하루 지나면서 차츰 어머니의 말이 옳았다는 걸 깨달았다. 늘 그렇듯 어머니는 옳았다.

미주리 주에서 생활하다가 룩 스프링스를 찾은 마시는 크리스마스가 지나고 이틀 후 우리 집에 들렀다. 마시는 우선 내 침대 위로 펄쩍 뛰어들더니 지난번 통화하다 만 부분부터 다시 읊어대기 시작했다. 트루먼 주립대학교에서의 생활이 얼마나 즐거운지에 관해 마시는 쉴 새 없이 이야기를 늘어놓았다. 나는 묵묵히 듣고만 있었다. 마침내 마시가 말을 멈췄을 때 나는 그만 폭발하고 말았다. 나는 거의 소리치듯 내뱉고 말았다.

"마시, 넌 지난번에 내가 대학에서 어떻게 지내는지 물어놓고서 대답할 기회도 안 주는구나. 우리가 매번 이야기를 나눌 때마다 넌 항상 네 이야기만 하고 있어. 난 학교가 너무 싫어. 하나도 재미없어. 친구 하나 사귀지 못한데다 전공과목은 낙제할 판이야. 그런데 넌 아예 신경도 쓰지 않았어!"

말을 마치고 나자 방 안에 침묵이 감돌았다. 마시는 곧 침착하고 조용한 음성으로 대꾸했다.

"이제 친구로 지내고 싶지 않은 거라면 그렇게 알게. 이해해."

몸을 떨던 마시는 금세 눈물을 보였다. 마시가 내 앞에서 운 건 그때가 처음이었다. 그 아이는 항상 내 든든한 버팀목이었다. 나와 존이 잘 지낼 수 있도록 서로를 엮어준 강한 사람이기도 했다. 그런 마시가 우는 걸 보니 머릿속이 하얘졌다.

내 침대에 몇 분 더 앉아 있던 마시는 어느 순간 갑자기 일어나더니 방을 나가버렸다. 그렇게 삼십 분쯤 지나 다시 방으로 돌아온 마시는 이렇게 말했다.

"스펜서, 넌 정말 어른이 다 됐어. 사실 어떻게 대해야 할지 잘 모르겠더라. 그래도 네 마음을 아프게 할 생각은 조금도 없었어. 요즘엔 내가 형편없는 친구였던 것 같구나. 미안해!"

고개를 들어 눈물로 얼룩진 마시의 얼굴을 쳐다보던 나는 가시돋친 말투로 이렇게 내뱉고 말았다.

"나도 알아. 다들 날 떠나버렸어. 어떻게 해볼 도리도 없었단 말이야!"

결국 마시는 그렇게 내 방을 나갔다. 그날은 나도 배웅을 하지 않았다. 물론 잘 가라는 인사도 없었다. 내심 우리 우정도 이제 끝이라고 생각했다.

새해가 지나고 며칠 후, 나는 평생 느껴보지 못한 극심한 외로움을 안고서 솔트레이크 시티로 돌아왔다. 외롭다는 그 느낌은 어릴 적 병원에 입원했을 때 느꼈던 뿌리 깊은 고독과 닮아 있었다. 그 시절에는 어머니를 찾아대며 울다 지쳐 잠이 들곤 했다.

'친구 하나 없는데다 낙제까지 할 지경이야. 이제 어떻게 하면 좋을까?'

나는 혼자 그렇게 자문해 보았다.

내 영혼은 어두운 늪으로 빠져들고 있었다. 앨라니스 모리셋이 노래한 '프레셔스 일루젼'이라는 곡의 가사가 내 기분과 흡사할 듯했다. 어쨌건 나는 훗날 그 곡을 가장 아꼈다.

내 안에 자리한 아름답고 소중한 환상은
어릴 적부터 나를 저버리지 않았지.
그걸 떠나보낸다는 건 애틋한 소꿉동무랑
영영 이별하는 거나 마찬가지일 거야.

가사와 다른 점이 있다면, 바로 내 경우에는 어릴 적부터 가장 친했던 소꿉동무들을 실제로 전부 잃었다는 것이다. 게다가 중학교에 입학할 무렵과 달리, 당시에는 새 친구들이 생길 기미 따위는 보이지 않았다. 새로 시작하는 대학 생활에 좀 더 수월하게 적응할 수 있도록 곁에서 힘을 북돋아줄 친구는 없었다. 내게 남은 거라곤 좋아하는 노래와 수준 이하의 성적뿐이었다.

진학 상담 선생님은 내게 컴퓨터과학 과외 교사를 붙여 주었다. 하지만 어찌 된 일인지 아무리 애써도 교과 내용에 몰두할 수가 없었다.

"그래도 언젠간 머리에 들어오는 날이 있을 거야."

과외 교사 알피는 부드러운 음성으로 참을성 있게 나를 격려했다. 하지만 알피가 말한 그런 일은 벌어지지 않았다. 첫해 1월 한 달 동안 내가 찾아낸 유일한 기쁨은 〈로지 오도넬 쇼〉가 다였다. 오후 세 시가 되면 나는 영락없이 방에 들어와 TV 앞에 죽치고 앉아 시간을 보냈다. 로지가 조안 런든에게 요리를 배우고 톰 크루즈와 시시덕거리며 바바라 스트라이샌드와 함께 노래하는 동안 나는 그렇게 멍하니 TV 속으로 빠져들었다.

마침내 로지 오도넬 쇼의 마지막 회까지 시청한 나는 휠체어를 타고 창문 쪽으로 가서 바깥을 내다봤다. 한겨울인 만큼 날도 빨리 저물었다. 밝은 색 스카프를 두른 여학생 둘과 빨강머리 남학생 한 명이 눈싸움을 하는 게 보였다. 순간 머리카락이 빨간 존과 마시, 그리고 록 스프링스 고향 마을에서 우리가 눈싸움을 하던 시절이 떠올랐다. 어느새 나는 앨라니스가 불렀던 '프레셔스 일루전'을 다시 흥얼대고 있었다. 그런데 어쩐 일인지 자꾸만 한 구절을 되뇌는 나를 발견했다.

'마냥 바깥에서만 그걸 찾으려 했지….'

"맞아, 바로 그거야. 여정에 나선 영웅들도 우선 자기 내면을 살펴야 하는 법이지."

나는 혼자 중얼거렸다. 나는 휠체어를 굴려 컴퓨터 앞으로 갔다. 그리고 곧장 영웅의 길에 대해 조셉 캠벨이 언급한 내용을 찾아 웹사이트를 검색하기 시작했다. 한 웹사이트에는 영웅이 거치는 단계들이 요약되어 있었다. 그중 첫 단계는 바로 '여정의 부름'이었다. 그 대목을 확인하는 순간 치어리더팀에 가입한 것과 뉴욕으로 여행을 떠난 건 전부 여정의 부름이었다는 걸 깨달았다.

"아, 이런!"

나머지 단계들에 대한 설명까지 읽어 내려가던 나는 크게 탄식을 내뱉었다.

"나는 한창 영웅의 길 정중앙에 들어와 있구나."

웹사이트 내용을 읽는 데 너무 몰두한 나머지 그날 저녁에는 식사 시간도 완전히 놓쳐버렸다. 자정쯤에 이르러서야 나는 컴퓨터를 끄고 침대에 누웠다. 그리고 이제까지 내가 걸어온 길에 대해 곰곰이 생각해 봤다.

나는 캠벨이 말한 '부름의 부정'과 '침잠의 변천' 단계에 와 있었던 것이다. 가령 나는 내가 연극을 하고 싶어 한다는 사실을 잘 알고 있었다. 사람들을 즐겁게 해주는 게 좋았다. 하지만 우울증에 빠진 탓에 교내에서 상연되는 연극 공연조차 보려 들지 않았다. 부름을 부정했던 것이다. 잠시 앞을 가로막는 장애물 따위에 발목을 붙잡힌 채….

'침잠의 변천' 단계는 영웅의 여정 중에서도 주변 세상과 자아를 넘나드는 시점이다. 내 경우에는 록 스프링스의 안락하고 보호받던 삶에서 벗어나 자기 자신은 물론 행복까지 책임져야 하는 상태로 넘어온 셈이었다. 늘 그랬듯 역시 어머니 말씀이 옳았다. 더 이상 풀 죽어 지내지 말아야 했다. 내 꿈을 좇아 지금의 상황과 싸워 이겨내야 할 때였다. 한 가지 작은 문제점이 있다면, 그건 내 주변이 온통 내가 원하지 않았던 것들로 가득하다는 것이었다.

잠들기 전 나는 열심히 머리를 굴렸다. 지나간 기억을 되살려 진심으로 평온했던 순간들을 그러모은 다음 몇 번이고 같은 질문을 반복했다.

'이 생에서 내게 주어진 소명은 과연 뭘까? 내가 부름 받은 여정은 어떤 길일까?'

속 시원한 해답이 떠오른 건 아니었지만, 적어도 그동안 느꼈던 두려움을 직시하며 나 자신의 내면을 돌아볼 수 있는 시간이었다.

마침내 영웅이 여정의 흐름에 자신을 온전히 내맡기면, 그 순간 마법 같은 일이 벌어지기 시작한다. 캠벨은 이 단계를 '초자연적 조력' 상태라고 불렀다. 우리를 인도하는 이러한 힘은 당장 처음에는 보이지 않는다. 나 역시 지금에 와서야 나를 능가하는 그 어떤 존재가 오래전부터 작용했음을 이해할 수 있다. 그리고 차츰 마음을 비우고 진정으로 홀로 지내는 법을 터득하다 보니, 그제야 하나둘씩 사람들도 내 주변에 모여들기 시작했다. 요즘은 그런 고마운 사람들을 '나의 천사'라고 부르곤 한다.

우선 마시의 전화부터 날아들었다.

"안녕, 친구! 너, 어떻게 지내니?"

잔뜩 주눅 든 마시가 먼저 말을 건넸다.

그때는 나도 굳이 발뺌하지 않고 같이 마음을 열었다. 비록 긴 시간은 아니었지만, 우리는 잠시나마 대화를 이어갔다. 마시는 내 행복을 빌어줬고 내가 얼른 새 친구들을 사귀게 되길 바랐다.

얼마 지나지 않아 나는 코린이라는 3학년생을 만났다. 2학기부터는 내가 잘할 수 있는 과목을 수강하기로 마음먹은 터라, 9, 10학년 때 배운 적이 있는 스페인어 강좌를 신청해 뒀었다. 코린과는 카페테리아에서 처음 인사를 나눴다. 당시 우리는 둘 다 식판을 든 채 줄을 서 있었고, 나는 스페인어 교재를 팔에 낀 상태였다.

"올라! 꼬모 에스따스?"

코린은 내 교재를 곁눈질해가며 인사를 건넸다. 함께 샐러드를 먹으면서 우리는 스페인어로 대화를 나눴다. 스페인어는 코린의 전공이기도 했다.

식사를 마친 코린은 자리에서 일어서다가 이렇게 말했다.

"친구랑 금요일 저녁마다 라틴 댄스를 추러 가. 너도 같이 갈래?"

물론 대환영이었다.

'기숙사 밖으로 나갈 수만 있다면 어디라도 가겠어.'

나는 속으로 그렇게 생각했다.

코린과 함께한 시간은 즐거웠다. 스페인어를 비롯해 메렝게와 리키 마틴, 케사디야스, 살사에 이르기까지 우리는 둘 다 라틴 문화에 끌렸고, 바로 그런 공통점 때문에 서로 더 빨리 친해질 수 있었다. 코린과 나는 매달 한 번 정도 라틴 클럽에 다니기 시작했다. 나로서는 잠깐씩이나마 캠퍼스를 벗어나 즐길 수 있는 좋은 기회였다.

나이트클럽에 갈 때면 으레 휠체어를 타긴 했지만, 일단 춤을 추기 시작하면 양손을 이용했다. 정신없이 복잡한 장소였던 만큼 친구들은 종종 춤을 추는 내 주변을 빙 둘러쌌다. 몸집이 작았던 만큼 친구들은 다른 손님들이 나를 밟고 지나가지나 않을까 늘 전전긍긍했다. 그래서 나는 주로 무대 중앙에서 친구들에게 둘러싸여 살사나 플라멩코의 돌리는 춤 동작을 양손으로 선보였다. 나이트클럽에서 내게 제재를 가하는 사람은 없었다. 사실 사람들은 그런 곳에서 춤추는 나를 꽤 감탄스럽게 바라보는 듯했다. 커플 댄스라는 비장의 카드도 공개하지 않았는데 말이다.

그러던 중 또 다른 천사가 등장했다. 어느 날 저녁 카페테리아에서 혼자 저녁을 먹고 돌아와 컴퓨터를 켜보니 댄이라는 사람에게서 이메일이 한 통 와 있었다. 알고 보니 댄은 나보다 한 살 위였는데, 그 역시 록 스프링스 출신이었다. 게다가 〈더 뮤직 맨〉이라는 공연 작품에 나와 함께 출연한 적도 있었고, 합창단 활동도 몇 번 같이 했다고 했다. 키가 크고 다부진 댄은 오페라 스타가 되는 게 꿈이었다. 그는 메트로폴리탄 극장에서 〈세빌리아의 이발사〉의 피가로 파트나 베르디의 〈리골레토〉에 등장하는 '여자의 마음' 같은 곡을 부르고 싶어 했다. 어쨌건 댄은 이메일에서 자신도 힘든 시기를 겪는 중이라고 밝히면서 상점과 건설 현장에서 받는 낮은 임금에 대해서도 언급했다.
그리고 볼드체로 이렇게 써둔 문장이 눈에 들어왔다.

'그런데 나도 지금 솔트레이크 시티에 있어. 일 년 전쯤 이사 왔는데, 너도 여기 있다는 얘길 들었어. 우리 언제 한번 만나자.'

정확히 이틀 후 댄은 기숙사로 나를 찾아왔다. 댄이 잠깐 내 컴퓨터를 쓴 다음 우리는 기숙사 건물 지하로 내려가 당구와 탁구를 치며 시간을 보냈다. 그날을 계기로 우리는 가끔 같이 영화를 보러 다녔다. 자연히 내 외로움도 덜해지기 시작했다.

그러다 우연히 한때 열정적으로 좇았던 꿈을 다시 접하게 되었다. 같은 수업을 듣던 에린이라는 여학생은 과거에 내가 치어리더로 활동한 걸 알고 있었다. 짙은 색 머리카락이 두드러진 에린은 어느 날 내게 이렇게 말했다.

"너, 우리랑 같이 해보는 게 어때?"

에린이 말한 건 다름 아니라 아침마다 교내 댄스 스튜디오에 모여 춤을 익히는 그룹 이야기였다. 당시 웨스트민스터 칼리지는 농구팀을 비롯한 스포츠 프로그램을 막 육성하기 시작한 단계였다. 에린과 친구들도 하프타임이 시작되기 전과 그 중간에 춤을 선보일 댄스팀을 구성한 터였다. 에린이 댄스팀에 대해서 설명하기 시작했다.

"우리는 말이지, 뭐랄까…. 우리는 이제 막 시작하는 팀이야. 아직 완전히 틀이 잡히진 않았어. 그렇지만 네가 팀에 들어와 준다면 참 좋을 것 같아."

어디선가 나를 필요로 한다는 건 기분 좋은 일이었다. 나는 흔쾌히 대답했다.

"그래, 한번 해보자."

바로 다음 날부터 약 한 달가량 나는 매일 아침 여섯 시에 일어났다. 그리고 곧장 파자마에 운동복 상의를 차려입고 야구 모자를 쓴 채 댄스 스튜디오로 향했다. 그토록 이른 아침부터 연습하러 나온 다른 용감한 학생들과 더불어 나는 윌 스미스의 '와일드 와일드 웨스트' 주제곡에 맞춰 기본 동작들을 익혔다. 난생처음 치어리더 팀원이 되어 연습했을 때와 마찬가지로 웨스트민스터 칼리지의 댄서들도 내가 끼어든 게 마냥 즐거운 모양이었다. 그들은 기꺼이 나를 팀의 일원으로 받아들였다. 우리는 다 함께 웃으며 점점 친해져 갔다. 이른 아침부터 한데 모여 한마음으로 최선을 다했던 것이다!

한 달 후 우리는 드디어 농구 코트에 나갈 만반의 준비를 마쳤다. 댄스 공연은 성공적이었다. 하지만 문제는 관객이 부족하다는 것이었다. 당시 웨스트민스터 칼리지에서 스포츠는 꽤 생소한 개념이어서 스탠드에는 관중이 거의 없었다. 황량한 체육관에 댄스 음악이 공허하게 울려 퍼졌다.

이후 얼마 지나지 않아 나는 댄스팀을 관뒀다. 학과 수업을 따라가야 했기 때문에 어쩔 수 없는 일이긴 했지만, 크게 낙담할 일은 아니었다. 댄서로 활동했던 한 달간 충분히 즐거웠을 뿐 아니라, 그러한 경험을 계기로 공연예술에 대한 변함없는 내 열정을 확인할 수 있었기 때문이다. 또 그동안 내가 창조력이 요구되는 그런 종류의 활동을 얼마나 그리워했는지 새삼 깨닫게 되었다. 댄스 공연을 할 때면 예전 치어리더 활동을 할 때처럼 양손을 사용했다. 그 느낌이 정말 좋았고, 록 스프링스 시절에 치어리더팀 활동을 통해 느꼈던 소속감과 목적의식도 한동안 다시 나를 감쌌다. 몇 달간 댄스에 전념하며 매 순간을 즐겼다. 하지만 궁극적으로 댄스는 내 열정에 불을 지피지 못했다. 무엇보다 당시에는 더 중요하게 생각해야 할 것들이 눈앞에 버티고 있었다. 바로 기말고사였다.

그랬다. 교과 과정은 충분히 벅찼다. 너무 힘들었던 나머지 나중에는 스페인어와 사진 과목처럼 비교적 성적이 좋은 수업부터 따라잡을 요량으로 컴퓨터과학 수업을 빼먹기 시작했다. 기말고사가 성큼 다가온 시점에서 나는 컴퓨터과학 시험에 참여하지 않기로 마음먹었다. 진학 상담 선생님은 내가 시험을 포기한다면 사실상 그 과목에서 낙제점을 받을 뿐 아니라, 장학금 혜택도 끊길 거라고 했다. 하지만 되돌리기에는 이미 늦은 셈이었다. 컴퓨터과학 시험에서 A를 받는다 해도 낙제를 면할 길은 없었다.

기말고사에 임하지 않겠다는 것과 그에 따른 결과를 설명했더니 어머니는 꽤 안타까워했다.

"실망스럽긴 하지만, 일이 그렇게 될 거라면 하는 수 없지 않겠니!"

어머니는 그렇게 말을 마무리 지었다.

마시 역시 내 기분을 치켜세워 주려고 애쓰는 눈치였다.

"그거 아주 고약하게 됐구나. GPA 점수를 높이긴 어렵겠지만, 그래도 네가 하고 싶은 걸 해야 되지 않겠어?"

어느덧 격주로 나누게 된 전화 통화 중에 마시는 그렇게 말했다. 그러더니 곧 LA로 건너가서 연기에 도전해 보라고 격려하기 시작했다. 밤이 되어 침실에 홀로 남겨지자, 쓰디쓴 고통의 순간이 찾아들었다. 온몸이 떨리고 호흡도 불안정했다. 폭발할 것만 같았다. 난생처음 낙제란 걸 하고 만 것이다. 이전에는 단 한 번도 없었던 일인데다 남의 탓을 할 수도 없는 누릇이었기에 기분이 더 나빴다. 이제 남의 도움을 받아야만 뭐든 해낼 수 있을 거라는 식의 말도 안 되는 잡념들이 머릿속을 맴돌았다. 반드시 내 힘으로 성공할 수 있다는 걸 너무도 간절히 증명하고 싶었지만, 결국 장학금까지 몰수될 지경에 이르고 말았다. 한때 병원에 홀로 남겨졌던 날들이 떠올랐다. 외롭긴 마찬가지였지만, 그렇다고 해서 어릴 때처럼 부모님이 달려와 나를 데려갈 일은 없을 터였다. 나는 철저히 혼자 남겨진 것이다. 실패를 맛보고 낙담했지만, 암흑기는 그리 오래가지 않았다.

여름방학 동안 상공회의소 산하 관광안내 센터에서 일할 계획으로 록 스프링스에 돌아가려던 찰나, 또 한 번 마법 같은 일이 벌어졌다. 내가 컴퓨터과학 과목에서 낙제했다는 소식을 전해들은 태미 이모가 곧장 내게 전화를 걸어왔다. 그리고 애리조나 주립대학교에 매스미디어라는 학위 프로그램이 있다고 알려줬다.

"그 과정에는 연극, 저널리즘, 저술, 방송이 전부 포함되어 있어. 웨스트민스터 대학에도 그런 코스가 있는지 한번 알아보는 게 어때?"

이모가 그렇게 물었다.

그렇다고 해서 애리조나 주립대학교로 옮기기에는 늦은 시점이었다. 적어도 일 년은 더 웨스트민스터 칼리지에 남아 있어야 했다. 그러니까 새 전공을 물색하는 수밖에 없었다.

이튿날 나는 상담실을 찾아가 태미 이모가 알려준 내용과 애리조나 주립대학교에서 운영하는 프로그램에 대해 이야기했다. 담당 직원은 웨스트민스터 칼리지에 매스미디어라는 프로그램은 없지만, 대신 커뮤니케이션이라는 학위 프로그램은 있다고 설명했다. 그 프로그램에도 매스미디어 과정에서 수강할 수 있는 과목과 비슷한 내용이 포함되어 있었다. 직원은 노트북을 열어 커뮤니케이션 프로그램의 요건을 검토하기 시작했다. 그런 다음 요건에 부합하는 학점과 내 점수를 비교하는 듯했다.

내 엄지손가락에 힘이 들어갔다. 직원은 간간이 얼굴을 찌푸렸다. 나는 이제 다 틀렸다고 생각했다. 긴 침묵이 흐른 후 직원이 마침내 입을 열었다.

"학생은 자격이 되는 것 같아요. 긴장했죠? 충분히 자격이 되니까 걱정하지 말아요."

직원은 윙크를 하며 짓궂게 말했다. 저절로 미소가 번졌다.

나는 상담 직원과 함께 가을학기부터 이수할 만한 과목들을 살피기 시작했다. 미디어 저술, 레이아웃, 디자인, 마케팅, 광고 등의 다양한 과목이 눈에 들어왔다.

"아, 그리고 선택과목도 들을 수 있어요. 가령 연극 같은 과목 말이죠!"

직원이 환하게 웃으며 덧붙였다.

"설마요!" 들뜬 나는 거의 외치듯 내뱉었다.

"정말이에요." 직원이 웃음을 터뜨렸다.

기숙사가 상담실이 있는 건물 반대쪽 끝에 자리하지 않았더라면, 아마 나는 양손으로 펄쩍펄쩍 뛰어서 내 방까지 갔을 것이다. 일이 잘 풀리는 정도가 아니라 그야말로 최고였다. 기숙사 방에 들어서자마자 나는 어머니와 제이미 이모에게 전화를 걸어 좀 전에 들은 반가운 소식을 알렸다. 통화 중에 제이미 이모는 이런 말을 남겼다.

"스펜서, 너한테 정말 미안하구나. 난 컴퓨터과학이 네게 꼭 맞을 줄 알았지 뭐야. 그때는 그저 네가 휠체어로 책상까지만 가면 수월하게 공부하고 일할 수 있을 거라고 생각했어. 하지만 내 생각이 완전히 틀렸어. 넌 늘 사람들에게 둘러싸여 그들과 소통하는 걸 좋아했지. 책상처럼 좁은 공간에 갇혀 지낼 타입이 전혀 아닌데 말이야. 커뮤니케이션이라면 네 적성과 꼭 맞아떨어질 것 같아."

얼마 후 나는 여름방학을 맞아 밴에 한가득 짐을 싣고 집으로 향했다. 돌이켜보면 대학 신입생으로 지낸 지난 일 년은 유익한 시간이었다. 물론 나도 알고 있다. 따지고 보면 벼랑 끝에 앉은 양 위태로운 상황인데, 어떻게 그토록 긍정적일 수만 있느냐고 묻지 않겠는가? 하지만 1학년 내내 나는 주어진 상황에 나를 내맡기는 법을 터득했을 뿐 아니라 혼자만의 시간을 갖는 것도 괜찮다는 걸 배웠다. 또 순리에 나를 맡기면 정확히 내가 원했던 걸 얻지 못할 수 있겠지만, 그 순간 필요한 건 얻게 된다는 것도 깨달았다. 새 친구들을 만났을 때도 그랬고 태미 이모를 통해 내게 맞는 프로그램을 찾게 된 것도 그랬다. 결국 이 모든 과정을 계기로 나 자신이 어떤 사람인지 더 잘 파악할 수 있게 된 셈이다. 눈부신 햇살을 받으며 록 스프링스로 차를 몰면서 나는 장래의 내 모습을 그려보기 시작했다. TV 방송국 아나운서가 될 수도 있고 〈모닝 탑 40 쇼〉 같은 라디오 프로그램의 진행자가 될지도 모르는 일이었다. 결국 커뮤니케이션은 내 직업에 관한 어머니의 바람과도 완벽하게 일치하는 과목이었다. 어머니는 늘 연극이 아니면서도 내가 진심으로 즐길 수 있는 과목을 전공하기 바랐으니까 말이다.

그해 여름 나는 부모님과 애니와 함께 오두막집에 가서 몇 주를 보냈다. 어느 수요일, 어머니는 초대할 사람이 있는지 물었다.

"애니가 친구를 데려온대. 너도 한 명 초대하는 게 어때?"

초대할 만한 사람이 퍼뜩 떠오르지 않았다. 필립은 주말에도 근무해야 했다. 마시는 여름 내내 캔자스 시티에서 머문다고 했었다. 분명 록 스프링스에 있을 존도 생각나긴 했지만, 그때까지도 우리는 여전히 화해하지 않은 상태였다.

아마 삼십여 분 정도 전화기를 뚫어져라 쳐다봤던 것 같다. 나는 마침내 용기를 내어 수화기를 들었다.

"존, 나 스펜서야." 내가 입을 열었다.

"어, 안녕!" 존이 대답했다.

놀람과 충격이 그의 목소리에 고스란히 묻어났다.

"있잖아, 이번 주말에 오두막집에 갈 건데 말이야. 너도 올래?"

내가 존에게 물었다. 수화기 너머로 잠시 침묵이 흐르더니 존이 그러겠다고 대답했다.

정작 둘이서 다시 만나고 보니 예전의 친근했던 감정이 그대로 살아났다. 우리는 전처럼 할아버지의 모터보트 뒤에 매달려 튜브를 탔고, 4륜 바이크를 타고 산길을 휘젓고 다녔다. 밤에는 애니와 그 친구들을 다락방으로 불러모아 귀신 이야기를 늘어놓았다. 여자아이들이 잠자리에 들고 나서 존은 와이오밍 대학교가 자리한 래러미 시의 근황을 이야기하기 시작했다.

"매튜 셰퍼드를 죽인 피의자의 재판이 있던 날, 온 시내에 긴장이 감돌았어. 살인자 중 한 사람은 유죄를 시인했고, 나머지 하나는 유죄가 선고되었지. 그런데 매튜의 부친은 사형 선고를 철회시켜 달라고 요청했어. 정말 안 믿기지 않아? 그 사람은 아마 이렇게 말했던 것 같아. '당신은 내 아들을 죽게 내버려뒀지만, 난 당신을 살려주겠어. 그래서 추수감사절과 크리스마스, 생일이 돌아올 때마다 당신이 앗아간 한 생명을 떠올렸으면 해. 그래, 난 당신을 살려주는 거야.' 정확히 뭐라고 했는지도 잘 모르겠어."

존은 한숨을 내쉬고는 베개에 기대 누웠다.

"스펜서, 너도 알다시피 난 게이야."

존은 마침내 스스로 입을 열었다.

"그래서인지 매튜 셰퍼드 재판 기간 중에 래러미 시에 머물면서 정말 힘들었어. 우선 내 안으로 깊숙이 들어가 내 모습을 확인한 다음 나라는 사람의 기원에 관해서 찬찬히 살펴봤어. 밑도 끝도 없는 그런 증오로부터 나 자신을 지키려고 말이야. 난 이제 내가 자랑스러워."

"나도 네가 자랑스럽단다."

나는 가만히 속삭였다. 실제로 나는 내 친구가 자랑스러웠다.

개인적으로 그해 대부분을 혼자서 지내긴 했지만, 존과 함께했던 주말 동안 그 역시 그때까지 자신의 영혼을 찾아 헤맸다는 걸 알게 되었다. 존도 자신만의 여정에 홀로 나섰던 것이다. 그해는 가장 고통스러웠던 시간이기도 했지만, 결국은 제일 보람된 기간으로 기억할 수 있게 되었다. 존이 그랬던 것처럼 그해는 나도 나 자신을 더 깊이 파악할 수 있었다. 무엇보다 내 친구들의 참모습을 발견한 시간이었다.

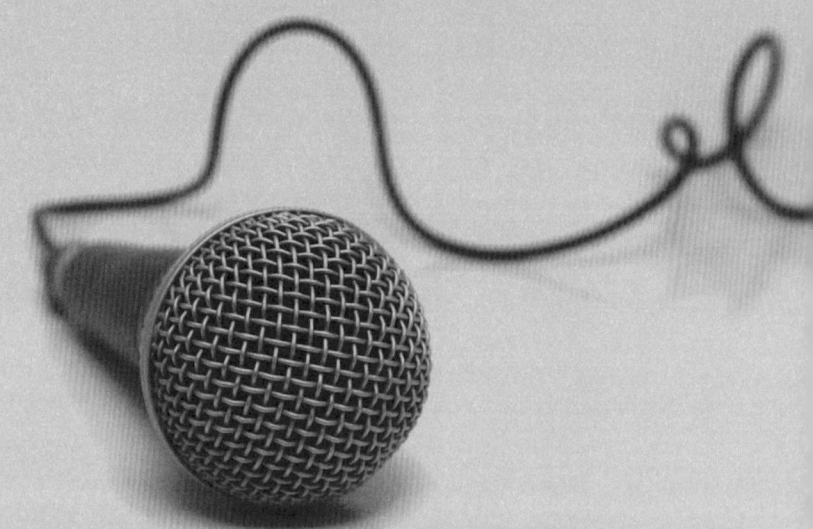

❝ 전 꽤 따분한 사람이랍니다.
뉴스에 나온다고 해도
사람들이 제 이야기에
관심을 보일 것 같진 않네요. **❞**

chapter 9

뜻밖의 인연

일 년 전과 달리 나는 훨씬 느긋한 마음으로 2학년을 맞이할 수 있었다. 다시 기숙사에 머물게 되었지만, 이번에는 직접 룸메이트를 선택할 권한이 주어졌다. 새 룸메이트로는 우선 코린의 친한 친구 릭이 있었다. 그리고 연극 프로그램 수강생이자 기숙사에서 우리 층 대표를 맡은 던도 있었다. 우리는 하나같이 뮤지컬을 좋아하는 등 서로 성격이 비슷했다. 자연히 함께 모일 때마다 흥겨운 시간을 보냈다. 2학년에 들어서는 성적도 훌륭했다. 모든 강의에 애착을 느꼈던 만큼 그해 중간고사에서는 고등학교 시절의 성적 수준까지 회복했다. 대부분의 과목에서 A 학점과 B 학점을 받은 것이다. 그제야 다시금 제대로 숨을 쉬게 된 느낌이었다. 그렇게 중간고사 기간이 지나고 학과 일정을 능숙하게 소화할 수 있게 되자, 남는 시간에 뭔가 다른 일을 해보고 싶어졌다.

나는 열네 살 때부터 용돈을 벌어 썼다. 처음에는 외할머니의 부동산 에이전시에서 서류부터 관리하기 시작했었다. 부수입으로 멋진 옷을 사 입을 때면 늘 즐거웠다. 나는 주저 없이 파트타임 일거리를 알아보기로 했다.

우선 하루 저녁 내내 이력서를 썼다. 어느 월요일, 수업 중간에 잠시 짬을 내어 쇼핑몰을 찾은 나는 솔트레이크 시티 내에서도 인기 있는 의류 매장 몇 곳에 지원서를 제출했다. 그중에는 '올드 네이비' 매장도 있었다. 하지만 그날 이후 지원한 매장 중 어느 곳에서도 연락을 받지 못했다. 그래서 몇 군데 매장에 전화를 걸어 메시지를 남겼지만, 그것만으로는 부족해 재차 연락을 취했다. 결국 올드 네이비 매장을 두 번 방문해서 지원서 통과 여부를 물어본 끝에야 매장의 채용 담당 매니저로부터 전화가 왔다. 늦가을의 어느 저녁이었다.

"인터뷰하러 오실 수 있겠어요? 한시적으로 근무할 직원을 뽑고 있거든요."

올드 네이비 매장에서 내가 맡은 일은 의류 판매와 계산, 피팅룸 관리였다. 나는 가장 바쁜 시기에 매장에서 채용한 추가 인력팀에 속했다. 그러니까 11월 말에 있을 추수감사절과 연이어 찾아올 크리스마스 쇼핑 시즌에 대비해 11월 중순부터 일을 시작했다. 내 근무 시간은 평일 저녁 시간대와 주말로 배치되었다. 나는 매주 세 번씩 솔트레이크 시티의 비와 눈을 뚫고 올드 네이비 매장이 자리한 쇼핑몰로 밴을 몰았다. 덕분에 영화 관람 등의 과외 활동비를 전부 충당할 만큼 부수입을 올릴 수 있었다. 그해 크리스마스에는 올드 네이비 옷을 사서 가족들에게 선물로 죽 돌렸다. 이 방법 역시 어느 정도 생활비를 줄이는 데 도움이 됐다.

마감 타임은 하루 중 제일 신나는 시간이었다. 출입문을 닫아걸고 나면 전 직원이 뒤에 남아 업무를 마감했다. 어떤 때는 마감할 때까지 한 시간씩 걸릴 때도 있었다. 우리는 으레 크게 음악을 틀어둔 채 옷을 개키고 노래를 따라 불렀다. 어느 날 저녁, 티나 터너의 '프라우드 메리'라는 곡이 울려 퍼지는 가운데 제시카라는 젊은 여직원과 내가 목청껏 노래를 불러대고 있었다. 나는 계산대 부근에서 춤 동작을 흉내냈다.

"솜씨가 아주 좋은데? 무대에서 공연해 볼 생각은 없어?"

레슬리라는 매장 매니저가 다가오더니 대뜸 이렇게 말을 건넸다.

나는 그녀 옆으로 휠체어를 굴려 다가갔다. 우리는 둘 다 운동복 상의를 개키던 중이었다. 그때부터 나는 레슬리에게 내 공연 이력을 전부 털어놓기 시작했다. 대화가 막바지에 이르자 그녀는 이렇게 말했다.

"있잖아, 전남편 롤랜드랑 나는 전문 무용수 겸 안무가로 활동하고 있어. 지난번에는 시외에서 촬영한 〈풋 루즈〉라는 영화에서 안무를 담당하기도 했어. 요즘 롤랜드가 솔트레이크 커뮤니티 칼리지에서 〈노, 노, 나네트〉 안무를 진행하는 중인데, 무용을 맡아줄 청년이 급하게 필요한 모양이야. 거기 한번 들러보는 게 어때?"

나는 신이 나 어쩔 줄 몰라 하면서 대답했다.

"네! 그럴게요! 어디로 가면 돼요? 언제요? 당장에라도 갈게요!"

레슬리는 웃으며 공연팀의 연습장 주소를 대충 흘려 적더니 내게 건넸다.

"네가 관심 있어 한다고 롤랜드에게 말해 둘게."

레슬리에게 들은 대로 롤랜드는 노래할 수 있는 남자 배우가 딸려 고민 중이었다. 그래서인지 나는 굳이 오디션을 거치지 않아도 좋았다. 아무리 그렇다 해도 〈노, 노, 나네트〉는 댄스 동작이 많이 가미된 뮤지컬이었다. 물론 6학년 때 앰버와 함께 춤을 춘 경험이 있긴 했다. 또 고등학교 시절 참여한 작품 〈더 뮤직 맨〉에서는 단원들이 부르는 노래에 맞춰 휠체어를 탄 채 빙글빙글 돌며 춤을 춘 적도 있었다. 하지만 무엇보다 〈노, 노, 나네트〉에는 탭 댄스를 추는 장면이 섞여 있었다. 그런데 놀랍게도 롤랜드는 한 치의 망설임도 없이 내게 휠체어에서 내려오라고 했다. 그러더니 내 휠체어에 앉아 다른 남자 단원들과 노래를 불렀다. 더욱이 무용 단원들이 탭 댄스를 시작하자 거기에 맞춰 휠체어 바퀴로 바닥을 쳐가며 춤을 췄다.

〈노, 노, 나네트〉는 본래 1925년 영국 런던에서 최초로 막을 올린 작품이다. 협박과 음모가 드리워진 이야기 속에서 나네트라는 한 여성은 필사적으로 자유를 갈구하며 자신을 찾으려고 애쓴다. 또 애틀랜틱 시티의 한 작은 집을 배경으로 세 커플이 등장하기도 한다. 이 작품은 극 중에 등장하는 '티 포 투'라는 노래로 더 유명하다. 어쨌건 공연 감독은 내게 대사를 부여했고, 롤랜드는 춤추는 법을 가르쳐 주었다. 댄스 장면 중에는 휠체어에 탄 채 캉캉 춤을 추고 구식 수영복 차림으로 마루운동을 하는 부분도 포함되어 있었다.

〈노, 노, 나네트〉는 내가 최초로 참여한 전문 공연이었다. 정말이지 나는 쉴 새 없이 연습에 매진했다. 밴을 몰고 올드 네이비로 출근하는 도중에, 잠자리에 들기 전 혼자 있을 때, 심지어 댄과의 식사 자리에서도 공연 때 부를 곡을 연습했다. 그즈음 댄 역시 한창 자신의 꿈을 좇느라 여념이 없었다. 그는 '유타 오페라 컴퍼니' 사에 합격했고 우리는 서로를 응원했다.

〈노, 노, 나네트〉는 내가 참여한 여러 활동 중에서도 가장 특별한 경험 중 하나였다. 롤랜드를 비롯한 단원들과는 가족처럼 친해졌다. 그들은 솔트레이크 시티의 가족이 된 셈이다. 바로 그해 여름, 두 번째로 전문 공연에 참여할 기회가 찾아왔다. 야외 연극 작품인 〈헬로, 돌리!〉의 바네비 터커 역할을 맡아달라는 제의가 들어온 것이다. 그렇게 나는 분주한 시간을 보냈다.

크리스마스 휴가가 끝나고 레슬리는 물론 올드 네이비 매장의 관리팀 직원들도 내게 계속 남아달라고 했다. 한시적으로 고용됐던 나는 그렇게 영구 파트타임 직원으로 뽑혀 대학을 졸업할 때까지 그곳에서 근무했다. 2002년 1월의 어느 눈 내리던 날, 또 다른 한 명의 천사가 매장으로 걸어 들어왔다. 느긋한 걸음걸이로 등장한 그는 무비스타처럼 내 삶에 등장했다.

당시 리드 코완은 솔트레이크 시티 ABC 방송 계열사인 ABC4 방송국에서 아침 프로그램 진행을 맡고 있었다. 내 근무일이었던 그날, 그는 두 살 난 아들 웨슬리의 청바지를 사러 올드 네이비 매장에 들렀다. 매장을 둘러보던 리드는 자신의 바지도 살펴볼 요량으로 내 구역을 어슬렁댔다.

끼고 있던 헤드폰으로 부지배인의 지시사항이 접수되었다. 밥 말리의 '선 이즈 샤이닝'이라는 곡이 매장을 가득 메운 가운데, 나는 리드가 찾는 사이즈를 찾아 탈의실까지 그와 동행했다. 그런 다음 그가 고른 청바지를 계산대로 가져간 뒤 리드와 악수를 나눴다. 그리고 곧장 다른 고객 쪽으로 발길을 돌렸다.

당시에는 내가 솔트레이크 시티 최고의 유명인을 상대했다는 걸

꿈에도 몰랐다. 리드가 매장을 떠난 뒤 동료 한 명이 재빨리 다가오더니 이렇게 물었다.

"방금 누구였는지 알아?"

그녀는 놀라움을 감출 수 없다는 듯 양손으로 입을 가리는 시늉을 하며 질문했다.

"아니, 잘 모르겠어. 브래드 피트라도 돼?"

나는 유명인을 보고 어쩔 줄 몰라 하는 그녀를 바라보며 대답했다.

그녀는 웃음을 지어 보이며 설명했다.

"아냐, 그 사람은 제일 잘생긴 뉴스 진행자야. 리드 코완 말이야! 여러 번 상도 탔어. 아~! 정말 멋져!"

"아, 그렇군." 나는 재미있어하며 대답했다.

이틀 후 레슬리는 종이 한 장을 내게 건넸다. 리드가 나를 만나려고 매장에 다시 들렀다 남긴 메모였다.

"그 사람이 이걸 네게 전해 주랬어."

레슬리가 흥얼대듯 말했다. 메모는 이랬다.

안녕하세요, 스펜서 씨!

전 ABC4 방송국에서 근무하고 있습니다.

시간 나실 때 방송국으로 연락 주세요. 다시 한 번 뵙고 싶군요.

– 리드 올림

리드에게 전화를 걸어 내가 처음 던진 말은 이랬다.

"아무래도 사람을 착각하신 것 같은데요. 저를 다시 만나자고 하신 게 맞아요? 올드 네이비 매장에 있는 다른 직원이 아니고요?"

리드는 너털웃음을 터뜨리더니 자초지종을 설명해도 되겠느냐고 물었다.

"그럼요, 얼마든지요." 나는 흔쾌히 응했다.

리드는 자신이 우리 매장에 처음 들어선 그날 종일 기분이 언짢았다고 했다.

"마침 그쪽으로 시선이 갔는데, 당신이 가볍게 휠체어에서 뛰어내리더군요. 올드 네이비 직원용 헤드폰을 끼고 얼굴 한가득 미소를 머금은 채로 말이죠. 주변이 다 밝아지는 느낌이었답니다. 당신은 판매대 이쪽저쪽을 돌아다니면서 청바지와 티셔츠를 꺼내 제 품에 안겼어요. 마냥 우울하기만 한 날이었는데 한순간에 기분이 바뀌더군요. 그날은 기분이 너무 가라앉아서 인생의 좌표마저 잃은 것 같았지요. 내게 닥친 문제가 세상 고민의 전부인 것처럼 여겨졌어요. 그런데 당신을 본 거예요. 손으로 걸어다니며 활달하게 근무하는 당신을요. 힘든 상황에도 불구하고 밝은 모습으로 생활하는 당신은 어떤 어려움도 극복할 수 있을 것 같아 보였답니다. 생각이 확 트이는 순간이었죠. 그래서 말인데, TV 뉴스에 당신 이야기를 넣어보고 싶어요."

그런 이야기를 듣고 어떻게 안 하겠다고 거절할 수 있겠는가?

며칠 후 리드와 나는 다시 만남을 가졌다. 그맘때쯤 나는 기숙사에서 나와 다른 곳으로 이사를 했다. 신입생 때 한 해 동안 혼자 지냈던 게 몸에 밴 탓에, 2학년 중반쯤 따로 집을 얻어 나와 살기로 마음먹은 것이다. 우리가 다시 만난 날, 나는 내가 빌린 작은 아파트를 리드에게 보여주었다. 그 아파트는 솔트레이크 시티의 중심부에 자리했다. 리드와 주방에 자리 잡고 앉은 나는 그동안 살아온 이야기를 들려줬다.

내 이야기를 듣고 난 리드는 신이 난 듯했다.

"게다가 당신은 깔끔하기까지 하네요. 아파트가 아주 잘 정돈돼 있어요."

나는 웃으며 설명했다.

"아, 아니에요. 외할머니가 청소부를 보내주셨어요. 한 달에 한 번씩 온답니다."

그리고 이렇게 덧붙였다.

"전 꽤 따분한 사람이랍니다. 뉴스에 나온다고 해도 사람들이 제 이야기에 관심을 보일 것 같진 않네요."

"제 생각은 다른걸요."

리드는 나를 똑바로 응시했다. 반대쪽 다리에 힘을 옮겨 실은 그가 곧 말을 이었다.

"아직 그쪽을 잘 모르긴 하지만, 그래도 전 직관력이 꽤 좋은 편이랍니다. 당장 떠오르는 건 세 가지예요. 우선 당신 이야기를 다룬 TV쇼를 기획해서 사람들에게 감동을 줄 겁니다. 우리는 좋은, 아니 아주 잘 맞는 친구가 될 거예요. 그리고 두고 보세요. 당신은 동기부여 연설가가 될 테니까요."

"글쎄요. 무대에서 공연은 할 수도 있어요. 하지만 누가 나 같은 사람의 이야기를 듣고 싶어 할까요? 전 그다지 풀어놓을 이야기가 없는걸요."

물론 과거에 치어리더 활동이나 연극을 통해 사람들에게 놀라움을 선사한 적은 있었다. 다들 다리 없는 사람이 그런 일들을 해내리라곤 생각지도 않았던 것이다. 하지만 그런 반응에는 이미 익숙해진 터였다.

"한번 지켜보자고요."

그렇게 말한 리드는 곧 자리를 떴다. 하지만 얼마 지나지 않아 리드는 촬영팀을 대동하고 다시 등장했다. 카메라는 종일 나를 따라다녔다.

2002년 늦봄의 어느 날 아침, ABC 방송국 4번 채널에서는 '역경을 넘어서다'라는 타이틀로 내 이야기를 다뤘다. 리드의 부탁으로 어머니는 갓난아기 시절부터 찍어둔 내 사진들을 방송국 측에 제공했다.

"아픈 만큼 더 크게 성장한다는 말이 있지요."

내레이션을 맡은 리드가 입을 뗐다.

"그는 거추장스러운 돌부리를 발판으로 바꿔놓았습니다. 늘 내면의 소리에 귀 기울이세요. 삶이 우리를 힘들게 할수록 당당하게 고개를 들어봅시다."

방송 분량이 끝난 후 리드는 스튜디오로 나와 공동 진행자 옆에 앉아 있던 내 쪽으로 마이크를 돌렸다. 몇 가지 질문을 던진 리드는 내가 직접 다음 프로그램을 소개하도록 했다.

"곧이어 '굿 모닝 유타'가 방송됩니다…."

나중에 리드와 단둘이 있을 때 나는 방송국에 학생 인턴십 제도가 있는지 물었다.

"그럼요, 물론이죠." 그가 대답했다.

내 이야기가 방송을 탄 후 얼마 지나지 않아 리드는 나를 방송국 스튜디오로 초대해서 디스크자키를 비롯한 라디오 스텝들을 소개했다. 나는 그렇게 난생처음 방송국에서 근무하게 되었다. 라디오 방송국 인턴이었던 나는 공익 광고문을 작성하고 상장이 들어 있는 진열장을 정리했다.

그러다 나중에는 TV쇼 〈굿 띵즈 유타〉 팀의 인턴으로 자리를 옮겼다. 당시 나는 조연출 업무를 담당했는데, 한마디로 아주 부지런을 떨어야 하는 자리였다. 휠체어를 타는 불편한 몸이라고 해서 다른 인턴들과 다르게 대우받기는 싫었다. 요리 프로그램을 촬영할 때는 무대에 차려진 식기들을 주방으로 가져다가 방송 중간 중간 깨끗이 씻었다. 그럴 때면 조리대로 올라가 냄비와 팬을 열심히 문질러댔다. 또 방문객들의 편의를 돌보는 역할도 맡았다. 가령 손님들에게 물과 커피, 차, 쿠키 등이 제대로 돌아갔는지 확인하고 방송국 투어를 시켜주기도 했다.

그렇게 시간이 흐르는 사이 리드와 나는 좋은 친구 사이로 발전했다. 이전에 그가 예측한 대로 말이다. 리드는 내게 훌륭한 멘토이기도 했다. 그는 기회가 닿을 때마다 언젠가 내가 스타가 될 거라고 입버릇처럼 되뇌었다. 그것도 나 자신만이 아닌 남들에게 귀감이 되는 그런 사람이 될 거라고 했다.

2학년 한 해 동안 나는 선택 과목으로 두 개의 연극 과목을 수강한데다 〈노, 노, 나네트〉와 〈헬로, 돌리!〉라는 작품에서 배역을 맡아 출연하기도 했다. 그렇게 일 년을 보내고 자신감이 생긴 나는 당시 연극학과장이었던 미첼과 니나 부부를 찾아가 연극부에 가입시켜 달라고 부탁했다. 처음으로 맡았던 비중 있는 역할은 토니 커쉬너의 작품 〈더 일루젼〉에 등장하는 인물이었는데, 마치 골룸을 연상시키는 배역이었다. 연기를 내뿜는 기계가 안개를 만들어내면 내가 그 사이를 뚫고 느릿느릿 기어 나왔다. 또 미첼이 고안해낸 죽마에 올라타면 실제보다 훨씬 더 몸집이 커 보이고 마치 다리가 있는 것 같은 착각을 불러일으켰다.

교내 공연이나 연습이 없을 때면 커뮤니케이션 코스에 전념하면서 저널리스트식 글쓰기를 배웠다. 결국 나는 유타에서 벌어지는 일이라면 누구보다 재빨리 연합통신사AP에 버금갈 만한 소식으로 탈바꿈시켜 냈다. 알고 보니 기삿거리는 넘쳐났다. 한 번은 내가 3학년 때였는데 솔트레이크 시티에서 동계 올림픽이 개최되었다. 직접 경기를 본 적은 없었지만, 올드 네이비 매장에서 아파트로 돌아가는 길에 매번 올림픽 성화 봉송대를 지나쳤다. 그리고 그때마다 온몸에 전율이 느껴졌다.

'세계적인 무대에 서다니, 정말이지 일생일대의 경험일 거야!'

나는 그렇게 속으로 가만히 되뇌었다.

4학년이 되어서도, 그리고 웨스트민스터 칼리지에서 보낸 마지막 한 해 동안에도 나는 계속 올드 네이비 매장에서 근무했다. 그때쯤 내 성적은 죄다 A 아니면 B학점을 기록하고 있었다. 동시에 ABC 방송국 인턴일도 계속했다. 하지만 그때까지도 졸업 후 뭘 할지에 대해서는 깊이 생각해 보지 않고 있었다.

연말쯤 되자 당시 연극부 코치였던 니나와 미첼이 연극반 졸업생들을 불러 모아 일대일 면담을 하기 시작했다. 두 사람은 주로 학생들 각자가 전문 연극인으로 발전할 가능성이 있는지 정확히 이야기해 주었다. 사실을 미화시킨다거나 돌려서 말하는 일은 없었다. 내 차례가 되자 미첼이 먼저 말을 꺼냈다.

"스펜서, 난 네가 배우로서 자질이 있다고 생각해. 물론 쉽지 않은 길일 거야. 한동안 단역만 여러 개 맡을 수도 있어. 하지만 훌륭한 조연으로 자리를 굳히는 것도 나쁘지 않아."

조연이라는 말도 어감이 꽤 괜찮았다. 하지만 아무리 그래도 스타는 될 수 없었다.

마침내 니나가 결론을 내렸다.

"우리가 보기에는 말이야, 넌 연극을 직업으로 삼아도 될 것 같아. 그것도 아주 흥미로운 직업이 되겠지. 하지만 그게 다야."

나는 마른침을 삼켰다. 두 사람 중 누구도 내가 스타감이라고 장담하지 않았다. 하지만 그렇다 해도 이전까지 그 누구도 내가 연극에 재능이 있다고 인정해 준 적이 없었다. 아파트로 돌아온 나는 이제 어떻게 할 것인지 대책을 궁리하기 시작했다. 마시는 여전히 내가 LA로 건너가 배우에 도전해 봐야 한다고 설득하는 중이었다. 리드는 줄곧 동기부여 연설가로 활동해 보라고 나를 추켜세우고 있었다. 한편 나 자신은 라디오나 TV 방송인이 될 수 있을 것 같았다. 하지만 과연 어디서 시작한단 말인가?

우선 솔트레이크 시티에 남아 있고 싶지는 않았다. 또 LA는 지역이 너무 큰데다 연고도 없었다. 그렇다고 해서 록 스프링스로 돌아가긴 싫었다. 하지만 태미 이모를 떠올리자 곧 답이 보였다. 애리조나! 나는 늘 피닉스에 가서 태미 이모와 다이애나 이모 만나는 걸 좋아했다. 솔트레이크 시티나 록 스프링스에 비해 그곳은 색다른 사람들이나 신개념을 더 너그럽게 받아들이는 도시였다. 온화하고 건조한 기후도 마음에 들고 그곳에 있으면 왠지 정서적으로 충만해지는 느낌이었다.

'그래, 애리조나야!'

나는 그렇게 결심했다. 우선 지역 극단에 들어간 다음 TV 방송국에서도 일하면 될 것 같았다.

"게다가 LA랑 가까우니까 전업 배우로 활동하게 되더라도 더 수월할 거야."

마시에게도 그렇게 이야기해 두었다.

나는 우수한 성적으로 웨스트민스터 칼리지를 졸업했다. ABC 인턴십 경력 덕택에 이력서를 작성할 때도 당당했고, 리드를 비롯한 ABC 스텝들이 손수 작성해 준 값진 추천서도 확보해 둔 터였다. 정말이지 못해 낼 일이 없을 것 같았다. 나는 고등학교 시절 난생처음 뉴욕으로 향했을 때와 비슷한 기분에 휩싸였다.

2003년 여름에는 드디어 내 푸른색 밴을 팔고 위풍당당한 쉐보레

트레일블레이저를 샀다. 내가 애지중지한 두 번째 자동차였다. 차를 구입한 다음에는 브레이크와 액셀러레이터를 손으로 조종할 수 있도록 하는 금속 장치를 설치했다. 8월이 오자 부모님은 이사업체를 고용해 솔트레이크 시티에서 피닉스까지 내 짐을 옮겼다. 우리 가족은 다 함께 차로 움직였다. 우리는 우선 한 주 동안 태미 이모네 집에 머무르기로 했다. 그런 다음 이사를 진행할 예정이었다. 새 보금자리인 아파트는 다이애나 이모네와 같은 단지에 자리했다. 짐 정리를 마치는 대로 부모님은 비행기로 돌아갈 참이었다.

피닉스를 160km 정도 남겨뒀을 때 문득 그런 생각이 들었다. 다시 이사를 하게 되었지만, 솔트레이크 시티에 처음 왔을 때와는 다른 느낌이었다. 애리조나를 생각하면 마냥 신이 나고 열정이 솟구쳐 올랐던 것이다. 뜨거운 공기는 마치 최고 온도로 맞춰진 헤어드라이어 바람처럼 내 얼굴을 덮쳤다. 어디선가 오렌지 꽃향기가 날아왔다. 피닉스의 도로가는 온통 야자수로 가득해서 미국이 아닌 남아메리카 어디쯤인 듯한 착각이 들었다.

"엔칠라다! 토르띠아! 여기 내가 왔다!"

나는 아버지 옆에서 그렇게 외쳤다. 사실 멕시코에 인접한 애리조나는 오리지널 멕시코 요리들로 넘쳐났다. 내가 생활할 아담한 원 베드룸 아파트가 있는 단지 한가운데는 수영장도 있었다. 이사를 마친 후 태미 이모와 나는 행동 작전을 짰다. 이모는 이틀 휴가까지 내고 나를 태워 TV 방송국 몇 곳을 돌아다녔다. 제일 먼저 들른 곳은 ABC 계열사로, 취직 가능성이 가장 높을 것 같았다.

방송국에 도착한 나는 여기저기 브리지가 들어간 금발머리를 한 리셉셔니스트에게 다가가 채용 담당 매니저를 만날 수 있느냐고 물어보았다.

"이력서를 두고 가세요."

리셉셔니스트는 밝은 자홍색 매니큐어를 칠한 긴 손톱으로 데스크를 두드리며 태연하게 말했다.

"정말 매니저와 면담 약속을 잡을 순 없나요? 전 솔트레이크 시티 ABC 방송국에서도 일한 적이 있어요. 추천서도 가지고 왔답니다."

나는 그렇게 설명했다.

"아, 잘됐네요!"

그렇게 대답한 그녀는 전화벨이 울리자, 곧장 전화를 받았다. 전화를 건 누군가에게 "안녕하세요?"라고 말한 뒤 수화기를 손으로 가린 그녀가 이렇게 말했다.

"당신 말고도 여기 들르는 스물두 살 먹은 청년들은 저마다 아주 인상 깊은 이력서를 들고 온답니다. 하지만 채용을 결정하는 건 제가 아니에요. 채용 담당 매니저 쪽에서 연락이 갈 테니 돌아가서 기다리세요. 그럼 안녕히 가세요."

금세 어깨가 축 내려앉았다. 생각했던 것보다 더 힘들 수 있겠다는 생각이 스쳤다. 아니나 다를까 다른 방송국들을 찾았을 때도 비슷한 반응이 돌아왔다. 한 달가량은 올드 네이비에서 근무하며 모아둔 돈으로 생활했다. 수영장에서 헤엄을 치고 파히타스를 먹어대며 느긋하게 지낸 나날들이었다. 물론 그 와중에도 반경 80km 이내에 자리한 라디오 및 TV 방송국 여러 곳에 팩스와 이메일, 우편으로 이력서를 보냈다. 하지만 어느 방송국에서도 연락이 오지 않았다. 지역 신문사 역시 마찬가지였다.

상황이 그 지경에 이르자 더 이상 앉아서 기다릴 수만은 없었다. 일단 일을 해야 했던 나는 자존심을 잠시 접어둔 채 다시 상점가를 찾았다. 한동안 '타깃' 매장의 전자기기 코너에서 일한 다음에는 취업알선소에서 단기 행정직으로 근무했다. 또 신흥 온라인 제약 회사에서도 잠시 일한 적이 있다. 하지만 콜센터 업무만큼은 나와 잘 맞지 않았던 탓에, 3주 만에 그만뒀다. 어쨌건 정규직이 필요했다. 무엇보다 즐겁게 일할 수 있는 업무면 좋을 것 같았다.

그렇게 한 달이 지난 어느 날 아침, 크랜베리 주스를 마시며 신문의 광고면을 훑어보는데 구인광고 하나가 눈에 들어왔다. '돌체 살롱 & 스파'라는 미용실에서 리셉셔니스트를 모집하고 있었던 것이다. 쇼핑몰에 들를 때마다 눈여겨봐둔 터라 그 미용실이 낯설지 않았다. 나는 당장 지원해 보기로 마음먹었다. 일주일 후 나는 새 직장으로 향했다.

돌체 미용실 원장은 브랜디라는 이십대 젊은 여성으로 애리조나 사교계에서 유명인사였다. 붉은색의 부드러운 머리카락을 한쪽 옆으로 몰아 빗어 넘긴 그녀는 첫날 내가 해야 할 일들을 일러 주었다. 내가 맡은 기본 업무는 고객들의 전화에 응대하고 예약을 잡는 일이었다. 그런 종류의 콜센터 업무라면 충분히 소화할 수 있어서 좋았다. 예약이 잡힌 고객들에게는 한 번 더 전화를 걸어 일정을 알려주면서 다음번 예약을 미리 잡도록 안내하는 일도 담당했다.

돌체 미용실은 항상 고객들로 붐볐다. 그도 그럴 것이 돌체에서는 비단 머리 손질뿐 아니라 피닉스 시티 어디에서도 찾아보기 어려운 최신 미용 및 스파 관리 시스템과 제품을 갖추고 있었기 때문이다. 일 년 후 브랜디는 미용실 한 군데를 인수하기로 했다. 그와 동시에 따로 마련한 예약 센터로 나를 재배치하고 스텝 한 명을 붙여주었다. 훗날 스텝은 열 명으로 불어났다.

돌체에서 일하면서 알게 된 사실은 스텝을 훈련시키고 관리하는 일이 정말 흥미롭다는 것이었다. 누군가 나를 필요로 한다는 건 기분 좋은 느낌이었다. 그리고 그런 느낌은 피닉스에서 맞이한 첫 크리스마스를 계기로 더 강해졌다. 외사촌 보니가 동물애호협회를 통해 내게 강아지 한 마리를 선물했던 것이다. 근무가 없던 어느 오후, 보니와 나는 동물 보호소로 향했다. 초콜릿색 점이 있는 하얀색 비글과 눈이 마주치는 순간 나는 단박에 그 강아지가 좋아졌다. 강아지의 이름은 데이지였다. 보호소 직원은 별실로 우리를 안내한 뒤 강아지를 가까이서 보고 싶은지 물었다.

"네, 그렇게 해주세요."

나는 애가 타서 직원을 재촉했다. 우리 셋이 있는 방으로 들어온 일곱 살 난 데이지는 처음엔 다리까지 떨었지만, 나랑 눈이 마주치자 곧장 내 쪽으로 걸어왔다. 내가 휠체어에서 바닥으로 내려오자 데이지는 내 품으로 달려와 안긴 채 얼굴을 핥아대더니, 결국엔 나를 뒤로 쓰러뜨리기까지 했다. 그렇게 해서 데이지는 내 룸메이트가 되었다. 우리는 잠도 같이 잤다. 데이지는 거의 밤새도록 따스한 자신의 몸을 내게 붙이고 있길 좋아했다.

데이지를 보호하고 지켜주고 싶었던 것처럼 직장의 내 스텝들 역시 소중한 존재들이었다. 하지만 막무가내로 불평을 늘어놓는 고객들만큼은 내 마음을 사지 못했다. 가령 정수기가 마음에 들지 않는다고 툴툴대는 고객이 있는가 하면, 금발 브리지가 충분히 밝게 나오지 않았다며 계산을 거부하는 사람도 있었다. 그러면 결국 담당 스타일리스트가 해당 고객이 만족할 때까지 머리를 다시 만져주곤 했다. 나로서는 그저 그들의 의견을 최대한 참을성 있게 듣고 불만사항을 처리하는 수밖에 없었다.

동생 애니가 다니던 대학에서 방학을 맞아 애리조나로 나를 찾아왔을 무렵 브랜디는 세 번째로 인수할 미용실에 눈독을 들이고 있었다. 애니는 예약 센터에서 내 스텝으로 함께 근무했다. 애니와 같이 일하는 건 즐거웠다. 특히 그레그라는 스텝이 끼면 더 재미있었다. 그는 아시아와 멕시코 혈통이 반씩 섞인 청년으로, 늘 묵직해 보이는 금은 반지와 목걸이를 착용했다. 또 빳빳한 버튼다운 셔츠와 실크 넥타이를 즐겼다. 그레그는 좀 지나치다 싶을 정도로 꾸미는 걸 좋아했다.

한 가지 안타까웠던 점은 그 업계에 만연한 험담 문화였다. 정말이지 하루도 누군가에 대한 소문이 돌지 않는 날이 없었다. 누가 누구와 사귀고, 누구는 가슴 확대 수술을 받았으며, 또 누구의 머리카락은 쥐색과 꼭 닮았다는 둥, 누구는 바람을 피우는 것 같다는 둥 소문은 끝도 없이 들려왔다. 나는 종종 수다를 떠는 자리에 끼어들어 잠자코 듣고 있다가 내 의견도 내놓곤 했다. 당시 나는 전 지점을 통틀어 인사 업무도 담당했기 때문에, 스텝들의 불만사항과 문제점도 관리하고 있었다. 물론 고객 관리 업무도 늘 병행해야 했다.

끝없이 들이닥치는 사소한 불만들을 처리하다 보니 어느덧 나 자신은 없어지고 점점 우울해지는 느낌이 들었다. 또 그런 문제가 아니라 하더라도, 단순히 봉급을 받고 물질적으로 풍요로워지는 걸 떠나 좀 더 의미 있는 삶을 살아보고 싶어졌다. 이 사회는 우리가 '무언가'를 가질수록 더 완전한 삶을 살게 될 것처럼 분위기를 조성하지만, 물질이 내게 행복을 가져다주진 않았다. 마치 여태 사회가 나를 속인 것만 같았다.

그 무렵 나는 존과 함께 집을 빌려 생활하고 있었다. 존은 당시 피닉스의 한 디자인 쇼룸에서 근무했다. 이따금 심술궂은 고객들을 상대하느라 녹초가 된 날에는 저녁에 퇴근하고 들어오는 존에게도 "안녕!"이라고 퉁명스럽게 한마디 내뱉고 말 때가 있었다. 그럴 때마다 우리는 뒤뜰에 자리한 수영장으로 향했고, 나는 긴장이 풀어질 때까지 마냥 물에 떠 있길 즐겼다. 존과 내가 하늘을 바라보며 드러누워 물 위를 떠다니는 동안 데이지와 존의 강아지 로코는 수영장 가장자리에 머리를 대고 엎드려 우리를 지켜봤다. 어떨 땐 다들 몇 시간씩 그러고 있을 때도 있었다.

그맘때쯤 나는 뭔가 다른 일을 시도해 봐야겠다고 생각하는 중이었다. 하지만 어디에서부터 무엇을 시작해야 할지 도무지 감이 오지 않았다. 하루는 여느 때처럼 수영장을 둥둥 떠다니다가 존에게 내 고민을 털어놓았다. 존은 침착하게 대답했다.

"스펜서, 이전에도 이런 경우는 있었을 거야. 그때도 지금처럼 마냥 우울했고 어떻게 방향을 잡아야 할지 몰랐겠지. 그때마다 어떻게 그 위기를 넘겼었니?"

어릴 적 수술 후 난생처음 홀로 병원에 남겨졌을 때가 떠올랐다. 처음으로 아이들에게 놀림을 받았을 때가 떠올랐다. 중학교에 갓 입학해서 친구 하나 없이 지냈던 때도 떠올랐다. 대학 1학년 때 겪었던 혼돈의 시기도 떠올랐다.

"그냥 상황에 나를 내맡겼었지."

마침내 나는 존의 물음에 대답했다. 그리고 곧장 큰 소리로 이렇게 덧붙였다.

"맞아! 바로 그거야!"

그렇게 하는 것이야말로 그때부터 배워야 할, 아니 다시금 익혀야 할 교훈인 듯했다. 그랬다. 마음을 비우고 상황에 나를 맡겨야 했다. 대학 신입생 시절에는 혼자 시간을 보내는 법을 터득했었다. 이번에는 내가 나아가야 할 길을 찾고 비전과 나 자신에 대해 솔직해지는 법을 알아내야 했다. 무엇이 됐든 그 힘에 나를 맡긴 채 전진하는 일만 남은 것 같았다. 내 여정은 계속되어야 했던 것이다. 그렇게 마음먹은 후 얼마 지나지 않아 리드가 전화를 걸어왔다. 그는 대뜸 케냐에 갈 생각이 있느냐고 물었다.

66 네가 마음이
원하는 길을 간다면
엄마는 기쁘단다. **99**

chapter 10

프리더칠드런과의 만남

나이로비 조모 케냐타 국제공항의 세관원에게 여권을 돌려받은 나는 휠체어를 몰아 리드 쪽으로 다가갔다. 발길을 재촉하는 도중에도 아까 잠시 머릿속을 맴돌았던 그 음성을 떠올렸다.

'당신이 여기에 온 다른 이유가 있어요. 반드시 답을 찾게 될 거에요. 아프리카는 우리 자신을 되돌아보게 하는 곳이니까요.'

줄곧 생각에 열중하다 보니 처음에는 리드가 말을 건네는 소리도 듣지 못했다.

"듣고 있는 거야? 드디어 도착했다고!"

의아스럽다는 시선을 보내며 리드가 물었다.

나는 머리를 흔들어 생각을 떨친 뒤 고개를 끄덕여 보였다.

"아, 미안해. 잠깐 생각에 빠져 있었나봐."

우리는 짐 찾는 곳으로 걸음을 옮겼다.

"케냐까지 오다니! 런던은 정말이지 정신이 없더군."

리드가 말을 이었다. 경유지인 런던 히스로 공항에서 벌어진 해프닝을 가리키는 거였다. 우선 탑승 게이트를 지키던 담당자들이 내가 탑승하려 할 때마다 괜스레 유난을 떨었던 탓에, 우리 둘은 지붕 없는 골프 카트를 타고 이동했었다. 공항에서 자주 맞닥뜨리는 이 카트들은 대개 완전히 비어 있거나 아니면 머리를 온통 보라색으로 물들인 할머니와 대머리 할아버지들을 가득 싣고 지나다닌다. 나중에 리드는 내 쪽으로 고개를 돌리더니 이렇게 말했다.

"하, 이건 완전히 개인 에스코트군. 다음번에도 이걸 이용하자고. 유명인인 척하면서 말이야."

우리는 런던에서 한 시간 동안 대기했다. 금발로 염색한, 체구가 큰 한 여성은 자신이 모는 카트로 우리를 태워다 주겠다고 했다.

"길을 잃을 수도 있잖아요."

그러더니 그녀는 리드에게도 이렇게 귀띔했다.

"아무래도 제가 태워드리는 게 좋을 것 같네요. 그래야 친구 분께서도 안전할 테니까요."

리드는 뒷좌석에 기대앉아 지나가는 사람들에게 손을 흔들어댔다. 의외로 많은 사람들이 손짓으로 화답했다. 아무리 운동복 바지 차림이었지만 리드의 외모는 마치 영화배우처럼 준수했기 때문이었다. 희끗희끗한 머리에 가무잡잡하게 탄 피부, 새하얀 이가 돋보인 리드는 검은 선글라스를 착용한 차림이었다. 나는 그가 마이애미 시장이라고 사람들에게 소리치기 시작했다. 사실 리드 옆에 있으면 놀라울 정도로 편안해져서 가끔은 평소에 안 하던 행동까지 하게 된다. 당시에도 아마 그래서 그랬던 것 같다.

여덟 시간의 비행 끝에 우리는 케냐에 당도했다. 짐 찾는 구역에서 잠시 벗어나 두리번거리던 리드는 곧 자신의 동료들을 알아보고 다가가 끌어안았다. 바로 그레그와 그의 여동생 알로나였다. 우리는 전부 프리더칠드런 단체에서 두 군데의 학교 건설을 지원하기 위해 파견된 인력들이었다. 리드는 북미 지역에서 모금 운동을 벌여 필요한 공급 물자 확보에 도움을 주었다.

수하물 컨베이어에서 짐이 나오길 기다리며 대기하는 동안 세관에서 있었던 일을 다시 한 번 떠올렸다. 세관원이 그토록 뚫어지게 나를 응시한 그 순간에 대해서 말이다. 그러자 머릿속에서 울렸던 그 음성이 다시금 들리는 듯했다.

'당신이 여기에 온 다른 이유가 있어요. 반드시 답을 찾게 될 거예요. 아프리카는 우리 자신을 되돌아보게 하는 곳이니까요.'

'나도 답을 알고 싶어. 여기까지 오게 된 참된 이유가 뭔지 말이야.' 나는 가만히 그렇게 생각했다.

이후 이틀 동안은 너무도 바쁜 나머지 머릿속 질문에 대한 답을 생각할 겨를이 없었다. 나이로비 시내 호텔에 도착한 후 최우선 과제는 잠을 보충하는 일이었다. 나는 베개에 머리를 대자마자 잠에 빠졌다.

다음 날은 아침부터 속이 불편했다. 뒤늦게 깨달은 사실이지만, 매일 아침 먹는 콘플레이크는 뜨거운 우유와는 잘 맞지 않았다. 그레그의 가족들과 혼잡한 나이로비 거리로 나서고부터는 메스꺼움이 더 심해졌다. 덜컹대는 랜드로버 뒷좌석에 앉은 탓에 줄곧 이쪽저쪽으로 몸이 부딪혔다. 도로를 이리저리 헤집고 다니는 오토바이들은 연신 시커먼 연기를 뿜어댔다. 자전거에 탄 사람들은 너무 가까이 붙는 택시들을 향해 주먹을 쥐어 보였다. 시선을 돌리는 곳마다 케냐의 여인들이 눈에 들어왔다. 빨간색, 노란색, 파란색, 흰색, 주황색 옷을 걸친 그녀들은 머리에 버드나무 바구니를 이고서도 등에는 나뭇짐을 지고 다녔다.

그날 우리의 목적지는 나이로비 외곽에 자리한 코끼리 보호구역이었다. 한적하고 도로가 잘 다듬어진 고향 마을 록 스프링스에서라면 차로 삼십 분 정도 걸렸을 법한 거리였지만, 케냐에서는 두 시간씩이나 소요되었다. 또 케냐의 도로는 움푹 팬 구멍들로 가득한데다 먼지도 많이 일었다. 마침내 목적지인 보호구역에 들어서서 SUV에서 내리자 숨이 턱턱 막혔다. 또 몇 차례 위경련이 일어난 터라 긴장한 상태였다. 비단 아침에 잘못 먹은 뜨뜻미지근한 우유 때문만이 아니었다. 케냐의 문화가 녹아든 광경들과 독특한 냄새, 다채로움에 압도된 나는 어안이 벙벙했다. 마치 감각기관에 과부하가 걸린 듯한 느낌이었다. 순간 나는 뒤돌아서서 그대로 돌아가고 싶어졌다. 내게 익숙한 집으로 말이다!

'대체 아프리카에서 뭘 하고 있는 거야?'

나는 속으로 그렇게 자문했다. 그러다 문득 위를 올려다봤다. 긴 속눈썹을 껌뻑이며 몽롱한 눈으로 나를 바라보는 새끼 코끼리 한 마리가 눈에 들어왔다. 코끼리의 두 눈은 "넌 도대체 누구니?" 라고 묻는 듯했다.

어릴 적 나는 코끼리 봉제 인형을 거의 끼고 살았다. 갓난아기 정도 크기에 회색빛이 감돌고 부드러웠던 그 인형을 나는 덤보라고 불러대며 잘 때도 같이 침대로 데려갔다. 어머니와 장을 보러 갈 때도, 그리고 파인데일의 숲 속 오두막집에 갈 때도 나는 덤보를 손에서 놓지 않았다. 또 덤보에게 수영과 낚시, 스케이트보드도 가르쳤다. 어릴 적 병원에서 홀로 밤을 보내며 괴로워했던 순간에도 덤보는 내 곁을 지켰다.

나중에 속을 채우고 있던 빨간 천 조각들이 삐져나오자, 어머니는 손수 덤보를 기워 주었다. 결국 덤보가 너무 낡아버리자, 부드럽던 털은 거칠어지고 박음질된 실 색깔도 희미하게 바랬다. 마침내는 귀까지 떨어지고 말았다. 그래도 덤보는 줄곧 내 베스트프렌드였다. 고등학교 시절까지도 덤보는 책장 위에 걸터앉아 수학, 영어 숙제와 씨름하는 나를 지켜봐주곤 했다.

케냐에서 보낸 둘째 날, 나는 살아 숨 쉬는 실제 덤보의 두 눈을 들여다보고 있었다. 그동안의 아픔과 고통이 눈 녹듯 사라지는 순간이었다. 나는 손을 뻗어 그 생명체의 한쪽 귀를 만져보았다. 그러자 코끼리는 머리를 흔들며 제자리에서 한 번 돌더니 뒤로 한 걸음 물러섰다. 그 바람에 등에 덮인 빨갛고 파란 담요 조각이 양 옆으로 펄럭였다.

코끼리 보호구역은 코끼리와 코뿔소들의 고아원 같은 곳이었다. 데이비드 쉘드릭과 그의 아내 다프네가 설립한 이 보호구역은 역시 이 부부가 세운 사보 동부 국립공원 내에 자리했다. 어미 잃은 코끼리 새끼들은 정상적으로 어미 곁에서 생활하는 기간에 맞춰 보호구역에서 보살핌을 받다가 다시 야생으로 돌아가게 된다. 하지만 대부분의 동물들은 좀처럼 사보 국립공원 밖으로 벗어나지 않는다고 한다.

처음 나를 반겨줄 때 그 모습이 예전의 덤보 인형과 너무도 닮았던 그 아기 코끼리는 곧 자기네 무리 속으로 사라졌다. 무리를 이룬 코끼리 중 다른 녀석들의 등에도 아기 코끼리와 같은 담요가

덮여 있었다. 케냐에 우기가 찾아들어 밤에 기온이 많이 내려가는 날들이 계속되면 수많은 아기 코끼리들이 폐렴으로 사망한다고 했다. 우리가 방문했을 때도 우기가 절정이었다. 한낮으로 접어들자 두꺼운 회색 구름이 군청색 하늘을 뒤덮었다.

코끼리 보호구역을 둘러본 후 우리는 다음 행선지인 기린 보호구역으로 향했다. 떠나기 전에 나는 혼자 가만히 앉아 키 큰 아카시아 나무 옆에서 풀을 뜯는 아기 코뿔소를 바라보았다. 그러자 마음속 깊은 곳에서부터 뭔가 요동치는 것 같았다. 마치 그때까지 찾아 헤매던 해답이 서서히 모습을 드러내는 듯한 느낌이었다.

랑가타에 자리한 기린 보호구역은 멸종 위기에 처한 로스차일드 기린을 보호할 목적으로 1979년 베티와 잭 레슬리 멜빌 부부가 설립했다. 기린 보호구역 내의 특징적인 구조물 중 하나는 바로 큰 나무 요새처럼 보이는 전망대였다. 나는 휠체어를 팽개쳐두고 전망대 위로 올라갔다. 나무 요새 위에 다다르자 기린들을 둘러싼 작은 울타리가 보였다. 기린들은 긴 목을 빼고 나를 관찰했다. 해치지 않는다는 걸 알아채고 안심한 기린들은 곧 나를 향해 입을 벌려댔다. 나는 작은 알갱이로 된 먹이를 기린 입속에 넣어 주었다. 사실 알갱이 하나를 입술 사이에 물고 있으면 기린이 와서 내 얼굴을 핥은 다음 입에 있는 먹이를 곧바로 가져갈 수도 있었다. 하지만 알로나 앞에서 길게 침을 늘어뜨리는 기린을 본 다음에는 그렇게 해보고 싶은 마음이 싹 가셨다. 뭐, 어쨌건 신사라면 첫 데이트 때 키스를 하지 않는 법이니까!

그날 리드와 그레그는 보호구역 방문에 동참하지 않았다. 그 둘은 케냐를 배경으로 하는 다큐멘터리 영화를 찍느라 바빴기 때문이었다. 그 무렵 리드는 솔트레이크 시티의 ABC 방송국을 나와 마이애미 WSVN 소속으로 근무하던 중이었다. 그는 2007년도에 마이애미로 옮겨가기 전부터 이미 프리더칠드런 측의 아프리카 학교 건설 프로젝트를 지원하며 모금 운동을 시작했었다. 2007년도에 이르러 리드는 케냐로 날아가 학교 건설에 처음으로 동참했다. 2008년 봄에도 다시 케냐로 돌아가 또 다른 학교를 완공하기로 일정이 잡혀 있었다. 그러니까 리드가 내게 전화를 걸어온 건 2007년 크리스마스 휴가를 코앞에 둔 시점이었다. 당시 나는 와이오밍에서 화이트 크리스마스를 맞을 요량으로 피닉스를 떠날 채비를 하고 있었다.

리드가 방송 진행자답게 멋진 음성으로 말을 꺼냈다.

"생각해 봤는데 말이지…. 우리랑 같이 케냐에 가자. 슬럼프에서 빠져나오는 데도 도움이 될 거야."

처음에는 그의 제안을 거절했다. 우선 항공료를 지불할 돈도 부족한데다, 케냐에 가게 되면 휴가도 더 늘려야 했다. 게다가 이미 크리스마스를 즐길 요량으로 휴가 일수를 대부분 그즈음에 집중

시켜 놓은 터였다. 그렇게 며칠이 흐른 후 마침 제이미 이모와 통화할 기회가 있어 이야기를 나누게 되었다. 리드의 제안과 관련한 전후 사정을 털어놓자 제이미 이모가 말문을 열었다.

"스펜서! 내가 보기에 이건 정말 굉장한 기회야. 만일 네가 이 기회를 놓쳐버린다면 두고두고 안타까울 것 같아. 금전적인 문제로 하고 싶은 일을 포기하진 마. 너만 괜찮다면 우리 부부도 그렇고 다른 가족들도 기꺼이 필요한 경비를 보태줄 거야."

제이미 이모는 말을 이었다.

"이건 일생에 한 번 찾아올까 말까 한 기회야. 난 정말이지 네가 이번 기회를 잘 활용할 수 있으면 좋겠어. 게다가 리드 같은 사람이 너를 지지해 주고 있잖아. 한번 곰곰이 생각해 봐."

이모 부부의 마음 씀씀이는 몹시 감동적이었지만, 일단 처음에는 그 너그러운 제안을 정중히 거절했다. 너무 큰 폐를 끼치는 것 같아서였다. 하지만 자꾸 곱씹을수록 점점 더 케냐를 떠올리게 되었고, 그러다보니 반드시 가봐야겠다는 생각이 들었다. 가야 할 이유는? 사실 그 이유에 대한 확신은 없었다. 그저 내 마음을 들여다보니 케냐로 떠나는 게 옳은 선택인 것 같았다. 마침내 나는 가족들의 금전적 지원을 겸허히 받아들이기로 했다.

그렇게 비행기표는 마련되었지만, 그 즉시 떠날 수는 없었다. 그해 12월 말경에 음와이 키바키가 대통령에 당선됐다는 소식이 퍼지자, 케냐 전역이 폭동에 휩싸였기 때문이다. 키바키의 상대였던 라일라 오딩가는 선거 조작이 있었다고 주장했고, 국제 감시원들 역시 뭔가 석연치 않다고 판명했다. 시민들은 선거 결과에 항의하며 거리로 나서 시위를 벌였다. 미국 내에서도 2주 내내 저녁 뉴스 시간마다 새해 케냐 그레이트 리프트 밸리에서 벌어진 집회와 학살 소식이 보도되었다. 그중에는 엘도렛의 한 교회에서 자행된 신도 서른 명의 학살 소식도 포함되어 있었다.

한때 영국의 식민지였던 케냐는 동아프리카에 자리한 가난한 국가다. 2010년도에는 유엔 인간개발지수 대상국 182개국 중 147위를 기록하기도 했다. 이 순위가 말해 주는 건 케냐에는 아동과 청년을 위한 의무교육 프로그램이 부족하며, 북미 지역에서는 거의 당연시되는 기본 의료 시스템이 결여되어 있다는 사실이다. 또한 취업 기회 역시 턱없이 부족하다.

사실 서구 사회에서 볼 때 케냐는 눈부신 야생 환경과 독특한 지형으로 유명하다. 케냐를 배경으로 한 《아웃 오브 아프리카》는 카렌 블릭센이 아이작 디네센이라는 필명으로 저술한 책으로 훗날 영화로도 제작된 바 있다. 우리가 머물렀던 나이로비의 호텔은 오두막집 여러 채와 관리소로 이루어져 있었는데, '카렌 블릭센 커피 가든 레스토랑 & 코티지'라고 불렸다.

긴 기다림 끝에 마침내 학교 건설을 위해 케냐로 떠나도 좋다는 미 국무부의 허가가 떨어졌을 때, 기자인 리드는 선거 후 나이로비 슬럼가에서 벌어지는 폭력 상황을 카메라에 담아 오기로 결심했다. 해당 지역에는 동아프리카 최대 슬럼 구역 중 하나인 키베라도 포함되어 있었다. 리드와 그레그는 우리와 따로 떨어져 다큐멘터리 영화를 촬영한 뒤, 며칠간 이어질 마사이 마라로의 트레킹에 합류하기로 했다.

동물 보호구역을 돌아본 그날 밤은 리드와 그레그가 없어 다소 쓸쓸했다. 아직 잘 알지도 못하는 외국의 한 도시에서 나는 오두막집에 완전히 홀로 남겨졌던 것이다. 하지만 차츰 초조했던 마음도 안정되었고, 이내 잠이 쏟아졌다. 비몽사몽간에 낮에 본 아기 코끼리의 얼굴이 떠올랐다. 덤보도 생각났다. 그러자 마음이 훨씬 더 안정되는 듯했다.

다음 날 아침 우리는 좌석 여덟 개가 딸린 비행기를 타고 마사이 마라로 향했다. 비행기는 세렝게티 상공을 낮게 날았다. 아래를 내려다보니 얼룩말과 영양들이 사방으로 흩어져 뛰어다녔다. 아마도 비행기 엔진 소리 때문에 놀란 듯했다. 내가 생애 최초로 아프리카를 여행한 것은 열다섯 살 무렵이었다. 당시 난 할아버지, 아버지와 함께 남아프리카로 사냥을 떠났다. 물론 나는 사냥에 대한 그분들의 열정을 조금도 물려받지 못했다. 엘크나 사슴, 그리고 가끔 무스 따위를 사냥해 오곤 했던 우리 집 남자들은 자신들이 손수 죽인 동물들에 대해 지대한 경의를 품고 있었다. 내가 아주 어렸을 적부터 아버지는 춥고 바람 부는 날씨에도 내게 옷을 껴입히고 영양을 찾아 나서곤 했다. 하지만 나는 한 번도 사냥에 열정을 느껴본 적이 없었다.

비행기 창밖으로 펼쳐진 야생을 내려다보고 있자니 문득 그런 생각이 떠올랐다.

'야생 보호 운동가가 돼보는 건 어떨까? 그런 소명을 띠고 이곳까지 온 건지도 모르지. 그렇지, 미국으로 돌아가면 야생동물의 권리를 위해 싸워보는 거야!'

나는 살며시 미소를 지었다. 물론 가족들은 내가 어떤 결정을 내리든 지원을 아끼지 않을 것이다.

'그래, 그것일지도 몰라. 아마도….'

나는 속으로 그렇게 되뇌었다.

나는 마음속으로 여러 가지 가능성을 잇달아 검토했다. 커뮤니케이션을 전공한 만큼, 리드와 함께 영상물 제작에 참여할 수도 있을 것이다. 하지만 아마도 리드는 내가 끼어드는 걸 바라지 않을 것 같았다. 사실 그만한 이유는 있었다. 리드와 그레그만 하더라도 하얀 피부색과 카메라 장비 때문에 키베라의 빈곤한 슬럼가에서 충분히 눈에 띄고도 남았다. 만일 나까지 그곳에 모습을 드러낸다면 모든 이목이 내게 집중될 게 뻔했다.

　다음으로 생각난 건 미국 생활을 전부 접고 코끼리 보호구역에서 일하는 것이었다. 언젠가 친한 친구 한 명이 말하길 샤머니즘에서 코끼리는 행운과 지혜, 복을 상징한다고 했다. 또 코끼리는 인도를 대표하는 파괴의 신인 시바를 나타내는 동물이기도 하다. 시바 신은 마음에서 망상을 몰아내 머리를 맑게 한다고 한다. 그런가하면 불교에서는 흰색 코끼리를 부처의 환생으로 여기기도 한다.

　우리를 태운 비행기가 마침내 케냐의 먼지 나는 활주로에 착륙할 때까지 나는 줄곧 '케냐에 오게 된 참된 이유가 무엇일까?' 하는 생각에 빠져 있었다. 문이 열리고 비행기에서 내려서자 완만하게 펼쳐진 언덕들과 대초원, 크디큰 아카시아 나무들이 사방을 둘러싼 풍경이 눈에 들어왔다.

　비행기에서 내린 우리를 마중 나온 사람은 본래 시카고 출신으로 케냐에서 수년째 생활해 온 로빈 위조와티라는 미국인이었다. 일행이 몇 킬로미터 떨어진 곳에 자리한 프리더칠드런 본부로 발길을 옮기는 와중에 로빈은 나를 흰색 랜드로버 차량 쪽으로 이끌었다. 본부로 가는 도중에 로빈은 프리더칠드런 측이 학교 건설뿐 아니라 식수 개선 프로젝트와 보건 및 위생 관리 프로그램도 추진하는 중이라고 말했다. 또 여성의 창업 지원 및 관리를 비롯해 마사이족들의 생활에도 도움을 주고 있었다. 무엇보다도 프리더칠드런 측에서는 아동은 물론 수입 창출의 대안을 모색하는 성인들에게도 교육 기회를 제공했다.

"마사이족들을 만나면 써먹을 수 있게 스와힐리어를 좀 가르쳐 드릴게요."

로빈이 말을 건넸다.

"하바리 야코Habari yako?는 '안녕하세요?', 아산테 사나Asante sana는 '정말 감사합니다', 그리고 잠보 라피키Jambo rafiki는 '안녕, 친구'라는 뜻이랍니다."

나는 그날 온종일 로빈이 가르쳐준 표현들을 되뇌었고, 저녁에 다들 벽난로 앞에 모여 앉아 크림색 쿠션에 기대 쉬는 와중에도 연습을 계속했다.

"내일 마을에 도착하면 오늘 배운 표현들을 써보도록 하세요. 이미 완공된 학교들과 새로 학교를 세울 부지를 시찰할 거예요."

로빈이 하루를 마감하며 입을 뗐다.

이튿날 우리는 랜드로버 차량에 올라타고 언덕을 오르내리며 에모리 조이 마을로 향했다. 마을로 접어들자 다양한 연령대의 마을 아이들이 전부 도로가에 나와 있는 게 보였다. 차량 소리를 듣고서 하던 일을 팽개치고 우리 쪽으로 달려온 것이다. 그 아이들은 하나같이 손을 흔들며 "잠보Jambo"라고 외쳐댔다. 주변 풍경은 그야말로 숨이 멎을 지경이었다. 그 계곡지대는 어디를 둘러보나 아카시아 나무와 옥수수밭, 군더더기 없이 단순하게 지어 올린 진흙 집들, 여기저기 널린 소 배설물로 가득했다. 그리고 주민들은 나무나 철제, 비닐이 아닌 선인장으로 울타리를 둘러쳤다.

손목시계는 고작 오전 열 시를 가리키고 있었지만, 하늘 높이 뜬 태양은 이미 뜨거웠다. 간밤에는 숙면을 취하지 못했다. 로빈이 조심하라고 경고한 갈라고 원숭이 떼들이 밤새 울어댄 통에 오래도록 잠을 이루지 못했기 때문이다. 발전기마저 꺼져버린 터라 사방은 완전히 어두웠다. 이른 아침 일렁이는 햇살이 내 방을 비출 때까지 나는 그렇게 잠자코 침대에 누워 밤을 지새웠다. 갈라고 원숭이들의 괴이한 울음소리와 바람에 흔들려 바스락대는 나뭇잎 소리를 들어가면서 말이다.

목적지가 가까워져 오자, 우리가 탄 SUV 차량은 흙먼지 이는 도로에서 벗어나 좀 더 작은 길로 들어섰다. 움푹 팬 바퀴 자국이 아니었더라면 식별이 어려울 정도로 좁은데다, 나무와 관목이 우거진 길이었다. 대부분의 관목에는 호랑이 발톱만 한 가시가 돋쳐 있어서 차량의 측면을 긁어댔다. 여기저기 널린 구덩이에 걸려 덜컹대던 차가 마침내 어느 빈 공터로 들어섰다. 운전수는 축구 경기장만 한 구역으로 차를 들이밀었다. 그곳은 테니스 코트 규모의 시멘트 건물 다섯 채로 둘러싸여 있었다.

차에서 내려서자 순식간에 아이들이 몰려들었다. 아이들의 군청색 교복은 바지나 스커트에 면으로 된 버튼다운 셔츠를 받쳐 입게 되어 있었다. 짧게 자른 머리와 웃을 때 드러나는 커다랗고 새하얀 이가 인상적인 아이들이었다. 작은 남자아이 하나는 나를 만지려고 손을 뻗었다가 금세 내밀었던 손을 집어넣었다.

"안녕, 친구! 안녕, 친구! 안녕, 친구!"

나도, 그 아이들도 그렇게 우리는 그칠 줄 모르고 서로 인사를 주고받았다.

조금 있으려니 아이들 중에서도 학년이 좀 높아 보이는 여자아이 한 명이 다가오더니 친구들에게 뒤로 물러서라는 듯 손을 흔들어 보였다. 그리고 따라오라는 제스처를 취했다. 나는 휠체어를 몰고 깡충거리는 여자아이를 따라 공터를 지나서 어느 건물로 들어갔다.

건물 내부는 어두컴컴했다. 휑한 공간을 비추는 건 네 개의 작은 창문 틈새로 들어오는 빛이 전부였다. 나를 안내한 여자아이는 내게 학습장 한 권을 건네고는 그걸 연신 손으로 가리켰다. 학습장이 자기 것이라고 말하려는 것 같았다. 표지를 넘기자 영어로 된 글이 눈에 들어왔다. 그 어린 여자아이는 영어 단어들을 손으로 가리키며 읽어달라는 손동작을 취했다. 그때부터 우리는 손으로 짚은 단어들을 서로 마주보고 발음해 가며 남은 시간을 보냈다.

그러다 문득 바깥에서 웃음소리가 들려왔다. 여자아이는 창문 밖을 내다보더니 가까이 와보라는 듯 내게 손짓을 보냈다. 마을에 도착했을 때 우리를 반긴 아이들 말고도 다른 아이들까지 건물 바깥에 모여 있는 게 보였다. 아이들은 안을 엿보려고 폴짝폴짝 뛰던 중이었다. 아이들 옆에 있던 로빈은 내게 이렇게 말했다.

"아이들이 당신한테 물어볼 게 있다는군요. 그래도 될까요? 제가 통역해 드릴게요."

"네, 좋아요. 그렇게 하죠."

나는 흔쾌히 대답했다. 리드는 눈에 띄는 내 외모가 걱정되어 키베라에 데려가는 걸 꺼렸지만, 에모리 조이 마을 아이들은 오히려 이 외모 덕에 내게 푹 빠져들고 있었다. 나는 양손으로 교실 밖으로 나와 아이들을 만났다. 그중에서도 어린 축에 속하는 아이들이 거의 내 키와 비슷했다. 나는 바깥에 세워 두었던 휠체어로 다시 올라가 앉았다.

"어디서 오셨나요?"

열세 살 정도 돼 보이는 키 큰 여자아이가 제일 먼저 질문을 던졌다.

"난 미국에서 왔단다."

"아…!"

아이들이 웅성댔다.

"여긴 뭘 타고 오셨어요?"

앞니 사이가 벌어진 남자아이가 물었다.

"비행기를 타고 왔지."

나는 하늘을 한 번 가리킨 다음 양손을 펼쳐 새처럼 퍼덕여 보였다. 무리에 섞인 조그만 아이들이 킥킥거렸다.

"하나님을 믿어요?"

여덟 살 정도 돼 보이는 아이가 물었다. 나는 잠시 뭐라고 대답해야 할지 생각했다.

"음… 영적인 존재를 믿긴 하지. 하지만 교회에 나가서 기도를 드리거나 하진 않아. 그 영적인 존재는 바로 여기 있단다."

나는 양손을 오므려 가슴에 대고 이야기했다.

아주 어린 아이 세 명이 앞으로 나오더니 내 가슴팍을 손가락으로 살짝 더듬었다.

"의사예요?"

다른 아이 한 명이 물었다.

나는 웃음을 터뜨렸다.

"아니야. 이모부가 의사긴 하지만 말이야."

어떻게 이야기해야 할지 잘 몰랐던 나는 중간에서 말을 멈췄다.

"난… 나는 따로 가고 싶은 길이 있어."

그렇게 대답하긴 했지만, 사실 마음속으로는 '그 길이 뭔지 좀 알았으면 좋겠어'라고 생각했다.

"휠체어로 다니려면 불편하지 않아요?"

어떤 여자아이가 질문했다.

나는 미소를 지어 보였다. 사실 어디를 가나 아이들은 그걸 제일 먼저 궁금해했다.

"아니, 그렇지 않단다."

나는 로빈을 시켜 아이들을 뒤로 한 걸음씩 물러서도록 했다. 그런 다음 질문을 던진 여자아이 쪽으로 휠체어를 몰았다. 드디어 여자아이 앞에 휠체어를 세운 나는 앞바퀴를 들어 휠체어를 돌렸다. 내 몸이 원을 그리며 팽이처럼 빙빙 돌았다.

"우와~!"

아이들이 감탄사를 내뱉었다.

아이들이 겨우 잠잠해지자, 질문을 던졌던 여자아이가 할 말이 있는 듯 한쪽 팔을 치켜들었다.

"있잖아요…."

여자아이가 입을 뗐다.

"Sikujua hiyo kitu ingefanyika wazunga pia."

나는 눈을 둥그렇게 뜨고 로빈 쪽을 쳐다봤고, 그녀는 곧 소녀가 한 말을 통역했다.

"백인들에게도 이런 불운이 찾아오는지 몰랐어요."

내 쪽으로 몸을 기울인 로빈이 나직한 음성으로 말했다.

"스펜서, 당신은 오늘 이 아이들에게 아주 귀한 교훈을 가르친 셈이에요. 출신 국가나 피부색에 상관없이 우리는 저마다 살아가는 동안 여러 가지 장애물과 맞닥뜨리게 되죠. 북미 사람이든 아프리카 사람이든 다 똑같이 말이에요."

눈가에 눈물이 차오르는 게 느껴졌다.

"저기 저 사람 보이죠?"

공사장에 서서 멀리 대초원을 바라보는 크고 육중한 남자를 가리키며 로빈이 말을 이었다.

"폴이라는 사람인데, 학교에 들어선 당신을 보고 저를 한쪽으로 잡아끌더군요. 그리고 당신이 아주 특별한 사람인 것 같다고 말했답니다. 여기 온 것 자체부터 특별하다고 했어요. 당신은 불가능이란 없다는 진리를 몸소 보여주는 사람이래요. 다리도 없는 사람이 이곳까지 날아와서 학교 짓는 걸 도울 수 있다면, 이 세상에 불가능한 일이란 거의 없을 테니까 말이죠."

조금 전에 내게 말을 건넨 그 소녀 쪽을 다시 한 번 응시한 나는, "아산테 사나Asante sana"라고 소리 없이 입을 움직여 보였다. '정말 감사합니다!'

"아, 좋아요."

로빈이 손뼉을 치며 말했다.

"스펜서! 아이들이 당신에게 노래를 불러주고 싶대요."

아이들은 곧 스와힐리어로 노래를 하기 시작했고, 로빈이 가사를 알려주었다.

"다 같이 운동장에서 놀아요. 머리를 만져봐요. 다 같이 운동장에서 놀아요. 춤을 춰봐요."

아이들은 커다란 원을 그리며 돌다가 엉덩이를 양쪽으로 씰룩대 보였다.

"다 같이 운동장에서 놀아요. 사랑의 곡을 연주해 봐요."

이번에는 아이들이 기타 치는 흉내를 냈다. 나는 박수를 치며 휠체어에 앉은 채 아이들과 함께 춤을 췄다. 노래가 끝나자 아이들은 서양 노래를 불러달라고 나를 재촉했다. 나는 평소 잘 알고 있던 곡들을 찬찬히 떠올려본 뒤 마침내 노래 하나를 부르기로 했다. 바로 내가 슬프거나 우울할 때마다 듣게 되는 바브라 스트라이샌드의 '어 피스 오브 스카이'였다. 노래 부르기를 마치자, 로빈이 노래의 일부를 아이들에게 통역해 주었다.

"한번 말해 봐요. 어딘가에 씌어 있기라도 한 건가요? 난 어떤 사람이 될 운명인가요? 상상도 못한…."

처음에는 학교 아이들과의 만남을 곱씹어볼 시간이 좀처럼 나지 않았다. 곧바로 리드와 함께 학교 짓는 걸 도와야 했기 때문이다. 두 개 건물 중 하나는 이미 기초공사가 마무리된 상태로 벽면의 절반 정도가 들어서 있었다. 우리가 도착하기 전에 마사이족들이나 일부 프리더칠드런 단체 사람들이 먼저 다녀간 듯했다. 나는 회반죽을 바르고 삽으로 그 위를 고르는 작업을 도왔다. 한 구획 한 구획을 열심히 다듬다보니, 어느새 먼지투성이에다 땀범벅이 되었다. 벅찬 성취감이 밀려들었다. 그날 학교 공사 현장에서 일한 네 시간 동안 나는 매 순간을 즐겼다.

여정이 막바지에 이르자 마사이족 출신 가이드인 나발라와 윌슨이 마을을 구경시켜 주었다. 그곳에서 우리는 물을 길어 나르는 여성들과 여자아이들을 도왔다. 언덕길이 꽤 가팔랐던 탓에 나발라는 빨갛고 파란 슈카로 나를 감싸 등에 업고 마사이강 쪽으로 걸어 내려갔다. 나발라의 등에 업혀 가는 동안 나는 스와힐리어로 된 표현을 몇 개 더 배웠다.

그날 저녁 우리는 모닥불을 피우고 둘러앉아 밥을 먹었다. 로빈은 현장감독 폴에 대해 이야기하기 시작했다. 오후에 학교에서 나를 보고 로빈에게 소감을 말했던 바로 그 남성이었다. 그는 나 같은 신체 조건으로 먼 여행길에 나선다는 건 대단한 용기와 정신이 필요한 일이라고 하면서 스스로 돌아보는 계기가 되었다고 귀띔했다고 한다.

또 나와 악수를 나누고 싶었지만 아이들이 줄곧 따라붙어서 그럴 수 없었다고 했다. 아마 이튿날이 되면 악수를 청할 용기가 생길지도 모를 일이었다. 로빈은 폴뿐 아니라 건물 관리인 역시 꽤 인상 깊은 반응을 보였다고 했다. 그는 조례 때 로빈은 물론 학생들에게도 나처럼 대단한 선생님이 와서 얼마나 행운인지 모른다고 말했다고 한다. 그만 어리둥절해진 나는 감사한 마음을 어떻게 표현해야 할지 몰랐다.

그날 밤 나는 프리더칠드런 센터 내 석재 정원에 나가 앉았다. 그리고 한 폭의 담요처럼 하늘을 뒤덮은 아름다운 별들을 바라보며 생각에 잠겼다. 리드라는 친구를, 또 동기부여 연설가가 되는 문제에 관해 그와 나눈 대화를 떠올렸다. 백인들에게도 이런 불운이 벌어지는 줄 몰랐다고 말한 에모리 조이 마을의 소녀도 생각났다. 단 한 번도 장애인이라고 느끼게 한 적 없는 사랑하는 내 가족들도 떠올랐다. 마지막으로 어릴 적 갖고 놀던 봉제 인형 덤보와 보호구역에서 만난 아기 코끼리를 그려봤다.

'여기에 온 진짜 이유가 뭐야?'

나는 혼자 가만히 속삭였다.

그러자 갑자기 어떤 생각이 머리를 스쳤다. 그 생각은 처음 비행기에서 내려섰을 때 나를 덮쳤던 뜨거운 케냐의 공기만큼이나 나를 압도했다.

그랬다. 리드의 말이 맞았다. 사람들이 나를 본보기 삼아 원하는 바를 추구하고 자신의 모습 그대로를 사랑하도록 이끌어줄 수 있을 것 같았다. 각자의 외모나 태생, 자라온 환경 등에 관계없이 말이다. 결국 우리는 저마다 유일무이하고 특별한 존재가 아니던가? 내 경우엔 단지 태어날 때부터 다리가 없었기 때문에, 다른 사람들과 겉모습이 다를 뿐이다. 아마 내 이야기를 들은 학생들이라면 누구나 다른 사람을 도와줄 수 있다는 걸 알게 될 것이다. 모름지기 동기부여 연설가라면 다른 이들에게 빛을 넘겨줄 수 있어야 한다. 그러니까 내재된 자신의 힘을 발견해서 주변을 변화시킬 수 있도록 이끌어야 하는 것이다. 게다가 동기부여 연설가가 되면 세계 곳곳에서 놀라운 변화를 이끌어낸 훌륭한 사람들의 이야기도 들려줄 수 있을 터였다. 물론 그렇게 된다면 내가 이러한 진리에 눈 뜰 수 있도록 도와준 나의 멘토들에게도 가슴 뿌듯한 일이 될 것이다. 바로 그거였다. 이제 다른 사람들의 멘토로 살아갈 일만 남았다.

2008년 봄 케냐에서 돌아왔을 때쯤 나는 피닉스에서의 생활도 거의 막바지에 이르렀음을 감지했다. 아프리카를 경험하고 와서는 돌체에서도 더 이상 일할 수 없을 것 같았다. 전처럼 그곳에서 계속 근무한다면 케냐와 가난, 아프리카, 그리고 나 자신에 대해 터득한 그 모든 현실을 무시한 채 부정을 저지르는 것이나 진배없을 듯했다.

내 인생은 다시 한 번 과도기에 직면했지만, 그렇다고 해서 우울해진다거나 하는 일은 없었다. 오히려 인생이 제대로 된 방향으로 흘러가고 있다는 데 대한 일종의 기쁨과 신뢰감마저 들었다.

"목적지로 안내받아 가는 느낌이야."

리드에게는 그렇게 말한 적도 있었다. 그러니까 나는 내 여정의 행선지를 알고 있었던 셈이다.

그날 밤 잠들기 전, 나는 케냐에서 만난 어린 소녀의 음성을 들었다.

"백인들에게도 이런 불운이 찾아오는지 몰랐어요."

하루는 자동차 라디오를 통해 흘러나오는 제이슨 므라즈의 '디테일즈 인 더 패브릭'이라는 곡에 심취해서 거리를 달렸다. 나는 어느새 노래를 따라 부르고 있었다.

"그대 자신과 그대의 이름을 걸고 그 길을 가세요…."

나중에는 혼자 가만히 이렇게 속삭였다.

"아산테 사나…."

그렇다. 이 말은 바로 스와힐리어로 '정말 감사합니다'였다.

케냐와 북미에서 각기 떨어져 생활하게 된 로빈과 나는 꽤 규칙적으로 이메일을 주고받았다. 나는 프리더칠드런 웹사이트를 꼼꼼히 살피는 한편, 그 단체에서 일할 방법은 없는지 한 번씩 궁리하곤 했지만, 왠지 가능할 것 같지 않았다. 그러던 어느 날 웹사이트에 채용공고 한 건이 떴다. 바로 순회 연사를 모집하는 공고였다. 순회 연사는 학교나 대학을 여러 군데 돌아다니면서 갖가지 주제에 대한 의견을 펼치는 역할을 담당했다. 그중에는 '미국 밀레니엄 발전 목표'라는 카테고리도 있었다. 192개국이 2015년까지 8개의 목표를 달성하기로 합의했으며, 여기에는 극빈층과 아동의 치사율 감소와 HIV / AIDS 등의 질병 확산 방지 등이 포함된다.

'한번 지원해 보는 게 어때? 손해될 건 없잖아.'

로빈이 이메일로 부추겼다.

내가 기존의 이력서를 다듬는 사이 로빈은 프리더칠드런 측에 추천서를 제출했다. 그녀는 추천서를 통해 케냐에서 나와 함께 생활한 소감을 밝혔다. 한편 나는 간단한 내 소개가 담긴 커버레터를 작성했다. 나는 케냐에서 지내는 동안 수년 전 리드가 간파한 사실을 확인할 수 있었다. 그러니까 내 이야기가 파워풀하다는 사실을 깨닫고 그 힘을 활용해 서로 다른 개인들을 어떻게 하나로 이을 것인지 터득하게 된 것이다. 나는 나 자신을 그저 평범한 한 아이와 청년으로 인식하고 생활해 왔지만, 바깥세상은 내 노력을 인정한 동시에 주변에 감흥과 희망을 줄 원천으로 간주했다. 나는 그간의 경험을 통해 누구나 각자의 고민에 시달린다는 사실을 배웠다. 모두가 저마다의 여정을 걸어야 하며, 나 같은 경우엔 휠체어를 타고 그 길을 헤쳐나가야 한다. 마침내 각자의 장애물을 극복하고 한데 모여 그간의 여정을 기념하면 그것이 바로 공동체의 시작인 것이다.

마침내 모든 서류가 갖춰지고, 이메일로 지원서를 제출했다. 며칠 후, 프리더칠드런 측 담당자가 전화를 걸어와 인터뷰를 보러 토론토에 올 수 있겠냐고 물었다. 나는 뛸 듯이 기뻤다.

인터뷰와 프리젠테이션을 통해 동기부여 연설가로서의 자질을 검증받은 후, 드디어 바라던 소식을 접할 수 있었다. 순회 연사로 취직이 된 것이다. 나는 곧장 애리조나로 돌아가 사직서를 내고 짐을 꾸렸다. 캐나다로 거처를 옮겨 동기부여 연설가로서 새 출발을 하기 전에 우선 록 스프링스에서 몇 주 머물 참이었다.

록 스프링스의 맑고 상쾌했던 어느 여름날 저녁, 어머니는 송별 바비큐 파티를 열었다. 바로 다음 날이면 나는 와이오밍이 아닌, 미국 땅을 떠날 것이다. 사촌 미첼과 에밀리, 제이미 이모, 이모부 필립, 부모님, 외할아버지, 외할머니가 모두 모인 자리였다. 아, 물론 내가 키우던 강아지 데이지도 있었다. 데이지는 어머니에게 맡기고 떠날 참이었다. 일단 캐나다에 가면 정신없이 바빠질 게 뻔했기 때문에, 그만큼 데이지에게도 소홀해질 것 같았다. 예전에 자크를 떠나보낼 때처럼 데이지와의 이별도 힘들긴 했지만, 그래도 그렇게 하는 편이 데이지를 위해서 좋을 듯했다.

프리더칠드런에서 수행할 업무 중에는 캐나다 전역과 미국을 순회하며 연설하는 일도 포함된 만큼, 집에 머무는 일이 거의 없을 듯했다. 뿐만 아니라 인도나 케냐 같은 나라를 방문해서 학생들과 이야기를 나누고, 그 아이들에게 프리더칠드런 프로그램을 소개하는 일도 내 담당이었다.

어머니와 제이미 이모는 주방에서 샐러드를 만들고 감자와 마카로니 샐러드에 고명을 얹느라 분주했다. 외할머니는 집에서 만든 초콜릿 브라우니와 포티차 쿠키를 디저트 쟁반에 담아냈다. 외할아버지는 맥주와 와인을 돌리는 중이었다.

나는 바깥으로 나가 안락의자에 앉아 있던 여동생과 사촌들 무리에 합류했다. 그리고 털썩 바닥으로 내려와 여분의 갈비와 스테이크를 굽고 있는 아버지와 이모부 필립을 올려다봤다. 아버지는 또 사냥 무용담을 늘어놓으려는 중이었다.

"한 번은 사촌이랑 덤불에 숨어 있었어. 나뭇잎이 우리를 가려줬지. 그런데 갑자기 머리 위에서 나뭇가지 부러지는 소리가 들리는 거야…."

특히나 그 이야기는 아주 어릴 적부터 들어왔지만, 그래도 나는 아버지 쪽으로 미소를 지어 보였다. 아버지가 좋았다. 늘 들어온 사냥 이야기도 전혀 거슬리지 않았다. 그런 아버지가 아니었더라면 오늘날의 나는 없었을 것이다.

"밴드 중에서는 메탈리카가 제일 좋더라."

문득 애니에게 그렇게 이야기하는 미첼의 목소리가 들렸다. 나는 미첼 쪽을 돌아다봤다. 나보다 열세 살 어린 미첼은 183cm를 훌쩍 넘기는 장신의 고교 축구 스타였다. 그는 학과 성적도 좋았는데, 특히 언어 영역과 수리에 강했다. 메탈리카 이야기에 열을 올리는 미첼을 바라보고 있노라니, 두 살 때쯤의 어린 미첼이 떠올랐다. 한때 나는 이모부 필립이 마치 정글짐이라도 된 양 타넘고 다녔었다. 나중에 걸음마를 시작한 미첼은 오래전 내가 그랬던 것처럼 내 등을 타넘기 좋아했다. 한 번은 거품 목욕을 하던 미첼이 동작을 멈추더니 나를 빤히 바라봤다. 나는 변기에 걸터앉아 미첼을 지켜보던 중이었다. 미첼이 장난감 차를 갖고 노는 와중에 머리도 제대로 감는지 확인해야 했기 때문이다.

"벤즈…."

그날 미첼이 내게 말을 걸었다.

그때까지만 해도 미첼은 's'자를 제대로 발음하지 못했다. 어쨌건 미첼은 당시 나를 벤즈라고 불렀다. 미첼이 말을 이었다.

"벤즈… 벤즈는 다리가 없네!"

"맞아, 미첼! 난 다리가 없단다."

"응… 알았어!"

그러더니 미첼은 하던 걸 계속했다.

14년 정도 세월이 흐르자, 제대로 걷지도 못하던 그 어린아이가 훌쩍 자라 있었다. 미첼이 이야기를 계속했다.

"내 꿈이 뭐냐 하면 말이지, 일단 메탈리카 콘서트장에 가는 거야. 그런데 마침 베이스를 맡은 팀원이 아파서 공연을 못한다는 거지. 그럼 관객들 중에 그를 대신할 사람이 있느냐고 묻겠지. 그럼 내가 손을 번쩍 드는 거야. 메탈리카 팀원들도 무대로 올라오라고 전부 나를 반겨. 난 멋지게 공연을 마무리하고, 그때부터 정식 밴드 멤버가 된단 말이지."

그때 에밀리가 손님방 문을 열고 나왔다. 이모가 입었던 연노란색 파티복 차림으로 나타난 에밀리는 모델처럼 그 자리에서 빙글빙글 돌았다.

"난 어제 해리포터 꿈을 꿨어."

에밀리의 부드러운 갈색 머리카락이 그녀의 얼굴을 감쌌다.

"그 거미 알아? 꿈속에서는 할아버지네 고양이가 거미로 변했어. 너무 무서워하는데 꿈에서 깨버렸지 뭐야."

"너 참 예쁘구나, 에밀리!"

나는 아름다운 파티복을 바라보며 그렇게 말했다. 그 옛날 그 드레스를 차려입고 이모부 필립과 졸업 파티장으로 향하던 제이미 이모의 모습이 눈에 선했다. 열여섯 살이 되어 그 드레스를 입고 이모부와 영원을 약속하던 이모의 모습도 떠올랐다. 에밀리의 경우에는 얼마 후 무대 의상으로 입을 요량으로 그 드레스를 입어본 거였다. 뮤지컬 〈그리스〉에 출연할 예정이었기 때문이다.

"나도 꿈이 있는데, 나를 빼먹으면 안 되지."

어느새 옆에 있던 애니도 거들고 나섰다.

"누나는 꿈이 뭔데?"

미첼이 금방 캐물었다.

"언젠간 간호사가 되고 싶어. 사람들을 도와주려고."

내 얼굴에 미소가 떠올랐다. 애니는 무척이나 자랑스러운 동생이었다. 그 아이는 평생 내 그늘에 가려 살아왔다.

"아, 네가 스펜서 동생이구나. 그 다리 없는 애 말이지."

아이들은 늘 그렇게 비아냥댔다. 그런가하면 동네 어른들은 언제나 내 안부부터 묻고 나서야 애니에게 관심을 보였다.

"얘, 스펜서는 어떻게 지내니?"

사람들은 우선 그렇게 물어본 다음 나중에야 생각난 듯 겨우 한마디 덧붙이곤 했다.

"참, 넌 잘 지내고?"

그럼에도 불구하고 애니는 배려 깊은, 아름다운 숙녀로 자랐다.

어머니의 눈을 쏙 빼닮은 애니였다. 나처럼 피닉스를 떠난 애니는 록 스프링스 마을의 자택 요양 환자들이 산소탱크를 잘 갖추고 있는지 확인하는 업무를 맡았다. 24시간 호출에 대기해야 하는 애니였지만, 불평하는 모습은 단 한 번도 본 적이 없다. 게다가 뒤에 대기하는 환자가 없는 날이면 한 명의 환자와 몇 시간씩 함께 시간을 보낼 때도 있었다. 그럴 때마다 애니는 그들의 필요에 귀 기울이면서 조금이라도 더 도움이 될 방법을 궁리했다.

"스펜서 오빠! 오빠 꿈도 이야기해 줘요."

에밀리가 끼어들었다.

"음… 난…."

나는 아주 빠른 시일 내에 모두 다시 만날 수 있었으면 좋겠다는 말 이외에 퍼뜩 떠오르는 게 없었다. 사실 딱히 풀어놓을 만한 공포 이야기나 희망적인 꿈 이야기도 없긴 했다.

저녁 식사를 마친 후 나는 어머니와 단둘이서만 현관 앞에 나가 앉았다.

"그래, 토론토로 이사하는 기분이 어때?"

어머니는 그렇게 내게 물었다.

"데이지가 정말 보고 싶을 것 같아요. 데이지랑 떨어질 생각을 하니까 벌써부터 마음이 아프네요."

"아, 이제 너랑 애니가 멀리 떠날 때마다 내 기분이 어떤지 알겠구나."

어머니는 희미한 웃음을 띤 채 그렇게 말했다.

"하지만 네가 마음이 원하는 길을 간다면 엄마는 기쁘단다."

"보고 싶을 거예요, 엄마!"

"나도 그럴 거다, 스펜서!"

어머니는 《연금술사》라는 책을 내밀었다.

"자, 여기! 너 주려고 샀어. 이 대목 한번 들어봐. '꿈이 이루어지기 전까지는 우주의 기운이 우리를 아주 가혹하게 다룰 것이다.'"

66 뭐든 머리로
판단하려 들지 말자.
우선 마음을
들여다볼 일이다. **99**

chapter 11

학교를 짓는 사람들

2008년 8월부터 프리더칠드런 소속 연설가로 활동하면서 나는 쉴 새 없이 바쁜 일정을 소화해야 했다. 학기 중에는 하루도 거르지 않고 고등학교와 초등학교로 강연을 다녔다. 가끔은 하루에 두 번씩 혹은 주말까지 일할 때도 있었다. 나는 내 이야기를 통해 사람들에게 감흥을 불러일으켰으면 한다. 또 살아가는 동안 어떠한 어려움이 닥치든 모두 극복할 수 있다는 걸 일깨워주고 싶다. 그들 역시 세상을 변화시킬 수 있음을 알았으면 좋겠다. 무엇보다 나는 내가 한 말을 믿는다. 다른 누구도 아닌 나 스스로 그렇게 체험했으므로….

내가 강연 중에 자주 입에 올리는 말이 있다.

"여러분의 피부색이 어떻든, 어느 나라 출신이든, 또 성별이 어쨌든 그런 건 아무래도 상관없습니다. …… 여기 모인 여러분 모두는 도움이 필요한 곳에 손을 내밀 수 있는 능력이 있습니다. 또 그렇게 할 책임도 있고요."

마틴 루터 킹의 연설 대목 역시 종종 내 강연에 등장하곤 한다.

"중요한 사람이 되고 싶다면, 좋습니다. 유명해지고 싶다면, 그것도 좋습니다. 훌륭한 사람이 되려 한다면, 그것 역시 좋습니다. 그런데 이 점 하나만은 알아두십시오. 여러분 가운데 제일 위대한 사람은 바로 여러분의 하인들입니다. 이것이 위대함에 대한 새로운 정의일 것입니다."

가끔은 엘리자베스 길버트가 쓴 베스트셀러《먹고 기도하고 사랑하라》의 한 대목을 인용할 때도 있다.

"뭐든 머리로 판단하려 들지 말자. 우선 마음을 들여다볼 일이다."

직업이라기보다 차츰 일상생활처럼 되어버린 새 업무 중에는 '위 데이We Day' 행사에 참여하는 일도 포함되어 있었다. 북미 전역을 순회하며 행사가 개최될 때마다 사회적 변화를 이끌어내려는 열성적 젊은이들이 경기장을 가득 메웠다. 어떤 때는 청중들이 수만 명 이상 몰려들기도 했다. 행사가 있는 날이면 나는 음악계 스타들이나 사회 정책계 리더들과 함께 무대에 섰다. 한 번은 노벨 평화상을 수상한 달라이 라마 성하聖下와 엘리 비젤과 나란히 자리한 적도 있다. 제이슨 므라즈 역시 그간 초대된 게스트들 중 한 사람이었다. 나는 이전부터 그의 음악을 들으며 얻은 힘으로 통념에 개의치 않고 당당히 내 길을 갈 수 있었다. 그랬던 탓에 그의 가사는 늘 내 머릿속을 떠나지 않았다. 달라이 라마가 남긴 말은 평소 내가 직감적으로 느끼긴 했지만 뚜렷이 표현하지 못한 내용을 담고 있었다. 가령 그가 언급한 바에 따르면, 현대 사회에는 연민이 결여되어 있어서 우리도 모르는 사이 무심한 방관자 세대가 양산되고 있다는 것이다. 나 역시 한편으로는 달라이 라마의 말에 동의하는 편이다. 하지만 내가 보기에는 선대에서 무심한 세대가 양산될 만한 원인을 제공한 것 같기도 하다. 어쨌건 지금 이 책을 손에 들고 있는 당신은 그저 변화를 요구하는 수준에 그치지 않고 변화된 삶 그 자체를 살아가는 수많은 젊은이 중 한 사람일 수 있겠다.

하지만 무엇보다 프리더칠드런 활동을 통해 경험한 가장 특별한 순간은 현장에서 마주한 시간일 것이다. 현장에 나가면 수많은 젊은이들로부터 도움을 받은 아이들과 만날 수 있었다. 아이들에게 도움의 손길을 뻗은 그 젊은이들은 '나' 중심에서 '우리' 중심으로 사고를 전환한 사람들이다. 현장에서의 그런 감흥이 가장 강하게 다가온 시점은 2010년 7월 인도 우다이푸르를 방문했을 때였다.

지구상에서 두 번째로 인구가 많은 국가를 방문한 건 그때가 처음이었다. 나는 떠나기 훨씬 전부터 거기 가면 틀림없이 음식 때문에 배탈이 날 거라고 지레짐작하곤 했다. 그도 그럴 것이 사실 내 위장은 아주 민감해서 양념이나 향신료를 많이 섭취하지 못했다. 그런데 인도에 다녀온 사람마다 음식과 관련해서 주의하라고 했던 것이다. 밥만 먹으라든지 과일만 먹어야 한다든지, 그도 아니면 채소만 먹으라는 사람도 있었다. 하지만 결국에는 아무거나 먹어도 괜찮다는 결론에 이르곤 했다.

하지만 굳이 음식이 아니더라도 내 오감은 충분히 달아오를 만했다. 우다이푸르에 도착하자마자, 우선 맞닥뜨린 건 그곳의 극심한 빈곤이었다. 거리로 나서자 인력거와 소 떼들, 사람들, 오토바이 등이 빼곡했다. 그뿐이던가. 쓰레기의 양도 만만치 않았다. 허름한 빈민가에서부터 거리에서 구걸하는 집 없는 아이들에 이르기까지…. 가난은 그렇게 내 눈앞에 존재했다. 랜드로버 차량에 타고 혼잡한 시내를 빠져나가는데 문득 한 어린 소년에게 눈길이 머물렀다. 주변을 에워싼 사람들이 무심히 지켜보는 가운데 소년은 커다란 얼음 덩어리들을 끄는 중이었다. 주변에 서 있던 사람들 중 한 명은 가게 주인 같아 보였는데, 아이에게 연신 소리를 질러대며 명령을 내렸다. 가게 주인은 값비싸 보이는 면 셔츠에 양복바지 차림이었다. 키도 큰데다 머리를 오렌지색으로 염색한 그는 거드름을 떨며 그 자리에 서서 김이 올라오는 차이티를 마시고 있었다.

잠자코 그 광경을 지켜보자니 자신의 동생 마크와 프리더칠드런을 공동 설립한 크레이그 키엘버거가 떠올랐다. 1995년도에 크레이그는 파키스탄에서 살해된 열두 살 난 소년에 관한 신문 기사를 접했다. 이크발 마시라는 그 소년은 네 살 무렵부터 카펫 공장에서 일하게 되면서 강제노동의 나락으로 떨어졌다. 기사를 읽을 당시 그 자신도 열두 살 소년에 불과했던 크레이그는 그때부터 전 세계의 아동 인권유린 실태에 대해 공부하기 시작했다.

끔찍한 현실에 분노한 크레이그는 반 친구들 몇 명과 더불어 프리더칠드런을 설립하기에 이른다. 또 그는 직접 남아시아 지역을 방문해서 아동들이 처한 현실을 목격하기도 했다. 결국 교육만이 아동 강제노동에 대응하는 최선의 길이라고 판단한 크레이그는 북미 및 유럽 지역과 개발도상국에 있는 학교들을 대상으로 연계 시스템을 구축해 냈다. 지난 수년간 크레이그와 회원들은 학용품 및 의료용품을 모아 10만 곳 이상의 학교에 전달했다. 그 후 이들은 가난한 나라의 여러 지역에 학교를 세우기 시작했다.

안타깝게도 아직 세계 곳곳에는 이크발 같은 아이들이 고통 받고 있다. 그렇기 때문에 마크와 크레이그는 프리더칠드런이라는 단체를 설립했고 또 '위 데이'라는 개념도 고안해낸 것이다. 세계 전역의 젊은이들이 주변을 변화시킬 수 있도록 힘을 실어주기 위해서 말이다. 어린이라면 누구나 안전한 가정에서 사랑받으며 제대로 식사하고 교육받을 권리가 있는 법이다. 풍요 속에서 생활하는 우리는 고통 받는 아이들이 우리와 동일한 혜택을 누릴 수 있도록 마땅히 도움의 손길을 내밀어야 할 것이다.

 우다이푸르를 달리던 랜드로버 차량은 시 외곽에 이르러 울퉁불퉁한 시골길로 접어들더니 마침내 '라이'라는 한 작은 마을에 도착했다. 나는 라이 마을에서 3주 동안 머무르기로 되어 있었다. 스무 명가량의 고등학생들을 감독하여 새로 지어질 학교의 기초공사를 마무리해야 했기 때문이다. 대부분이 캐나다 출신인 학생들은 이틀 후 도착할 예정이었다. 나는 말하자면 현장에 미리 파견된 일종의 점검반이라고 할 수 있었다. 먼저 와서 따라올 학생들의 숙소가 갖춰졌는지 확인하고 기초공사 때 필요한 공급물자가 도착했는지 점검하는 게 내 임무였다.

 일단 학생들로 이루어진 지원팀이 도착하면 나는 그들을 지휘하고 그간 몸소 터득한 점들을 일러주는 한편, 리더십을 고취하고 프리더칠드런에 대한 궁금증을 해결해 주도록 되어 있었다. 프리더칠드런 측에서 추진하는 여러 자선 프로젝트 중에 '어답트 빌리지'라는 활동이 있다. 우선 세계 곳곳의 여러 교육 기관과 젊은이들이 프리더칠드런 활동 구역 내에서 한 국가를 선택한다. 그리고 기금을 모아 교육, 보건, 식수, 수입 창출 등 여러 방면에서 한 마을을 지원하는 것이다. 예를 들어 프리더칠드런은 케냐 여성들의 아이 양육을 지원할 목적으로 케냐에서 여성 수입 창출 프로그램을 시작한 바 있다.

그런데 라이 마을의 경우에는 프리더칠드런 측에서 한 분야만 정해 집중적으로 지원하고 있었다. 바로 염소 치는 아동들의 교육 문제였다. 1996년도에 프리더칠드런 측에서 라이 마을에 최초의 학교를 세우기 전까지 아이들은 학교 교육을 전혀 받지 못했다고 한다. 그저 염소를 치며 세월을 보내다가 아주 어린 나이에 결혼하면 그만이었던 것이다. 하지만 너무도 많은 아이들이 배움을 갈구하고 필요로 했기 때문에 이 지역에 학교를 더 세워야 했다.

수년간 이어진 가뭄으로 라이 마을은 큰 타격을 입었다. 자연히 전부터 쥐꼬리만 한 수입에 의존하던 주민들의 사정 역시 덩달아 나빠졌다. 그래서인지 마을 아이들도 죄다 더럽고 낡아빠진 교복을 입고 다녔다. 맨발로 돌아다니는 아이가 두 명 중 한 명꼴인데다, 신발이 있다 해도 지저분하고 떨어져 흐느적거리는 슬리퍼가 고작이었다.

우리 팀이 시멘트를 섞고 곡괭이로 돌을 가르고 큰 바위들을 제거하는 동안 라이 마을 아이들은 줄곧 우리 주변을 서성거렸다. 아이들은 곧장 하교하지 않고 교실 한 칸짜리 학교 건물에서 빠져나와 바깥을 돌아다녔다. 그러다 우리에게 노래를 불러주기도 하고 자기네들이 어떻게 지내는지 알려주기도 했다. 또 요즘 학교에서 뭘 배우는지, 나중에 커서 어떤 사람이 되고 싶은지 등에 대해서도 곧잘 조잘댔다. 선생님, 의사, 간호사, 엔지니어, 과학자 등등 아이들은 그 꿈도 제각각이었다. 통역하는 사람이 말해 주기를, 아이들에게 이 학교는 자신과 가족이 더 나은 삶을 살 수 있도록 하는 기회의 통로라고 했다. 그 말은 곧 학교에 다니면 다섯 살 어린 나이에 일터로 내몰리지 않아도 된다는 의미였다.

어떤 아이들은, 종종 마을 어른들이 그 지역에서 생산되는 양조주를 지나칠 정도로 많이 마신다고 이야기했다. 분명 아이들은 종일 술에 취해 지내는 어른들의 선례를 되풀이하고 싶어 하지 않았다. 그래서 자기네들끼리 '경계의 날'까지 지정해서 모임에 참석한 학생들과 어른들에게 장기적 음주에 따른 위험을 알리고 있었다. 그토록 열악한 환경에서도 더 나은 삶에 대한 의욕을 불태우는 아이들이 그저 경이로울 따름이었다.

꼬질꼬질한 교복과 여자아이들의 금귀걸이나 팔찌가 아니었더라면, 라이 마을 아이들도 다른 지역의 여느 또래와 다를 게 없었다. 아이들은 늘 밝았고 그 미소는 정말이지 눈이 부실 지경이었다. 또 아이들은 하나같이 배움에 목말라했다. 그런 열정을 보고 느낄 때마다 학창 시절 누렸던 그 모든 기회를 당연시했던 게 새삼 부끄러워졌다. 나는 라이 마을 아이들이 상상조차 할 수 없을 정도로 많은 기회를 접했다. 어쩌면 이 아이들이라면 내가 낙제했던 컴퓨터과학 과목에서조차 우수한 성적을 받지 않았을까 하는 생각이 든다. 이 아이들은 모든 일에 최선을 다했을 것임이 틀림없다. 나와는 달리 말이다.

공사를 쉬는 어느 날, 북미 지역에서 지원 나온 학생들과 나는 테레사 수녀가 우다이푸르에 설립한 고아원들 중 한 곳을 찾았다. 현관까지 나와 우리를 반긴 수녀들은 자그마한 체구에다 내 또래 정도 되어 보였다. 그들은 하나같이 군청색 줄무늬가 들어간 하얀 수녀복 차림이었다. 노벨 평화상을 수상한 테레사 수녀가 그랬던 것처럼….

고아원 아이들은 저마다 심각한 병을 지니고 있었다. 다운증후군을 앓는 아이도 있었고, 종일 바닥에 누운 채 몸을 앞뒤로 흔들어대는 아이도 보였다. 아이들 중 일부는 고아였고, 나머지는 가족이 있지만 가난한 형편 탓에 아이들을 제대로 돌볼 여력이 안 되는 경우였다. 그도 그럴 것이 아이들은 환자로서 온갖 치료와 보살핌을 필요로 했기 때문이다. 고아원에 다녀와서는 한동안 입을 떼지 않고 지냈다. 그 아이들에 대한 생각을 떨칠 수 없었던 것이다. 아이들에게는 수녀님들 말고는 아무도 없었다. 막상 그곳의 수녀들을 생각하니 서글퍼졌다. 모두 가족이 있음에도 불구하고 그 아이들을 위해 헌신하려고 집을 떠나온 사람들이었다. 고아원에서 만난 아이들은 비록 몸이 성치 않지만, 하나같이 행복해 보였고 청결한데다 충분한 식사를 제공받고 있었다. 문득 테레사 수녀가 남긴 말이 떠올랐다.

'세상에 태어나 위대한 일을 이루는 건 어렵지만, 위대한 사랑으로 작은 일들을 실천할 수는 있습니다.'

고아원의 수녀들이야말로 그런 삶을 사는 좋은 본보기다. 힘든 일에 비해 크게 인정도 못 받는 편인데다 금전적으로도 늘 쪼들린다. 서구 사회에서 고아원 운영비로 보내는 기부금이 수입의 거의 전부인 셈이다. 하지만 수녀들은 이렇게 힘든 상황에도 아랑곳하지 않고 사랑의 삶을 실천하고 있다. 그것은 비단 고아원 아이들뿐 아니라 인류를 향한 숭고한 사랑이다.

그러고 보니 내 인생의 전환점은 처음 케냐를 방문했을 때였다. 처음 밟은 케냐 땅에서 평생 다른 이들을 위해 봉사해야겠다는 생각이 퍼뜩 머리를 스쳤었다. 어떻게 보면 바로 그 부분이 내 인생에서 결여되어 있었다. 그때까지만 해도 나는 학교에 다니면서 연극배우를 꿈꾸고 미용업계에 종사하는 등 전형적인 미국 중산층의 삶을 살아왔다. 집 안은 물건들로 넘쳐났고, 내 머릿속은 개인적인 소망과 꿈으로 가득했다. 하지만 어쩐 일인지 충만감은 없었다. 사실 내게는 가장 기본적인 요소가 결핍되어 있었기 때문이다. 그건 바로 내가 누렸던 만큼 돌려주는 것이었다. 프리더칠드런과 함께 출발한 새 인생은 돌려주는 삶 그 자체였고, 그런 삶 속에서 나는 충분히 보상 받았음을 느꼈다. 테레사 수녀의 고아원 아이들은 직접 돌봐줄 수 없었지만, 라이 마을의 아이들에게는 조금이나마 도움의 손길을 뻗을 수 있었다. 그중 한 아이가 바로 여덟 살 난 레일라인데, 나는 그 아이가 학교 교육을 받을 수 있도록 도와줬었다.

교실 하나 딸린 학교에 레일라가 맨 처음 나타났을 때 레일라를 본 아이들은 웃음을 터뜨렸다. 교사 한 명이 백 명 정도의 학생들을 맡아 가르치던 때였다. 레일라는 또래보다 체구가 작은데다 지저분했다. 몇 주 동안 목욕을 못했던 레일라는 불쾌한 냄새도 풍겼다. 자연히 레일라는 몇 달 내내 놀림과 비웃음의 표적이었다. 하지만 어떻게든 학교에 다니며 뭔가 이루어내고 싶었던 레일라는 늘 인내했다. 나중에 레일라는 제대로 목욕하는 법을 배우고 빳빳한 새 교복을 지급받아 깨끗하게 관리했다. 또 아이들의 비웃음에 아랑곳하지 않고 우등생이자 봉사자가 되려고 최선을 다했다. 주변 사람들에게 들은 바로는 레일라가 아침 일찍부터 학교에 나와 친구들이 오기 전에 계단을 청소한다고 했다. 게다가 레일라는 곧 설립될 새 학교의 기초공사도 거들었다. 그런 레일라는 테레사 수녀의 말을 떠올리게 했다.

'누군가 이끌어주길 바라지 말고 우선 혼자서라도 직접 실천하세요.'

기초공사를 거들지 않거나 수업이 없을 때, 레일라는 근처 흙더미에 올라앉아 양손으로 턱을 감싼 채 작업 중인 우리를 쳐다보곤 했다. 인도를 떠나올 때 레일라와 작별하기가 몹시 힘들었다. 레일라는 어릴 적 주변의 놀림에 시달렸던 내 모습을 떠올리게 한 아이였다. 레일라는 묵묵히 자신의 소임을 다할 줄도 알았다. 구체적으로 어떻게 표현해야 할지 모르겠지만 레일라와 나는 통하는 점이 있었다.

라이 마을을 뒤로 한 나는 나이로비행 비행기에 올랐다. 케냐로의 세 번째 여행이었다. 인도에서 지내는 동안 꽤 지쳤음에도 불구하고, 떠나기 전날 밤 나는 거의 눈을 붙이지 못했다. 케냐를 떠올릴 때면 고요한 흐름에 내 몸을 맡기게 된다. 케냐는 나 자신을 향해 눈을 뜨게 해준 그런 곳이다. 부드러운 바람결과 아카시아 나무는 내게 노래를 불러줬다. 그곳에서 비로소 나는 내 안의 나를 들여다볼 수 있었다.

나이로비를 방문할 때마다 나는 행여 예전의 그 세관원이 보이지 않을까 사방을 두리번거렸다. 처음 나이로비 땅을 밟은 내게 이름을 묻던 그 세관원 말이다. 혹시라도 그를 다시 만나게 된다면 우선 고맙다고 말할 것이다. 정작 그는 나를 이상하게 생각할지도 모르지만…. 어쨌건 나이로비에서 그를 다시 본 적은 없다. 어쩌면 그는 내 상상이 만들어낸 인물이었는지도 모르겠다. 여정을 재촉하는 풀 타로 카드처럼 말이다. 아니면 지지 재스퍼 선생님의 말처럼 영웅의 길로 인도해 주는 사람이었을지도 모를 일이다.

　2010년 7월에 다시 찾은 나이로비 거리는 기억 속 나이로비와 거의 흡사했다. 사람들과 자전거, 경적을 울려대는 자동차로 혼잡한 거리, 과일 바구니를 품에 안고 채소더미를 머리에 인 채 걸어다니는 여성들, 세련된 양복 차림의 남녀…. 하지만 달라진 점도 있긴 했다. 전에는 미처 몰랐던 에너지가 느껴졌다. 오래지 않아 그 이유가 밝혀졌다. 다름 아니라 8월에 전 국민이 참여하는 국민투표가 진행될 예정이었다. 투표를 통해 케냐 국민들은 식민지법에 지배되던 시절 제정된 기존의 법을 대신할 새 헌법을 채택하게 된다. 인권을 대변하는 새 헌법이 정립될 것이며, 정치체계와 법체계를 구분 지을 사법부가 들어설 것이다. 그렇게 되면 여성과 아이들도 신체적 학대나 소녀들의 성기 훼손 같은 구식 악습으로부터 보호받을 수 있게 된다.

　나이로비에 체류 중인 외국인들은 꽤 염려스러워하는 눈치였다. 그들은 하나같이 국민투표가 2007년 대통령 선거 때와 같은 결과로 이어질까봐 잔뜩 긴장하고 있었다. 그들이 걱정하는 건 바로 내전이었다. 실제로 케냐는 당시 벌어진 폭동의 여파로부터 여전히 회복하는 중이었다. 2년 전 케냐를 찾았을 때 리드는 그 현장을 카메라에 담았었다.

하지만 나는 외국인들의 우려를 크게 마음에 담아두지 않았다. 내 눈에 비친 나이로비는 새 시대를 목전에 두고 마냥 활기차 보일 따름이었다. 전쟁의 기운은 감지되지 않았다.

나이로비에서 이틀을 보낸 나는 기린 보호구역을 찾았다. 이번 만큼은 키 크고 우아한 로스차일드 기린과의 키스를 거부하지 않았다. 잠시 크고 거친 뭔가가 침을 흘려대며 내 얼굴을 덮쳤다. 도대체 이게 무슨 법석인지 어리둥절한 기분이었다(어쨌건 내가 두 번째 데이트부터 키스를 허용한다는 사실만큼은 증명된 셈이다).

나는 나이로비를 거쳐 인상 깊었던 또 한 군데의 행선지 마사이마라로 발걸음을 옮겼다. 스물여덟 명의 고교생들이 나와 함께 시키라 마을로 향했다. 프리더칠드런은 그곳에도 새 학교를 세우던 중이었다. 공사가 완공되자 시키라 마을에는 세 군데의 교사校舍가 생겼다. 건물이 세 개로 늘어남에 따라 수업별 정원을 서른 명 정도로 유지할 수 있게 되었다. 학교를 짓기 전에는 마을 아이들이 아예 교육을 받지 못하거나 나무 그늘 아래에 모여 앉아 수업을 들었다고 한다.

2008년도에 처음 방문했던 마사이 마을에는 들르지 않아 좀 안타까웠다. "백인들에게도 이런 불운이 찾아오는지 몰랐어요"라고 했던 그 소녀가 다시 보고 싶었다.

하지만 동시에 또 다른 아이들과 만나게 될 거란 사실도 잘 알고 있었다. 우리가 그들의 삶에 미치는 영향만큼이나 상당한 감흥을 불러일으킬 그런 아이들을 말이다. 시키라 마을은 풀밭 한가운데 자리했다. 우리가 도착했을 무렵에는 건기가 한창이어서 메마른 풀잎들이 바람에 나부꼈고 아카시아 나무가 조금씩 남아 있을 따름이었다. 자연히 길거리는 마른 먼지로 뒤덮였고, 수 마일씩 떨어진 지점도 다 내다보였다.

시키라 마을 사람들은 그 차림새가 우아했다. 여성들은 선명한 색상의 케냐 전통의상을 입었고, 남성들은 저마다 어깨에 화려한 천을 둘렀다. 또 남녀 모두 구슬이 박힌 머리 장식을 착용했다. 아이들은 여자아이들까지 죄다 까까머리에 녹색과 흰색이 섞인 교복을 입었다.

나를 비롯해 북미 지역에서 파견된 학생들은 학교 건설을 위한 기초공사뿐 아니라 벽을 둘러치는 일도 맡았다. 마을 사람들은 양동이로 물을 퍼붓듯이 비가 쏟아지는 우기에 대비해 초록색 함석 지붕을 보강했다.

제임스와 그의 친구 아모스라는 소년은 거의 첫날부터 내 친구가 되었다. 여덟 살 정도 돼 보이는 두 아이는 마을 아이들을 불러놓고 내 소개를 하기도 전에 먼저 다가와 말을 걸 정도로 용감했다. 이들은 내가 시키라에 머문 3주 내내 수행원들처럼 나를 따라다녔다. 아이들은 번갈아 내 휠체어를 몰았다. 한 아이가 휠체어를 밀면 다른 한 아이는 내 무릎에 앉아 거리를 내달리곤 했다. 함께 노래하고 어울리는 와중에 나는 아이들에게 영어 단어도 몇 개씩 알려주었다. 이따금 나는 아이들 앞에서 밧줄을 뛰어넘기도 했다. 내 운동신경을 확인한 제임스와 아모스는 꽤 놀란 눈치였다!

제임스와 단둘이서만 시간을 보낸 적도 몇 번 있었다. 우리는 그저 가만히 앉아 눈앞에 펼쳐진 풀밭을 바라보곤 했다. 그러다 이따금 제임스가 스와힐리어로 된 단어와 문장을 좀 더 가르쳐 주기도 했다. '이름이 뭐니?'는 스와힐리어로 '지노 라코 니 나니Jino lako ni nani?'였다. 나는 배운 표현을 최대한 자주 사용하려고 애썼다.

시키라 마을에 머문 지도 3주가 다 되어가던 어느 날, 또 다른 비영리 단체에서 파견된 회원들이 두 군데 교사가 있는 부지에 도착했다. 그들은 마을의 고아들에게 유니폼을 나눠 주었다. 그들의 방문 목적을 전해들은 나는 순간 숨이 멎는 듯했다. 마을 아이들 중 다수가 고아일 거라고는 생각조차 못했기 때문이다. 사실 그도 그럴 것이 아이들은 전부 누군가에게 보호받고 있는 양 행동해 왔었다. 나중에 듣기로 마사이 마라 마을에서는 부모가 없다 하더라도 여러 명의 아주머니나 삼촌들이 그 아이를 돌본다고 했다. 절대 아이들이 그냥 방치되는 일은 없다고 마을의 한 노인이 말했다.

"우리는 모두 힘을 합쳐 아이들을 기릅니다."

마사이 마라 마을에 왜 그다지도 고아가 많은지 물어본 적은 없다. 그저 수많은 케냐인을 덮친 인체면역 결핍 바이러스^{HIV}나 에이즈^{AIDS}가 그 원인이지 않을까 짐작할 따름이었다. 마사이 마라 마을에서는 요즘도 그런 바이러스에 대해 거론하는 걸 꺼린다. 장례식장에서도 고인의 사인이 에이즈라는 말은 꺼내지 않는 편이고, 대개 다른 병으로 죽었다고 둘러댈 뿐이다.

반짝이는 눈을 가진 내 친구 제임스도 고아였다. 다시 그 아이와 단둘이 있게 되면 가족에 대해 물어보고 싶었지만, 정작 기회가 왔을 땐 차마 입이 떨어지지 않았다.

며칠 후 학교 주방에서 일하는 요리사 아주머니들 중 한 분이 나를 한쪽으로 잡아끌었다. 통역하는 사람이 말하길, 그 아주머니는 구슬이 달린 마사이 팔찌를 내게 만들어 주고 싶어 한다고 했다. 나는 감사한 마음에 몸 둘 바를 몰랐다.

"이름이 뭐예요?" 아주머니가 물었다.

"스펜서예요." 내가 대답했다.

"펜… 서…."

그녀는 몇 번 더 어눌하게 내 이름을 발음해 보더니 이렇게 물었다.

"어떤 뜻인가요?"

나는 웃음을 터뜨렸다. 인도와 케냐 사람들은 내 이름 '스펜서 Spencer' 중 첫머리인 'Sp'자를 발음하지 못했다. 그래서 사람들이 이름을 물어오면 종종 그냥 벤슨이라고 일러주곤 했다.

"벤…슨! 마사이어로 된 이름은 없어요?"

아주머니는 특유의 투박한 억양으로 그 이름을 되풀이하더니 이렇게 물었다.

사실은 2008년도에 마사이 이름을 얻긴 했다. 마사이족 전사였던 윌슨이 내 이름을 지어 주었었다. 프리더칠드런 소속으로 일한 윌슨은 내 가이드이기도 했다. 그가 맡은 임무 중에는 외국인들에게 마사이 문화와 언어를 가르치는 일도 포함되어 있었다. 하루 저녁은 헤어지면서 윌슨이 내 손을 잡더니, 이튿날 내 마사이 이름을 지어서 돌아오겠다는 말을 남겼다. 물론 윌슨은 약속을 지켰다. 나중에 윌슨이 설명하길 그가 다른 마사이 전사들과 상의한 끝에 다들 '올로피로'가 내 이름으로 적격이라고 결론지었다고 했다.

"올로피로는 말이죠. 스와힐리어로 '새를 들어 올리는 바람'이라는 뜻이에요."

윌슨은 친절하게 설명을 했다.

"내 마사이 이름은 올로피로예요."

작고 통통한 몸집에 동글동글한 얼굴을 한 아주머니는 얼굴 한 가득 미소를 지어 보였다. 아주머니는 잠시 킥킥대더니 머리를 살짝 흔들며 말했다.

"진작 알아뒀어야 했는데! 정말 딱 들어맞는 이름이야!"

시키라 마을에서 보낸 마지막 날, 아주머니는 1인치 두께의 구슬 달린 팔찌를 건넸다. 주황색과 흰색이 섞인 팔찌에는 케냐 국기 문양이 들어가 있었다. 그리고 올로피로를 나타내는 '올로'라는 글자도 보였다.

캐나다로 돌아가기 전에 나는 나이로비에서 나흘을 보냈다. 투표 결과, 새 헌법이 채택되고 난 다음 날 아침의 나이로비 풍경도 지켜볼 수 있었다. 폭동은 일어나지 않았다. 당시 나는 케냐 지역 관계자들 몇 명과 실내에 같이 앉아 있었는데 집 안에는 차분한 기운이 감돌았다. 케냐인들은 드디어 조국을 온전히 되찾은 것이다. 그들은 이제 자신들이 지향하는 바에 부합되는 법을 채택할 수 있다.

케냐에서 보내는 마지막 날 밤, 나는 침대에 드러누워 선물로 받은 팔찌를 만지작거리고 있었다. 밝은 보름달이 창밖을 비췄다.

올로피로…. '새를 들어 올리는 바람'이라고 했다.

"정말 어울리는 이름이야."

나는 소리 내어 말했다. 분명 그 바람의 폭도 드넓을 터였다. 윌슨은 그저 나 혼자서 다른 이들을 떠받친다는 뜻을 담아 그 이름을 지은 게 아니었다. 마사이족 아이들은 대개 다섯 살 무렵 진지한 의식을 통해 이름을 부여받는다. 마을의 연장자를 모셔와 그가 아이의 이름을 짓도록 하는 것이다. 이따금 가족 혹은 친척의 정신이나 기운을 반영해서 이름을 결정할 때도 있다.

비단 마사이 문화뿐 아니라, 전통을 지키며 생활하는 다른 여러 사회에서도 한 사람의 이름을 짓는 일은 아주 중요한 통과의례로 간주된다. 그래서 경험 많은 연장자를 초청하거나 예언자를 불러들여 이름을 짓기도 한다. 미래를 점칠 줄 아는 예언자들은 그 아이의 인생을 그려보고 그에 걸맞은 이름을 지었다.

그간의 내 삶을 돌아보면 수많은 바람의 기운이 늘 내 곁에서 나를 들어 올려주었다. 우선 태어날 때부터 한결같은 마음으로 내 편이 되어준 어머니를 들 수 있다. 그리고 아버지와 조부모님은 성장하면서 내가 필요로 하는 건 뭐든 마련해 주었다. 물론 매번 내가 바랐던 것만 준 건 아니지만, 적어도 살아남는 데 소용되는 기본 도구는 전부 쥐여 주었다. 내게 웃음을 주는 여동생도 빼놓을 수 없을 것이다. 또 사랑하는 내 친구들도 있다. 그들은 태어난 환경보다 중요한 건 바로 내면의 내 모습이란 걸 일깨워준 사람들이다.

게다가 내겐 훌륭한 인생 선배도 있다. 가령 리드 코완이나 재스퍼 선생님 같은 분들 말이다. 물론 지금에 와서는 프리더칠드런이라는 바람이 하나 더 추가된 셈이다.

그럼 앞으로 내가 나아가야 할 길은? 주변의 다른 사람들과 더불어, 그리고 그들을 위해 계속 일할 거라는 건 스스로도 이미 잘 알고 있다. 나는 특히 젊은이들과 아이들에게 도움이 되고 싶다. 한 사람의 본보기로, 혹은 그들의 날개를 받쳐주는 미풍이 되어 그들이 세상을 변화시키도록 이끌어줬으면 한다. 누구나 목적 있는 삶 속에서 원하는 모습으로 성장했으면 좋겠다. 또 그렇게 되어야 하기 때문이 아니라 진심으로 바라서 그 꿈을 이루길 희망한다.

이제는 내 이름과 그동안 걸어온 여정의 의미를 이해할 수 있다.

"날 수 있다면 이제 하늘 높이 솟아올라 보세요."

바브라 스트라이샌드의 '어 피스 오브 스카이'를 흥얼거려 본다. 가사의 마지막 줄은 이렇게 바꿔 불러도 좋지 않을까 싶다.

'올로피로! 나는 새를 들어 올리는 바람이라네.'

감사의 말

가족들

모든 여정에는 그 시작이 있습니다. 그래서 우선 한 사람의 인간으로 저를 빚어주시고 모범적인 삶을 살도록 이끌어주신 가족들에게 감사하고 싶습니다. 가족들은 사랑과 공동체의 가치와 가족의 진정한 의미를 가르쳐 주었습니다. 특히 이분들께 늘 감사한 마음입니다.

어머니, 아버지, 애니! 당신들이 있기에 저는 이렇게 살아갈 수 있습니다. 당신들께서 한 번도 저를 포기하지 않으셨기에 저 역시 포기 없는 삶을 살 것입니다. 외조부모님 짐 칼라스 씨와 로즈마리 칼라스 씨, 조부모님 키이스 웨스트 씨와 마르잔 웨스트 씨, 태미와 보니 바브라, 다이애나와 데이지 호프만, 필립, 제이미, 미첼(정말이지 멋진 친구), 에밀리(나의 대녀) 크름포티크, 토리 코로나, 파라비시니 씨께도 늘 감사합니다. 지난 30년간 변함없이 저를 지원해 주시고 사랑해 주신 가족 여러분께 감사한 마음 가득합니다. 유쾌한 농담을 즐기시는 스티브 삼촌께서는 제게 유머의 중요성을 가르쳐 주셨지요. 늘 한결같이 저를 지지해 주시는 레이드와 제내 웨스트 씨, 게이린 웨스트 씨, 베르나 웨스트 씨께도 감사의 말씀 올립니다. 항상 희생적 태도를 실천하시며 우리를 더 나은 삶으로 이끌어주신 외조부모님, 외증조부님, 웨스트 씨, 한센 씨 역시 감사합니다. 끝으로 사랑과 인내의 모범이 된 데이지에게 고마운 마음을 전합니다(네, 제 강아지입니다. 누구라도 데이지를 만나보면 제가 감사하는 이유를 짐작할 것입니다).

미국에서 만난
가족들

이제부터 언급할 사람들은 여정을 함께하며 마음과 영혼을 저와 엮은 분들입니다. 그러니 이분들을 만난 건 운명이었으며 우리의 영혼은 내세에서도 계속 함께할 것입니다.

존 맥머핸과 마시 커닝햄, 리드 코완(당신의 지도와 우정은 내게 너무나 큰 의미로 다가옵니다. 10년 전 당신이 올드 네이비 매장으로 걸어 들어와 줘서 지금도 얼마나 감사한지 모릅니다), 그레그 앱플래낼프, 웨슬리 코완, 대자 어셔, 카이 앱플래낼프-코완이 바로 그들입니다. 댄 니콜, 제니 대그니노, 에밀리 대그니노, 제임스 루츠, 폴 곤잘레스, 사라 콤브, 티아 힐, 테레사 사라, 팀 쉬리머, 코린 홉킨스, 슈가하우스의 올드 네이비 직원분들과 돌체 직원분들께도 감사의 말씀 올립니다.

캐나다에서 만난
가족들

미국 밖에서도 가족이 생길 줄 몰랐습니다. 여기 저와 마음과 영혼을 엮은 캐나다 가족들을 소개합니다. 언급하는 순서와 관계없이 모두 하나같이 소중한 분들입니다.

우선 내 누이들, 리아 '미지' 루인스키, 안젤리크 몽브랑, 샐리 하킴, 사라 영(우리 두 사람은 마음으로 이어진 캐나다인들입니다), 시모나 램키슨, 에린 블랜딩, 구스티나 델리아, 에밀리 페이네, 재니스 소사, 브룩 톰슨, 로빈 위조와티, 조디 콜린입니다.

캐나다에서 만난 내 형제들로는 데이비드 존슨(네가 아니었더라면 갈 길을 잃고 헤맸겠지), 알렉스 '덕보이' 미어스, 딘 델리아(아무리 오스트레일리아 악센트가 섞였다 해도 내게 넌 언제나 캐나다인으로 기억될 거야), 매트 토드, 댄 모십−벅월, 그리고 미첼 치콰닌이 있습니다.

또 내가 현실감각을 잃지 않고 잘 지낼 수 있도록 도와준 건 물론 소일거리들의 즐거움을 일깨워준 엘라와 아를로 몽번 존슨에게도 특별히 감사의 말을 전합니다.

프리더칠드런, 미투위
가족들

비단 토론토뿐 아니라 세계 전역에 파견되어 꼭두새벽부터 온종일, 심지어 주말까지 반납해 가며 기적을 만들어내고 있는 미투위 직원들과 프리더칠드런 관계자 여러분께 우선 감사의 말씀 전합니다. 특히 드와이트 아일랜드 씨와 연설팀 직원 여러분, 미투위의 모든 팀원 여러분, 리안 볼튼 씨, 새프나 고엘 씨, 매튜, 하나 펠드버그 씨, 머랜 스턴 씨, 위 데이 팀원 여러분, 앤지 컬리, 홍보팀 직원 여러분, 진심으로 감사합니다.

나의 멘토와
영웅들

우리 자신을 돌아보게 하고 잠재력을 일깨워준 주변의 멘토와 영웅들이 없었더라면 여정을 마칠 수 없었을 것입니다.

우선 슈라이너스 어린이병원 측과 셰릴 루피니, 데이브 행크, 베스 위트먼, 지지 재스퍼, 비키 빈센트, 앨런 켈러, 미첼과 니나 보트, 르네 호킨슨, 마크 키엘버거, 크레이그 키엘버거, 록샌 조엘, 조나단과 쉘리 화이트, 크리스와 타니아 카네기, 데비 베트리불록, 제이슨 므라즈, 에단 존, 베티 윌리엄스, 로지 오도넬 씨께 감사의 말씀 올리고 싶습니다.

무엇보다 전 세계 이웃들에게 더 나은 삶을 제공하고자 열심히 활동해 준 각국의 멋진 학생들에게 마음으로부터 감사를 전합니다. 언제나 그랬지만 앞으로도 여러분은 진정한 영웅으로 기억될 것입니다.

사실 그동안 제 여정에 참여해 주신 분들이 매우 많았기에 감사의 글을 쓰기가 꽤 조심스럽습니다. 부디 깜빡하고 언급하지 못한 분들이 없길 바라지만, 혹시나 그랬다면 이 대목을 빌어 진심 어린 감사의 마음을 전달합니다. 다시 한 번 말씀드리지만 고의로 성함을 빠뜨리진 않았답니다.

끝으로 이렇게 제 이야기를 책으로 엮을 수 있도록 도와주신 수전 맥클리랜드 씨께도 감사를 전합니다.

스펜서 웨스트

스펜서는 인기 있는 동기부여 연설가로 미투위 운동에도 적극 참여하고 있습니다. 다섯 살 때 두 다리를 잃고 고군분투해 온 그의 솔직한 이야기는 지구촌의 많은 사람들에게 감동을 안겨 주었습니다. 스펜서는 지금까지 제인 구달 박사와 전 미국 부통령 앨 고어, 미아 패로우, 제스 L. 잭슨 목사, 노벨상 수상자 베티 윌리엄스, 엘리 비젤, 뮤지컬계의 우상 제이슨 므라즈 등의 유명인사들과 한 무대에 서 왔습니다. 이 책은 스펜서의 첫 번째 책입니다. 현재 그는 토론토에서 생활하고 있습니다.

수전 맥클리랜드

수전은 《망고 한 조각》의 공동 저자입니다. 《망고 한 조각》은 2011 레드 메이플 어워드, IBBY 장애우 부문 주목할 책, 2009 노마 플렉 어워드, NAPPA상 등을 수상한 바 있습니다. 수전은 그간 〈리더스 다이제스트〉, 〈맥클린즈 매거진〉, 〈타임 런던〉, 〈글래머〉, 〈마리 클레르〉, 〈글로브 앤 메일〉, 〈더 월러스 매거진〉 등에 글을 기고해 왔습니다.

또한 2005년과 2008년에는 앰네스티 인터내셔널 미디어 어워드를 수상하며 인권 보고 부문에서 탁월한 자질을 인정받았습니다. 현재 그녀는 가족들이 있는 스코틀랜드와 토론토를 오가며 생활하고 있습니다.

프리더칠드런 (Free The Children)

– 교육을 통한 나눔

프리더칠드런은 아동 사업과 관련해 세계에서 가장 큰 네트워크를 보유하고 있으며, 교육을 통해 지구촌 아이들을 돕습니다. 현재 100만 명 이상의 젊은이들이 45개국으로 파견되어 혁신적인 교육 프로그램에 동참하고 있습니다. 크레이그 키엘버거라는 국제 아동 인권 운동가가 1995년에 설립한 이 단체는 지구촌 자선 및 교육 파트너로서, 젊은이들이 자신의 잠재력을 최대한 발휘하여 변화를 이끌어낼 수 있다고 믿습니다. 프리더칠드런은 고유의 프로그램을 통해 북미와 영국은 물론 전 세계 무수한 젊은이들에게 교육의 기회를 제공하고 힘을 실어주고 있습니다. 그동안 프리더칠드런은 국제 프로젝트를 통해 650여 군데 이상의 학교와 교실을 설립했으며, 세계 곳곳의 백만 명 이상 사람들에게 깨끗한 식수와 보건, 위생 시설을 제공해 왔습니다.

더 자세한 내용은 www.freethechildren.com 사이트에서 알려드립니다.

미투위 (Me to We)

– 더 나은 세상을 위한 선택

미투위는 혁신적인 사회 기업으로 우리 이웃들이 더 나은 선택을 통해 더 나은 세상을 만들 수 있도록 이끌고 있습니다. 사회의식과 환경친화적 정신이 담긴 제품은 물론 한 사람의 인생을 바꿔놓을 만한 경험의 기회를 제공하는 미투위에서는 벌어들인 금전적 수익으로 손익을 계산하지 않습니다. 대신 미투위를 통해 얼마나 많은 이들의 인생이 바뀌었는지, 그리고 미투위 활동이 사회와 환경에 어느 정도로 긍정적인 영향을 미쳤는지가 더 중요하다고 생각합니다. 또한 미투위 재단 수익의 절반은 프리더칠드런 측에 기부되며, 나머지 절반은 기업 성장을 위해 재투자됩니다.

더 자세한 내용은 www.metowe.com 사이트에서 알려드립니다.

또 다른 스펜서가 여러분을 찾아갑니다!

학교나 학부모, 교육 단체, 사내 모임에 연설가를 초대해 봅시다.

미투위 팀에서는 그동안 세계 곳곳을 방문하면서 각자의 감동적 이야기를 전달할 연설가를 모집해 왔습니다. 사회 운동가는 물론 한때 병사가 되어야 했던 어린이, 사회사업가 등 패기 넘치는 여러 연설가들이 미투위 운동을 이끌어 왔습니다. 이들은 여러 개발도상국에서 일하고 생활하며 기업들이 사회적 책임을 다하도록 지원하고 객석을 메운 젊은이들과 교육자들이 행동하고 실천하도록 감흥을 불러일으켰습니다. 수많은 청중들이 행동하고 변화하고 싶은 강렬한 기분에 휩싸인다고 합니다. 연설가들은 여러분을 웃고 울게 할 뿐 아니라, 인생의 가치에 대해 새로운 관점을 열어드릴 것입니다. 미리 경고하지만 연설가들이 전하는 열정의 힘은 아주 전염성이 강하답니다!

더 자세한 내용은 www.metowe.com/speakers 사이트에서 알려드립니다.

스펜서와 함께하는 미투위 여행

미투위 여행에 동참하면 새로운 문화를 체험하고 지구촌의 참된 모습을 접할 수 있습니다. 물론 일상에 지친 다른 여러 관광객들처럼 해변에서 느긋하게 휴식을 취하는 것도 괜찮습니다. 하지만 봉사여행에 참여해서 세상을 바라보는 관점을 새롭게 하고 동시에 지구촌 이웃들의 삶에 긍정적 변화의 바람을 불어넣어 보는 건 어떨까요?

여러분이 방문할 지구촌 곳곳의 마을에는 이미 저희 직원들이 파견되어 학교 설립과 지역 사회 발전에 참여하며 관련 활동을 지원하고 있습니다. 미투위 여행은 리더십 터득에 도움이 될 뿐 아니라 새로운 문화를 체험하고 의미 있는 참된 인간관계를 구축할 수 있도록 기회의 장을 열어드릴 것입니다.

지금두 연령대에 상관없이 패기와 열정으로 무장한 3천 명 이상의 지원자들이 해외 봉사 활동에 참여하고 있습니다. 앞으로 동참하실 여러분도 도움이 필요한 곳에 큰 변화를 일으키게 될 것입니다. 학교 설립을 지원하고 식수 개선 프로젝트에 참여하면서 말이지요. 자신들에게 찾아든 새로운 가능성을 접하고 기뻐 어쩔 줄 모르는 아이들의 반짝이는 눈동자도 볼 수 있겠지요. 지구촌 곳곳의 지역사회와 하나가 되어 봅시다. 물론 우물을 파고 기초공사에 참여하다 보면 흙이나 먼지도 뒤집어쓰겠지요. 그래도 분명 그 일을 좋아하게 될 겁니다. 비록 얼굴은 까맣게 타겠지만 하루 일을 마치고 숙소로 돌아올 때면 만면에 미소가 가득할 테니까요. 무엇보다 여러분은 평생 가슴에 남을 추억을 쌓게 될 것입니다.

더 자세한 내용은 www.metowe.com/trips 사이트에서 알려드립니다.

Standing Tall

스탠딩 톨

2013년 7월 25일 초판 1쇄 인쇄
2013년 7월 30일 초판 1쇄 발행

지은이 스펜서 웨스트
옮긴이 이민정
펴낸이 진성원

펴낸곳 케이디북스(KD books)
등 록 제307-2003-60호 (2003년 9월 22일)
주 소 서울시 성북구 정릉 3동 653-40
전 화 02-909-2348
팩 스 02-912-4438
이메일 bookkd@naver.com

출 력 으뜸애드래픽
종 이 대림지업
인 쇄 신영인쇄
제 본 한마음

ISBN 978-89-91197-95-4 03800
값 14,000원

파본은 구입하신 서점에서 교환해 드립니다.
이 책은 저작권법에 의해 보호를 받는 저작물이므로 무단 전재와 복제를 금합니다.